盐野七生

文艺复兴小说

重返威尼斯

[日] 盐野七生 著

徐越 译

中信出版集团 | 北京

图书在版编目（CIP）数据

重返威尼斯 / （日）盐野七生著；徐越译 . -- 北京 :
中信出版社，2022.3
（盐野七生·文艺复兴小说）
ISBN 978-7-5217-3723-3

Ⅰ.①重… Ⅱ.①盐… ②徐… Ⅲ.①长篇小说－日
本－现代 Ⅳ.① I313.45

中国版本图书馆 CIP 数据核字 (2021) 第 220518 号

重返威尼斯
著者： 〔日〕盐野七生
译者： 徐越
出版发行：中信出版集团股份有限公司
（北京市朝阳区惠新东街甲 4 号富盛大厦 2 座　邮编　100029）
承印者： 北京中科印刷有限公司

开本：880mm×1230mm 1/32　　印张：10.875
插页：16　　　　　　　　　　　字数：225 千字
版次：2022 年 3 月第 1 版　　　印次：2022 年 3 月第 1 次印刷
京权图字：01-2021-6245　　　　书号：ISBN 978-7-5217-3723-3
定价：49.00 元

现代威尼斯

威尼斯鸟瞰图

VENETIE MD

① 总督官邸
② 圣马可广场
③ 里亚尔托桥
④ 朱代卡岛
⑤ 国营造船厂
⑥ 丹多洛宅邸
⑦ 犹太人居住区
⑧ 赖麦锡宅邸
⑨ 德意志商馆
⑩ 土耳其商馆
⑪ 穆拉诺岛
⑫ 托切罗岛
⑬ 布拉诺岛

16世纪地中海世界势力分布略图

0　250　500km

N

苏格兰

北　海

大　西　洋

英格兰王国
人口300万人
伦敦

科隆

巴黎

法兰西王国
人口1600万人

神圣罗马帝国
（哈布斯堡家族领地）
人口1000万人

维也纳

里　海

西班牙王国
（哈布斯堡家族领地）
人口900万人
马德里

比利牛斯山脉

米兰

热那亚

佛罗伦萨

托斯卡纳
大公国

罗马教廷
领地

威尼斯共和国　人口150万人

匈牙利

黑　海

君士坦丁堡

科西嘉岛

罗马

那不勒斯

撒丁岛

科孚岛

雅典

奥斯曼土耳其帝国
人口3000万人

安条克

巴格达

阿尔及尔

突尼斯

西西里岛

马耳他

地

中

克里特岛

罗得岛

塞浦路斯岛

大马士革

海

耶路撒冷

亚历山大

开罗

16 世纪地中海世界的权力者们

奥斯曼土耳其帝国苏丹 苏莱曼一世

（提香 画）

法国国王弗朗索瓦一世

（让·克卢埃 画）

目　录

主人公　四十多岁的年纪

归乡

以为过了 30 岁不会再多愁善感的马可，面对阔别五年的祖国，心头还是热了起来。

在一切都是全新体验的佛罗伦萨和罗马，他享受了充满刺激的喜悦；相反，在一切都是那么熟悉的威尼斯，他感觉身心都变得轻松自在。

下船来到大型商船一字排开的斯基亚沃尼码头，侍从对沉浸于思绪中的马可说道："贡多拉来接您了。"停靠贡多拉的码头，就在大型船专用码头的前方。

贡多拉分两种，一种是用作出租的客用船，一种是自家船。这两种船很容易辨别。出租船前后有两名船夫，而自家船只有一名。出租船配两名船夫，大概是为了提升船速，增加客流吧。来迎接马可的贡多拉，似乎是丹多洛家族，应该说如今是伯父家的自家船，船夫也是马可不认识的男子。

马可的随身行李不多，转乘贡多拉没费多少工夫。船夫和侍从坐在摆放行李的船尾，马可一个人坐在靠近船头的位子上。没有任何人打搅，他想静静地独享久违的威尼斯风景。

缓缓划动的贡多拉，随即朝大运河方向驶去。眺望着左手边以总督官邸为背景的海关建筑，进入两岸华屋林立、名副其实的"大"运河，仿佛步入巨型剧场的舞台。

恰逢周日，威尼斯城中教堂的钟声连绵不断地响起。这些教堂的钟声音色迥异，乘风驶入大运河的那一刻，汇成一曲壮丽的交响乐。

还有那种只有在贡多拉上才能体验的微妙的摇晃感。坐在贡多拉上，后背、腰间和双脚能直接感触到波浪的起伏。

聆听着响彻大运河的交响乐，沉浸于贡多拉独特的摇摆之中。这种感觉，才是真实的威尼斯。

丹多洛本家的宅邸，处于蜿蜒曲折的大运河中段、远望里亚尔托桥的位置，300年前丹多洛家族鼎盛期的辉煌余韵犹存。与大运河沿岸的其他建筑相比，丹多洛家的祖屋多少显得有些古风，但依然是沿袭了商住两用传统的典型的威尼斯宅邸。

整栋宅邸有四层楼，名为"piano terra"的底楼，可以直接从运河卸货上岸搬入货物，上面一层是接待客户用的会客间，再上一层是主人一家的起居室，顶层是用人们的房间。这也是因应以贸易立国所需而形成的建筑模式。

面朝大运河的正面装饰，随着时代的变迁发生了变化。

只要往返一趟大运河，就能看到 14 世纪、15 世纪以及 16 世纪那些不同岁月所留下的痕迹。在这些建筑中，丹多洛宅邸属于 14 世纪的风格。

面向大运河的底楼的拱门下，站立着等候的众人，从伯父到用人们，个个笑脸盈盈地迎接着一家之主暌违五年的归来。见到这般场景，马可不由自主地叹了一口气。他将视线转向坐在船尾的侍从。到底是长年侍奉左右，侍从完全明白主人的心思，他向贡多拉的船夫吩咐了几句。

从一张张笑脸前径直划过的贡多拉，转向丹多洛宅邸边汇入大运河的小运河。那里有一个小广场，从广场到小运河，有一段称不上码头的石阶。登上寥寥数级阶梯，丹多洛家的屋门近在眼前。如果面向大运河的一侧算正门，那么这个出入口就像后门。

好心等候却遭无视，势必让迎接的人们感到有些不知所措。然而，伯父并没有显露出一丝不悦，他给久违的侄子一个热情的拥抱，然后说："看上去成熟不少啊！"

也许是道出了众人的感受，大家不约而同地发出了笑声。就这样，马可阔别五年的归乡场面，如他的性格一般，没有喧哗，安静且温暖地落下了帷幕。"你应该很累了，我们另找机会慢慢听你聊。"说完这番话便离去的伯父，让马可心生感激。

在威尼斯，不仅工作场所与住所不分，政治与经济，也同处一个屋檐下。如果说马可从事的是政治，那么经济面则由伯父负责。

威尼斯的贵族不像其他国家的同类拥有广大的领地，通过向其领地的子民出租土地奠定经济基础。当然，也不是和外国做贸易积累了财富，便能成为贵族。威尼斯的贵族，仅仅是家族成员有权参与国家政务而已。而且，每一个家族，只有一名成员被允许从政，除此之外的男性成员负责经济。这是一个家族中出一位政治家，其余都是商人的分工体系。正因如此，这些威尼斯经济人的工作之一，就是替从政者有效地运作其资产。威尼斯共和国规定，所有从政者都是无薪奉献。因此，向政治家提供经济上的支持，便成了家族中经济人的任务。

尽管这种分工体系非常合理，但并非完美无缺。威尼斯政府没有忘记制定相关的应对措施。

担任国家政务，尤其是位居政府中枢的人，掌握着最新的情报。如果在和家人聚餐时，他透露了些什么，饭桌上的那些经济人，就会比其他同行更早获得消息。例如，法国与西班牙可能开战、在东方不满土耳其统治的波斯人即将爆发叛乱等等。

一旦拥有资讯，贵族家的经济人便能抢得先机。他们也许会向可能发生问题的地区增加出口，或者加快回收在那些地方的利益。

所谓以贸易立国，就是以经济立国。

换言之，在威尼斯共和国，还有很多不属于贵族家族的商人。事实上，位于威尼斯共和国第一阶级贵族之下的，是被统称为"公民"的平民阶级，他们从事的，大多是手工业、商业和海运业。

威尼斯共和国政府认为，这些人也应该拥有获得情报的平等机会。否则，在资讯方面也是不公平的。

于是，国家制定了法律。如果政治家向家族中的商人透露"内部消息"，将被处以巨额罚款。就是说，一旦违规，势必重罚。

竞争当然很激烈。但至少这条法律，是基于起点平等的考量而制定的。

虽然马可的伯父也说过"另找机会慢慢听你聊"，但那只是他与久别重逢的侄子相约一个聚餐的机会。饭桌上，马可曾经到访的佛罗伦萨和罗马，势必会成为伯父及其儿子们询问的焦点，但问题仅限于两城的名胜古迹或当地居民的日常生活，不会涉及马可的个人经历。

至于马可为什么会在这个时期回国，是纯粹因为思乡情切，还是因为政府的召令，如果是后者，马可会在政府内担任什么职务等等，他们既不会打听，也不会让它们成为餐桌上的话题。

这是威尼斯共和国贵族的规矩。既然身为精英，那么自我克制的精神是必不可少的。

就是这样一个威尼斯，马可·丹多洛回来了。

伯父一家离开之后，丹多洛的宅邸又恢复昔日的光景。马可在忠心的老仆人夫妇及其侄子的照料下，过着单身的日子。

身为贸易商的伯父住在距离大型商船出航码头较近的斯基亚沃尼河沿岸的宅邸，因此这栋面向大运河的老宅虽然是商馆式的建筑，但如今已不再做商用，自然也少了人来人往，马可喜欢这里安静的环境。

二楼的会客室以后只会招待一些亲近的友人。马可象征性地在这层转了一圈，上楼去起居室。他先进卧室洗净身体，换上便服。晚餐尚未准备好，于是他去了书房。

卧室维持着原来的模样，书房也丝毫没有改变，连桌上摆书的位置都没有动过。马可仿佛一下子回到了五年之前。

令马可感到昔日重现的原因还有一个，他望见了书房墙上挂着的一幅肖像画。那是一位威尼斯派画家的作品，画中人是刚满 30 岁的马可。

带来那位据说是在威尼斯出生的画家，强烈要求马可请他作画的，是埃尔维斯。

埃尔维斯·古利提也在那个时期请人画了肖像。替他画像的是当时风头正劲的新锐画家提香。提香之前受威尼斯政府委托，替总督安德烈·古利提画了肖像。总督本人对作品非常满意，于是又请他为儿子埃尔维斯画像。

马可见过那幅画，的确是一件了不起的作品。做总督的父亲也相当喜欢，将儿子的肖像画挂在私宅的起居室。不过，埃尔维斯本人却对好友马可说："我照指定的姿势站着，他端详了一会儿。我们只见了那一回面，之后他再也没要求我干什么。没想到不出一个月，他就送来了画像。我看着那幅画说，'原来我的眼睛如此空洞'。然而画家对我说，'一无所有的空和思绪万千的空，是不一样的'。"

就算没有埃尔维斯的强行推荐，马可也考虑过请人为自己画像。因为他想知道，别人是如何看自己的。

埃尔维斯带来并推荐给马可的画家，不是提香，说是因为提香的要价太高。"我的画是父亲帮我付的，你得自己负担。不用担心，这位画家的技术不输提香。再说价格的高低，不完全取决于画家的技术，还和推销手段有关。"对埃尔维斯的这番说辞，马可当时有点不以为然，他不认为艺术家和商业有什么关系。后来他才明白，两者之间并非全无关系。

埃尔维斯带来的画家名叫洛伦佐·洛托，看上去 40 岁左右，是在威尼斯出生的本地人。这位画家凝视了马可一会儿，说道："你是一位 gentile aspetto 的人，我打算画出这种感觉。"

gentile aspetto 一词，自从出现在但丁的《神曲》中之后便广为流传，用于形容人品貌端正。

称马可品貌端正的画家洛伦佐，和提香不同，不是见一次面便能了事。画家根据光线，决定让马可坐在书房的窗边，面前的书桌以及铺在上面的桌布，也是由画家决定的。连桌上摆放的书籍，都是他从马可的书架上挑的。画家甚至问马可平素在书房穿什么衣服，继而打开衣柜，替他选了在家穿的便服。

在边上看着的埃尔维斯，笑得乐不可支。"这就叫《书房中的丹多洛家族的家主》。很像你的风格啊。夹着书本去总督官邸的元老，也只有你一个。"

画家没有跟着笑，依然保持着严肃的表情。他从书房摆放的花瓶中取出一枝玫瑰，将花瓣撒在按规定姿势坐着的马可面前。这下又惹得埃尔维斯哈哈大笑，马可也差点儿没崩住。

洛伦佐·洛托画得很慢，用了比提香多一倍的时间才完成作品。当然，马可公务日益繁忙，常常抽不出时间坐在画家面前，这也是画作不能完工的原因之一。等画像最后完成，已经是埃尔维斯去了土耳其之后的事情。

当画家亲自带着完成的画作上门，见到肖像的那一刻，马可的反应不是满意或不满意，他心里想的是，原来他人眼中的我是这样的。

不过，马可仍然由衷地向画家表示感谢，支付了事前约定的报酬。他只提了一个问题：画像右下角绘着的小小的玫瑰花刺，是什么意思？

画家神情严肃地答道："虽然不至于像玫瑰花的花期那么短，但人的青春也会很快消失。茎刺就是为了让你记住这一点。"

马可久违地站在这幅画像前，心想，如今的自己，已不似当年。

他的发型变成了时下流行的长发，两侧夹杂着些许白发。他当年没有留胡须，虽然后来按照奥琳皮娅喜欢的那样剃得很短，但现在沿着下颌长了出来。至于内心的改变，更是30岁时的他不曾想象过的。

不管怎样，哪怕内外都有些变化，马可依然是画中那位品貌端正的男子。他想起埃尔维斯说过："暴露在艺术家所谓的慧眼之下，也算是一件好坏参半的事情。"

现在，埃尔维斯的命运已经揭晓。可是在提香替他画像的当年，又有谁能想到他日后会发生那样的事情。如此想来，提香也许真有一双所谓的慧眼。

如果10年前洛伦佐·洛托也是用一双慧眼替自己画像的话，那么他同样预见了马可今后的人生。

两人第一次见面时，画家说过，马可是一位品貌端正的人。品貌端正，意味着活得端正。马可伫立在画像前，想着也许这就是画家对自己后半生的预言。这时，老仆妇小心翼翼地进来报告，晚饭已经准备好了。

餐桌上摆着的，都是以前母亲在世时常吃的家常菜。盛在穆拉诺岛制作的刻着精美花纹的酒杯里的酒，光凭那股香味，马可便知道是丹多洛家族在布拉诺岛酿制的玛尔维萨品种的葡萄酒，古希腊人叫它"来自众神的信"。葡萄酒入口的那一瞬间，马可才真真切切地感觉到，他回到了威尼斯。

重返岗位

　　第二天早晨，马可前往总督官邸。今天不是元老院开会的日子。但不同于共和国国会或元老院，十人委员会（CDX）没有固定的开会日子。也就是说，只要有需要，可以连日不断地召开会议。既然恢复了委员的身份，哪怕刚回国，也必须尽快入府报到。

　　带着一丝怀旧情绪，马可斜穿过宽大的官邸内庭，拾级而上，往三楼十人委员会的房间走。他突然意识到，以前一步可以跨过四五级台阶，如今只能跨两三级。昔日时光竟然以如此方式再现，马可不由自主地笑了起来。

　　虽然没有会议，十人委员会的房间里还是聚齐了所有委员。其中的三分之二，马可都不认识。但他们所有人都清楚，马可再次成了十人委员会的一员。马可用眼神向这些同僚示意，他们也以同样的方式回礼。

　　在座的所有人都知道马可·丹多洛这五年缺席的原因。

然而，败者复活的机制，存在于威尼斯共和国的各个领域。

自家的商船满载采购的货物兴冲冲出航，却在途中遭遇风暴，沉入大海。对于像这类一夜间倾家荡产的人，国家也开辟了救济之道。政府设有名叫"中小企业对策"的委员会，破产者可以向委员会申请资金援助，民间的金融机构也不遗余力地给予支援。无论哪一种方式，都无须担保，而且是低利率。

如果没有那么充足的理由获得支援，至少还能做"耻辱乞讨者"。他们从头到脚用黑衣蒙住，不会被人认出，讨点生活费的机会还是有的。

任何人都会犯错，每个人都可能遭遇不幸。威尼斯为这些人提供了东山再起的机会，在政治界也不例外。

古罗马帝国末期，人们开始在海上建国，他们所拥有的资源，只有从海水中提取的盐。将食盐卖给他国人以换取当地的物产，再将那些物产转手卖给另外的外国人，威尼斯就是通过这样的方式逐渐成长。

可是不久之后，人们在欧洲北部发现了盐矿。海盐虽然美味，但是从海水中提炼颇费功夫。再说，食盐的价格原本就不高。威尼斯产的食盐，因岩盐的出现而失去了市场。对威尼斯而言，剩下的资源，唯有人力。

更何况，在建国已经过去一千年的 16 世纪，威尼斯共和国身处君主大国的包围之中，东有土耳其，西有西班牙、法国，这些国家仅人口就是威尼斯的 10～20 倍。而威尼斯所拥有的资源，只有人才。和那些大国不同，威尼斯不能失败。在威尼斯，有公民权的国籍拥有者之所以全员被视为人才，并非出于什么高贵的意识形态，而是人口稀少的国家为抗衡那些对人口损失不敏感的大国所采取的务实且理性的战略。

和回到这个国家的马可用眼神交流的那些委员中，或许也有人是通过败者复活的机制重返岗位的。在威尼斯共和国，无论政界还是商界，都不采用扣分主义。在任何时候，向任何人平等地提供重新开始的机会，被视为理所当然的事情。

十人委员会中有三位委员长。他们的"制服"是红色的长袍，所以一眼便能分辨出身份。马可主动上前和他们打招呼。

三人也恭敬回礼。紧接着，其中一位对马可说："有工作等着。我们打算派你去事务局。"

在与委员会同层的事务局的房间里，三名男子已经在等候马可。

一位是只有名称很优雅的"黑夜绅士团"中负责包括犹太人居住区在内的卡纳雷吉欧区的警察署长。另一位是就职于威尼斯医院，同时也为政府工作的犹太医生。最后一位马可认识，他是十人委员会的秘书官。

秘书官首先开口，说明了请马可过来的原因。两天前，在犹太人居住区的运河上，人们发现了一具浮尸。打捞上来的尸体最初被认为是单纯的溺死，警察原本也打算按正常程序处理。可是当他们向医生确认死因时，才发现死者是在被杀害后扔进运河的。

这时，犹太医生开口了："也许是因为长时间浸泡在海中，尸体腐化严重，所以最初没有发现伤口。不过，仔细检查的话，可以看到侧腹处有两道遭尖刀刺过的痕迹。"

秘书官插话："如果这只是一件单纯的杀人案，可以转交给负责处理犯罪的四十人委员会。可是警察在调查死者身份及其住址之后，发现这个被害人是热那亚人，而且姓多利亚。"登记辖区的旅馆所提交的住客名单，也是"黑夜绅士团"的工作之一。

秘书官继续说："被害人姓多利亚。如果他和那个多利亚有关系，就不能作为平常的犯罪案件处理，要看他和安德烈亚·多利亚关系的远近。这说不定会成为政治问题。"

作为威尼斯最高情报机构十人委员会一员的马可，被派来的理由正在于此。

这段时间，没有谁会像热那亚的望族安德烈亚·多利亚那样，遭威尼斯人憎恨。

就在一个月前，威尼斯在希腊的海湾普雷韦扎饱尝了败北的滋味。为抗击纠集穆斯林势力的土耳其海军，威尼斯作为刚集结不久的基督教联合舰队的一员参与了海战。那支联

　　　　　　　　　　重返威尼斯

合舰队的总司令是安德烈亚·多利亚。

而战败的原因是本该下达出击命令的多利亚，竟然指示撤军。凭借海军实力被世人誉为"地中海女王"300年来，威尼斯海军从未有过面对敌人掉头逃跑的先例。纵使输过陆战，威尼斯人在海上还没有被打败过。

这是第一次逃跑。尽管威尼斯在战力上只损失了两艘加莱船（亦称桨帆船），但在精神方面却遭受沉重的打击。毕竟这是威尼斯海军首度背向敌人逃之夭夭，哪怕是因为服从总司令的命令。而让威尼斯的海上男儿不得不逃跑的罪魁祸首，就是安德烈亚·多利亚。何况，这位多利亚还是热那亚人。尽管热那亚的实力如今已经衰落，但同为海洋城邦国家的威尼斯和热那亚，在历史上一直是竞争对手。

安德烈亚·多利亚成为威尼斯关注对象的更重要的原因，是他现在是神圣罗马帝国皇帝兼西班牙国王查理五世的海军雇佣兵队长。无论奥地利还是西班牙，都没有海运国家的历史和传统。统治这两个国家的哈布斯堡家族的家主查理五世，打算如何去强化自家的海军呢？

很凑巧，土耳其的苏丹和西班牙国王查理五世想到了同样的办法，并且都采取了行动。

土耳其利用海盗，西班牙也通过雇用其治下的热那亚人，建立起海军队伍。热那亚人可以完美胜任。曾经与威尼斯争夺地中海霸权的热那亚，从来不缺有能力、经验丰富的海将。

只是在国家失去独立之后，他们都成了其他国家的雇佣兵队长。

安德烈亚·多利亚本人最初受雇于教廷，之后又被查理五世从法国国王处挖角，统管西班牙海军。

鉴于这种关系，得罪多利亚，就可能得罪查理五世。基督教联合舰队的结成能否实现，全凭查理五世的心情。

马可很快就明白了恢复十人委员会委员身份的自己被派来事务局的原因。于是，他决定和在场的三个人一起完成这个任务。办公地就选在十人委员会事务局的一角。连马可在内总共就四个人，有一张桌子足矣。再说，也没有比十人委员会事务局更能保守秘密的地方。马可向三位协助者分别交代了具体的任务。

他命令20多岁的"黑夜绅士团"成员在其管辖的卡纳雷吉欧地区，寻找案发前后的目击证人。由于尸体出现的地方属于犹太人居住区，寻找证人时必须谨慎小心。

年纪与马可相仿的犹太医生见过很多浮尸，有丰富的经验，因此马可请他调查威尼斯哪些地区最常出现浮尸，然后标在地图上。威尼斯的运河如渔网般密集，尸体打捞上来的地方，不见得就是遇害的场所。

马可分派给长期担任十人委员会秘书官的赖麦锡的任务，是一个很符合其50多岁资深官吏身份的敏感工作：调动所有布在热那亚的眼线，调查被刺死后抛尸运河的多利亚和安德烈亚·多利亚之间的关系。这是一项极其重要的任务，必须在安德烈亚·多利亚本人察觉前完成。唯有在威尼斯谍报机关十人委员会拥有长年工作经验的人才能胜任。

就这样，时隔五年重返岗位的马可，从第一天起便投入忙碌的工作中。单单十人委员会，每周就有四五次集会。不仅是马可，威尼斯政府的全体成员都忙碌到甚至没有时间去消化普雷韦扎战败所带来的打击。神圣罗马帝国皇帝兼西班牙国王查理五世、被查理五世封为奥地利大公的其胞弟斐迪南，以及正与查理五世争夺欧洲霸权的法国国王弗朗索瓦一世，都向威尼斯提出了派军支援的请求。

对于这些请求，该如何应对？它们关乎威尼斯共和国的独立性。

正式答复函由元老院决定。不过，首先是总督及其六名辅佐官以及十人委员会向元老院提出草案。由大约 200 位元老组成的元老院当然可以否决草案，不过，大多数情况下几乎是一字不改地予以采用。因此，十人委员会的内部审议十分慎重，仅是文本就常常讨论至深夜。往往都是高龄的总督在官邸内设专属公寓，正是为了应对这种情况。

话说回来。十人委员会内部的审议案，在提交元老院裁定之前，不会向外透露。也就是说，在正式作为共和国的政策之前，所有问题都处在高度保密之下。如何应对这些大国君主的请求，也是在十人委员会内部决定的。

十人委员会对所有的请求，都给出了"拒绝"的决定。提倡和平主义，并不是选择中立，结果还是需要全方位的外交斡旋。但考虑到国家利益，他们不得不这样做，因为要尽量避免答应了一国而与其他国家为敌。

以德意志为中心的神圣罗马帝国皇帝兼西班牙国王查理五世的请求，是希望威尼斯派遣海军，协助西班牙去攻打北非的侵略军。

威尼斯政府对此的答复是：如果我国的海军再次在安德烈亚·多利亚的指挥下作战，将会在国内引起极大的民愤，所以我们绝对不能答应。

西班牙海军不能没有安德烈亚·多利亚，威尼斯对此当然很清楚。结果查理五世在没有威尼斯海军的协助下进攻北非，最终惨败而归。

而受兄长查理五世之托统治奥地利的斐迪南，则希望威尼斯派兵支援正在与逼近维也纳的土耳其军队苦战的奥地利军。对此，十人委员会竖起的是经济盾牌。

在威尼斯市中心，自古以来就设有德意志商馆。虽然商馆叫"德意志"，但它不仅仅是供德意志商人使用的场所。300多年来，所有来自阿尔卑斯山以北国家的人，都将这里作为在经济中心威尼斯开展商业活动的据点。

专制君主打仗也需要资金。而当时筹集军费最快速的方式，是向银行借款。奥地利大公斐迪南也不例外。

对于这位专制君主的请求，威尼斯十人委员会以派兵北上翻越阿尔卑斯山会阻碍南下的商人们的往来为由予以拒绝。威尼斯的答复，自然是算准大公不敢忽视为打仗提供资金的本国商人的利益。无论如何，目前算是解决了奥地利的问题。

法国国王弗朗索瓦一世的请求，在某种意义上是完全不值得同情的无理之举。法国国王听闻西班牙国王亲征北非，打算趁机攻打西班牙，因此希望威尼斯派遣援军。

十人委员会给弗朗索瓦一世的回复就一句话：威尼斯不做乘虚而入的事情。

所谓外交，是不流血的战争。或许应该称为"外政"，而不是"外交"。

与那些大国相比，无论拥有的土地面积还是居住的人口数量，威尼斯可以说都是一个小国。然而，在16世纪，论海军和经济实力，威尼斯又是一个大国。

如果没有威尼斯海军的参战，那些大国再大，也赢不了战争。如果没有威尼斯的经济实力支持，那些大国不可能指望改善经济状况。

根据不同对手，威尼斯十人委员会轮流使用着这两张王牌。换言之，选择一条只要灵活运用王牌就能达到预期效果的道路。马可·丹多洛也再次成为一位玩牌者。

尽管一回国便忙得不可开交，马可还是在入府的第二天专门去拜见了总督古利提。虽然十人委员会开会时每次都能遇见，但他曾经亲自写信给在罗马的自己。更主要的是，他是亡友的父亲。

在总督官邸内的总督专用公寓中迎接马可的古利提，看上去完全不像一位83岁的老人。与其说他已经走出儿子埃尔维斯悲惨遭遇的阴影，不如说他是习惯了身处乱世的老政治家。正如普雷韦扎的战败点燃马可的心中之火，威尼斯的不幸，或许反而更激起了老总督的斗志。不过，两人的话题，自然而然地又转向了埃尔维斯。

"埃尔维斯曾经深爱过一位女子。"

"我知道。"

望着马可惊讶的表情，古利提说道："那段恋情从一开始我就知道。有一次，埃尔维斯对我说，虽然不得不保守秘密，但是无人知晓的恋情未免过于悲哀。他全告诉了我。除了听他倾诉，我什么都做不了。不过，作为父亲，我还是很高兴。死亡会降临在每一个人的身上，但真正的爱情不一定眷顾所有人。谈起那位女子时，埃尔维斯看上去真的很幸福。"

说这些话时的古利提看上去像一位平常的父亲。可是，安德烈·古利提不只是一位父亲，刚刚还在怀念死于非命的儿子，转眼变了表情。他一脸诙谐地说："当听说那位女子是佩利留夫人时，说实话我可不怎么高兴。那时正值佩利留在元老院对我穷追猛打的时期。威尼斯共和国的独立高于一切。在这一点上，我和佩利留的观点是一致的。不过，对于他哪怕加入查理五世的旗下也能保持独立性的主张，我无法认同。君主国绝不可能允许其下属国保持共和政体。佛罗伦萨就变成了君主制。没有共和政体，便没有威尼斯的独立。历经建国以来漫长的岁月，对我们国家而言，共和政体已经像血管一般遍布全身。"

或许是因为总督的口气像父亲对儿子说话，马可也直截了当地问："您是一边听着佩利留的批判，一边想着他夫人的事情吗？"

古利提顿时变得严厉："我可没有想这些下流事情的习惯。"但他马上又换成亲切的语调："不过，在反驳他的意见时，这的确有助于我保持冷静和理性。"

告辞时，老总督又对马可说道："下次来我穆拉诺岛的别墅。在那里，我们可以晒着太阳慢慢聊。"

是啊，总督官邸再华丽，也只是工作的地方。"我会尽早去那儿见您。"话虽如此，马可的脚步却朝着楼上"黑夜绅士团"的拘留所走。因为他接到报告，犯罪嫌疑人正等着他去讯问。

犹太人居住区

在进入扣押犯罪嫌疑人的审讯室之前，马可先听取了警察署长的汇报。

"根据在犹太人居住区找到的两位证人的证词，在发现尸体两天前的晚上，被害人多利亚和犯罪嫌疑人曾经在犹太人居住区的广场上发生争吵。据说当时犯罪嫌疑人叫嚷着，'你敢碰，我就杀了你'。两位证人说他们只是碰巧经过，不清楚争吵的原因。"

马可推门进屋，见里面坐着一位年轻人，大约20岁出头。他的名字叫大卫，听名字就知道是犹太人。在当时的意大利，犹太人并不会仅因为这个身份就遭到排斥。巨匠米开朗琪罗年轻时创作的优美的大卫雕像，至今依然岿然屹立于佛罗伦萨的中央广场。

眼前坐着的这位威尼斯的大卫，虽然作为犯罪嫌疑人遭扣押，但没有流露出丝毫胆怯的神情。

"黑夜绅士团"负责审问大卫，马可坐在边上观察。年轻的犹太人爽快地承认，曾经和人有过冲突，威胁要杀死他。他们发生争执的原因是那个醉汉过来挑衅，说要杀他是因为醉汉想碰自己的乐器。

警察问是否知道对方是热那亚人，年轻人回答，听口音不像威尼斯人，但不知道是热那亚人。警察再问为何要说杀人这等狠话，年轻人将靠在椅子边的乐器放到桌面打开，具体地说明。

这把弦乐器是专门请克雷莫纳的工匠定制的，他从不离身。对他来说，它就像自己的生命一般，不允许他人碰触。

只有在奥琳皮娅处见过乐器的马可，也是第一次见到这种弦乐器。大概因为外形比 viola（中提琴）小一些，所以才给它取了个意为小型提琴的名字 violino。如果是和生命一样贵重的东西，马可似乎能够理解年轻人扬言"你敢碰，我就杀了你"的心情。

大卫说他摆脱醉汉后便直接回家睡觉了。警察对此没做深究，改问他之后两天的行踪。年轻人的回答依然没有含糊之词。

大卫说他第二天去了朱代卡岛的女修道院。从两年前起，他给寄宿在那里的女孩教授音乐。音乐课从下午开始，由于太过专心，他错过了犹太人居住区的开放时间。女修道院院长安排他在看门老人家过夜，所以他在朱代卡岛待到次日早晨。回到犹太居住区后，他一直在家中教少年们音乐。

调查大卫在犹太人居住区的行动并不困难。在"黑夜绅士团"的命令下，警察们分头去收集年纪轻轻却已被称为"大师"的大卫的学生们的证词。

年轻人教女孩音乐的那家女修道院的名字，马可听说过。那是少女莉维亚生活过的地方，院长还是丹多洛家的远房亲戚。马可决定亲自去向女修道院方面核实。

在调查期间，大卫被拘留，不得回家。虽然叫拘留，在威尼斯就是被关进与总督官邸一桥之隔的监狱。对这个年轻的犹太人多少产生了一些好感的马可，有种尽快替他"洗白"的念头。

第二天，马可和前一天审问大卫的警察一起前往朱代卡岛。

迎接他们的女修道院院长，脸上的温柔表情一点没变。不过，这一天，她是作为女修道院的负责人，对马可始终保持着公事公办的态度。

院长介绍说，大卫大师每月来给女孩们上一次音乐课。他教得十分认真，孩子们的技艺明显有所提高，女修道院的整体氛围也因此变得明朗许多。

当被问及授课是否会延续到下午很晚时，院长不禁露出

　　　　　　　　　　　　　　重返威尼斯

微笑，回答说这时有发生。他不能住在女修道院，所以就让他在看门的老人家留宿。

根据威尼斯的法律，哪怕证人地位尊贵，单方面的证词也是不够的。"黑夜绅士团"和马可又找实际管理女修道院的修女了解情况。修女带他们参观音乐教室，介绍说天气好的时候，也常常会在教室前的回廊上课。这位修女对大卫的评价同样很好。身为天主教的修女，尊称年轻的犹太人"大师"时一点也没犹豫。

回到总督官邸的二人，很清楚自己要做的事情，那就是立刻释放被当成犯罪嫌疑人的年轻人。此刻已是日落时分，过了犹太人居住区的开放时间。所以，只能委屈这位犹太小提琴手在牢房里多待一个晚上。不过，马可还是亲口告诉年轻人，他第二天一早就能回家。

马可和另外一个犹太人、医生丹尼尔之间的工作，也基本接近尾声。医生在马可面前摊开威尼斯街市图，上面零零散散涂着红色的标记。他告诉马可，这些是这一年中打捞上浮尸的地点，紧接着开始详细说明。

首先，溺死的大多是因醉酒而不慎跌入运河的人。浮尸出现的时间大多在冬季，而非夏季，这恰恰可以证明死亡事故缘于醉酒。因为即使喝葡萄酒没有问题的人，喝产自北方内陆的蒸馏酒也会醉。在威尼斯，酒鬼们往往在冬季喝这种酒。其次，相较于威尼斯本地人，冬天因喝烈酒而掉进运河的，更多是不熟悉环境的外国人。

光是凭地图上散落的这些红点，不可能查出死者确切的遇害地点。医生补充道："冬天风高浪急。尸体大概是被大浪冲上海岸，大多出现在市区北侧。建于海上的这座城市，运河如蛛网般密布，可是却能比意大利其他城市更早发现尸体。"

这一点不必医生说明，马可很了解其中的原因。

海上之都威尼斯的运河，不仅是为了船只的航行。出于卫生的理由，也必须保证水道的畅通。无论大小运河，日常维护绝不能懈怠。政府甚至还成立了专门的委员会。委员会负责人若玩忽职守，会被处以死刑。

威尼斯的日常用水是过滤后的雨水，废水则是直接排入运河。仅市区人口就超过 10 万的威尼斯，保持水流畅通，也是鉴于卫生上的考虑。

所谓治水，就是治理水。对海上居民而言，这是绝不能忽视的头等大事。

正因为有治理，尸体浸泡在海水中的时间自然会比其他城市短。然而，对搜查一方而言，威尼斯这种特有的状况，有可能使得这桩弃尸案成为无头案。

更何况，需要动用十人委员会出面解决的问题尚未落实。不过，两天后秘书官赖麦锡提交的报告，似乎给破案带来了曙光。

不愧是十人委员会全面启动谍报网进行的调查，赖麦锡的报告完美无缺。

首先，那具男性浮尸的确姓多利亚。不过，在热那亚，多利亚家族是有数百年历史的望族。不仅热那亚，在意大利任何城邦，但凡有名门望族，家庭成员通常都会随着时间推移而不断增多，亲缘关系扩散至社会的各个阶层，以至于无法判断某个同姓男子就是家族直系。在佛罗伦萨，有很多人姓美第奇，在威尼斯，身为丹多洛家族家主的马可，不曾谋面的姓丹多洛的人同样不在少数。所以，多利亚家族作为热那亚屈指可数的名门，门下有一些是家主安德烈亚·多利亚不认识的人，也不足为奇。

然而，再小的事情，对那些别有用心的人而言，都是挑起事端的材料。深得神圣罗马帝国皇帝兼西班牙国王查理五世信任的海军总司令安德烈亚·多利亚对于这桩杀人案的态度，还是没有弄清楚。

赖麦锡不愧是资历深厚的十人委员会的秘书官。他决定通过驻热那亚的威尼斯大使旁敲侧击，打探一下安德烈亚·多利亚如何看待不久前发生的普雷韦扎海战。

事实证明，海将多利亚很不乐意触及这个话题。倒不是因为对方是威尼斯大使，任何人提及那场海战，他都会露出不悦的表情，并打断话题。

16 世纪上半叶，出生于海洋城邦国家热那亚的安德烈亚·多利亚，是地中海世界最著名的海将。但在祖国被外国势力控制之后，他就不再是把国家利益放在首位的海将。作为雇佣兵队长，他以为雇主打工为业。安德烈亚·多利亚之所以能够离开法国国王弗朗索瓦一世转投西班牙国王查理五世麾下，是因为他是拥有自己队伍的雇佣兵队长。做出这个决定，主要基于经济条件和一点点政治条件。他受雇于大国君主，至少能让祖国热那亚在内政上保持自治。

在普雷韦扎海战中，率领西班牙—威尼斯—教廷联合舰队的统帅，正是这位安德烈亚·多利亚。当时成立这支基督教联合舰队的目的，是打击已经威胁到西地中海的土耳其舰队。

可是，战场普雷韦扎位于希腊的西海岸。就算在这片海域赢得胜利，最终获益者也是以东地中海为主要市场的威尼斯共和国。而另一方面，经不住罗马教皇的鼓动从而组织起联合舰队的查理五世，心中盘算的是将这支舰队用在自己锁定的西地中海。

既然是这样，那么在到达普雷韦扎海上时，多利亚接到的查理五世的密令，自然是不能打一场有利于威尼斯的仗。而作为雇员的多利亚，服从雇主的命令，也是情理之中的事情。那么，多利亚最终是如何行动的呢？

原本一场只要全力以赴就能十拿九稳的海战，竟然奇妙地用了边打边撤的作战方式。直属联合舰队总司令多利亚率领的西班牙舰队撤离战场，作为副总司令的威尼斯提督卡佩洛也不得不随之而去。

就这样，从未背对敌人的威尼斯海军，在普雷韦扎首次尝到临阵脱逃的屈辱。虽然军力上只损失了两艘加莱战船，牺牲并不大，但真正的伤害在于，威尼斯长年来引以为傲的海军第一次在海上逃离战场。威尼斯举国上下当然对安德烈亚·多利亚恨之入骨，威尼斯政府当然从此不再相信安德烈亚·多利亚。

不过，普雷韦扎一役，也让安德烈亚·多利亚本人受了伤。作为一名海将，他的自尊心受到了伤害。

虽然已年过 70，但多利亚是见到穆斯林便紧咬不放、被誉为"海狼"的猛将。他的存在，彰显了昔日海洋强权热那亚的海上男儿们的骄傲。然而，就算是听命于雇主，从敌人眼前开溜，还是让"海狼"名声扫地。多利亚听到普雷韦扎便一脸不悦，或许就是让他想起了"海狼"的污点。

阅读完秘书官赖麦锡带来的驻热那亚的威尼斯大使的报告，马可·丹多洛手拿资料，前往十人委员会的房间。

向众人宣读完报告之后，马可称他认为安德烈亚·多利亚先生根本不会提及威尼斯的那具浮尸，以总督为首的 17 名委员都表示同意。自此，犹太人居住区发现的浮尸案将离开十人委员会，回到"黑夜绅士团"的管辖之下，作为普通犯罪案处理。或许有一天会抓住真正的凶手，但它已不再是处理国家最高机密的十人委员会出手解决的问题。

　　不过，马可和医生丹尼尔以及秘书官赖麦锡的关系，并不会就此终结。对于因这次案件而相识的这两个人，他抱有不同意义的亲近感。

医生丹尼尔

犰太医生丹尼尔不是出生在威尼斯，而是出生在那不勒斯，40多岁。在完成普通教育之后，他进入萨莱诺医学院学习。

在中世纪的基督教欧洲，萨莱诺医学院属于异类，甚至可以说是一个百花齐放的教育场所。它创校的具体时间不明。在以下几个方面，它有别于其他学校。

第一，它与当时大量存在的修道院等宗教团体无关。

第二，在创立后不久，它接受了阿马尔菲贸易商们的经济赞助。

在现代仅仅是一个美丽的南欧观光城市的阿马尔菲，在一千年前的地中海世界，曾经是一个开拓精神十足的海洋城邦国家。和比萨、热那亚、威尼斯一样，阿马尔菲也是横跨地中海积极展开商业活动的国家。和东方做贸易，阿马尔菲可以说是领跑者。

顺便提一句，现代意大利海军军旗的标志，就是这四个海洋城邦国家的徽章组合。

商人之国阿马尔菲为什么想到赞助培养医生的学校呢？

在漫长的航海期间，不可避免地会遭遇风暴或海盗等事故。哪怕是不打仗的商船，如果有船医随行，也会让全体船员感到安心。所以，对阿马尔菲的商人而言，赞助萨莱诺医学院是理所当然的事情，何况阿马尔菲和萨莱诺相距不远。

说到这所医学院的第三个特色，就是交流。如果物资通过贸易得以交流，那么人与人之间，以及人们的思想，自然也会因此产生交流。这种交流使得萨莱诺医学院成为打破基督教和伊斯兰教两个世界的隔阂的一种存在。

大概到中世纪前期，该学院的水平已接近当时包括医学在内的知识领先的波斯、阿拉伯等伊斯兰世界。在地中海世界，无须上溯至古希腊、古罗马时代，即使在中世纪，欧洲与东方之间也没有泾渭分明。

这所医学院，同时使用希腊语、拉丁语、希伯来语、阿拉伯语四种语言。不管是教授还是学生，都来自地中海世界的各地。学院日后成为连接古代医学与近代医学的桥梁，可以说是必然的结果。

此外，阿马尔菲人也是基督徒。为那些千里迢迢从欧洲前往圣地朝拜的人在耶路撒冷城镇建造医院的，也是阿马尔菲的商人。确保医院的医生数量，或许也是他们出资赞助医学院的理由之一。

在这里介绍一下。这家创建时名叫"圣约翰医院"的医院，在十字军东征的时代改名为"圣约翰骑士团"。此时，它重归初衷，以"马耳他骑士团"之名，继续为偏远地区的医疗事业奉献。所以，如今总部设立于罗马的这个慈善医疗团体的旗帜，是一千年前的海洋国家阿马尔菲的徽章。

在这四个都由商人建立的共和政体的意大利海洋城邦国家中，阿马尔菲首先衰落，原因并不是商人无法再正常运作共和政体，而是它被来自法国北部的诺曼人征服。所谓贸易，唯有双方处于对等的关系才可能实现。而在诺曼王朝，没有通过贸易获取财富的概念，有的只是通过征服领土致富的观点。就这样，失去阿马尔菲这个最佳赞助人的萨莱诺医学院，也随之进入了草木凋零的时代。

萨莱诺医学院复苏，是在腓特烈二世继诺曼王朝之后，统治意大利南部一带时。

身为神圣罗马帝国的皇帝，在肩负捍卫基督教世界之任的同时，又认为政教应该分离，因此常常与罗马教廷的教皇发生冲突，被教廷定罪为"基督教之敌"。但同时，他又被理念相近的人誉为"世界的惊奇"。正是这个男人，注意到即将破产的萨莱诺医学院。

由于父亲是德意志人，因此德语称作"Friedrich II"的这位人物，为对抗背后由教廷操控的欧洲最古老的博洛尼亚大学，在那不勒斯创建了完全没有宗教色彩的大学。作为大学的医学部，萨莱诺医学院因此得以复兴。学院依然留在萨莱诺，所以相当于那不勒斯那所大学的分校。

顺便提一句，在现代成为意大利国立大学的那不勒斯大学，正式的名称是"费德里克二世大学"。费德里克（Federico）是腓特烈（Friedrich）的意大利语发音。这所大学始终保持与宗教划清界限的建校传统，即使在宗教改革和反宗教改革激烈斗争的 16 世纪上半叶，它仍然是允许异教徒入学的少数教育机构之一。犹太医生丹尼尔，就是在这所费德里克二世大学医学部学习。经过五年学习，毕业后的丹尼尔去罗马当实习医生。马可知道无须和这个男人客套，于是直言不讳地问："那里也接受犹太医生？"医生笑答，哪里都需要医生。只要不过于执着宣导自己的宗教，就算是在天主教大本营罗马也没有问题。丹尼尔就是在和做护士的天主教修女们共同工作的情况下，学习临床操作，完成了实习期。

名副其实成为正式医生的犹太年轻人，后来转去了博洛尼亚大学。这所欧洲最古老的大学，同样遭遇文艺复兴思潮的冲击。与曾经主流的神学部齐肩的医学部，也逐渐达到不辱最古老大学之誉的水平。

不过，犹太医生笑着说，在萨莱诺学成的他进入博洛尼亚，仿佛是在其他流派的道场，边转悠边磨炼武艺。那么，为何从博洛尼亚来到帕多瓦？针对马可的这个问题，医生答道："帕多瓦大学可以让我堂堂正正做解剖。"

对基督徒而言，哪怕是对尸体进行解剖，想必也是令人十分厌恶的事情。这种民间的习俗加上基督教的教义，阻碍了欧洲中世纪在解剖学上的发展。即使在倡导回归人性的文艺复兴时期，动手做人体解剖，也需要相当的勇气。

博洛尼亚校龄排名第二的帕多瓦大学在归属共和国之后，被威尼斯打造成国内的最高学府。而且，威尼斯原本就有与罗马教廷保持距离的传统。在帕多瓦大学医学部，解剖学能堂堂正正地成为一门学科，正是依托这些历史背景。不过，犹太人不能成为正式的教授。换言之，他们没有从共和国领取薪酬的资格。犹太人丹尼尔只有靠其他办法维持生计。

犹太医生笑着告诉马可，他在威尼斯医院找了份工作，坐摆渡船往返两地。他从威尼斯去帕多瓦与尸体相处，再坐船来威尼斯医治活人，还兼任威尼斯政府的法医。就这样不知不觉地，他已年过40。

可是，作为犹太人，丹尼尔在威尼斯必须住在犹太人居住区内。在大门从日落至天亮封锁的犹太人居住区生活是否会感到不自由呢？医生第一次以严肃的语气回答马可的这个问题：

"先说结论，没有令人特别不适的不自由。

"首先，与生活习惯相近的同类居住在一起，是人类自然而然的倾向。所以，从古至今都存在居住区这样的形式。就说料理这一件事，各民族有各自的特色，谁都希望做菜时不必介意邻居的感受，想吃啥就吃啥。除此之外，服装不同，信奉的神灵以及祈祷的方式也不同。按民族分区聚居，彼此都更轻松，这是人之常情。除了犹太人居住区，罗马自古以来就有以各自做礼拜的教堂为中心而形成的法国人、西班牙人的居住区。

"不过，和那些地方不同，威尼斯的犹太人居住区是根据威尼斯政府明确的方针划定的。看上去似乎有宗教和种族上的歧视，其实这并非威尼斯政府的本意，因为政府的目的在于引进犹太人的资金。

"犹太人居住区给我们犹太人带来的是绝对的安全。对居住在欧洲的犹太人而言，最大的恐惧是遭遇狂热基督徒的烧杀抢掠。所以，这里最大的好处，就是可以让我们忘记那些恐惧。

"不管怎么说，犹太人居住区设在何处、大门从日落至天亮封锁等，都是威尼斯政府决定的。所以，保证区内居民的安全也是政府的责任。

"你们威尼斯人在伊斯兰国家开设的商馆，为避免穆斯林的袭击，也规定星期五的晚上禁止外出。做出这种不得已的防御措施，是因为旅居的伊斯兰国家不提供安保，只能自己保护自己。但在威尼斯，政府是给我们安全保证的。

"何况，从天亮至日落这段时间内的经济活动，完全不受限制。唯一的制约就是犹太金融业者即使在犹太人居住区内，也不能收取超过威尼斯政府规定的贷款利息。不过，对威尼斯人开办的银行，政府也是同样要求，所以没有差别。

"总之，引进外资、利用外国人的经济力量都是在政府完全掌控下进行的。威尼斯的犹太人居住区就是具体的例子。"

马可在心中感叹，任何事情，一旦改变视角，看法就会改变。他不禁反省自己习惯于当下的常人之见，但他依然坦率地提出了自己的想法："可是，日落前必须回到犹太人居住区，毕竟还是不自由吧？"

犹太医生再次露出微笑，答道："对我们医务人员而言，没有什么不自由、不方便的。如果有患者需要医生出诊，哪怕深夜也会为我们开门。如果白天的治疗延至日落之后，医院的院长会给我们开证明。对医生来说，时限基本上是一个摆设。"

马可被逗得笑出声来，不禁开玩笑说："如果想整晚和你边吃边聊，我就装病。"

"对，这是个办法。不过，我也是忙人一个。所以，你要装病的话，我们得事先调整好时间。"

马可开始认真考虑装病的事。在总督官邸内，鉴于工作性质，很多事只可意会，不可言传。然而，和这位年岁相近的犹太医生谈话，可以无须顾忌，畅所欲言。

最重要的是，他喜欢这位医生保持平衡的视角。没想到回到威尼斯交到的第一位朋友会是犹太人，马可苦笑着和医生约定了"看病"的日子。

女人的香味

　　早晨的圣马可广场，可以见到成群的贵族快步走向总督官邸的身影。威尼斯贵族的首要工作是参与国家政治，所以如果开会迟到，会被处以巨额罚金。没有人愿意付这笔钱。众人步履匆匆，正是为了能准时到达官邸内的会议室。这座总督官邸是威尼斯共和国的大脑。

　　不过，威尼斯共和国还另有一个称呼，历史上常被使用，流传甚广。

　　这个称呼是"Serenissima"。其词源是意为"晴朗"的拉丁语"serēnus"，所以可以理解为"云淡风轻的国家"。说起"Serenissima"，指的就是威尼斯共和国，这在当时欧洲的任何国家都属于常识。

　　然而，掀开这个"云淡风轻的国家"的外表，露出的是冷峻的真面目。换言之，为保持国家云淡风轻的形象，威尼斯人清醒地面对现实，而且不认为毫不留情地践行是羞耻的事情。

对于专职负责国政的贵族，政府不会做道德训话，请他们认识自己的责任，务必出席会议。取而代之的是对开会迟到或无正当理由缺席的人，处以相当于平民两年生活费的罚金。

而在和外国打交道时，威尼斯奉行外交是不流血的战争的原则。美丽的国度、云淡风轻的国家，好听的话人人都会讲，但是要维持这种状态，并不是轻松的工作。对此，威尼斯人非常清楚。

正因如此，在威尼斯政府内，只规定入府的时间，没有出府的时间。工作结束便可离开，所以时间上是根据具体工作而定的。哪怕元老院在中午时分闭会，十人委员会也常常工作至深夜。

马可从犹太人居住区浮尸案中脱身之后，还是第一次在太阳高照时离开总督官邸。入府总是选择最短路线的他，决定下班后绕行而归。虽然要多走些路，但这似乎有助于转换心情。

马可走出总督官邸，望着右手边的圣马可大教堂正门，步入圣马可广场。这里是威尼斯最大的广场，因此周边有很多小路，如同注入大运河的无数小运河一般四通八达。在威尼斯，水域宽阔的运河被称为"canale"，小运河则叫"rio"。广场也有类似的区分。

如圣马可广场这样的巨型广场，和意大利其他城市一样，都被称作"piazza"。除此之外的小型广场叫作"campo"。campo 一般是指教堂前的开放的空地，以前人会在那里种植蔬菜等植物，所以只是沿用了当年的称呼而已。因此在威尼斯，人通行的道路和流动的运河相似，出圣马可广场随即就能拐入小巷。

这一天，马可也走进了通往圣摩斯教堂方向的小路。他不是去做礼拜的，所以只是瞥了一眼，随即往教堂前的桥上走。和威尼斯的大多数桥一样，圣摩斯的桥也建成半月形状。威尼斯的桥之所以都呈这个形状，是人们自古以来的智慧，为防止人行道被水淹没，因为在威尼斯，风强势必浪高。另一个原因当然是为保证行船所需的高度。

鉴于这样的环境，住在威尼斯，就是走路、上桥、下桥、再走路的不断重复。如果不喜欢步行，只有选择坐贡多拉。既不能骑马，也没有马车，还得留意潮汐的起落，这就是海上之都威尼斯的生活。

在圣摩斯桥的桥畔，常停着几艘等客的贡多拉。不过，马可这天没有理会船夫的召唤，径直往前。但他没有走到路尽头，因为这样太绕远。走到半道左右，他拐进另一条小路。

这一带堪称威尼斯的一等地区，聚集着各家有名的店铺。但在土地紧俏的威尼斯，此地的道路也不宽敞。好在走在路中间可以张望一下两边林立的店铺。不赶时间的马可，漫无目的地看着一块块挂在店家屋檐下的招牌，继续向前，不知不觉地又来到一座拱桥前。

因为是半月形的石桥，所以站在桥的这一端，看不见另一端的人。要等双方都爬到桥中间交错而过，才能看到彼此的脸。与那位妇人擦肩的瞬间，马可停住了脚步。

正巧一阵风从大运河的方向吹来。随风飘过的妇人身上的香水味，瞬间罩住了马可。

马可做了一件平生从未做过的事情。他竟然追赶着下桥往小路走的妇人，并且开口向这位陌生的妇人打招呼。"夫人，我知道很失礼。您能否告诉我您今天用的香水，是在哪里定制的?"

突然被陌生的男人叫住，妇人似乎也吃了一惊。不过，如同贵族太太般被称为夫人，再加上尊称她的马可礼貌的语气和体面的穿戴，大概让她放下了戒备，脸上露出平静的微笑，答道："关心香水的男士还真少见呢。就是这附近的香水店，一直是在那里定制的。"然后，她告诉了马可去店里的路线。

马可郑重谢过妇人后，开始奔跑，过桥时也没放慢脚步。他边跑边留意着妇人说的位置，以免弄错方向。如她所言，不远处有一个小小的广场，广场的一角有家店铺，挂着刻有小小瓶子并写着"Profumeria"（香水屋）的招牌。应该就是这家。马可深吸一口气，推开木门。

　　推开门的瞬间，各种香味扑面而来。貌似店主的女人走过来和不知所措的马可打招呼："先生，请问有什么可帮到您的？"

　　被她这么一问，马可不得不说明进店的目的。但不怎么懂香水的他又不知如何说清楚。刚才在路上偶遇、告诉他店址的妇人喷的香水，和某个女人喜爱的香水味道很相似。马可词不达意地解释着。女主人倒是很耐心，她拿起一个小瓶子，在纸片上滴了几滴，递给马可："那么，您试试是不是这个香味？"

　　有些像，又有些不像。这话说得让人更摸不着头脑。望着店主忍不住露出的困惑表情，马可咬咬牙，索性和盘托出。

　　"有一个以前住在威尼斯的叫奥琳皮娅的女人。"

　　女主人这才恍然大悟似的说道："您说的那位是本店的贵客，而且是特别的客人。其他妇人只要是琥珀与藏红花调和的香水便心满意足，但这位客人调香也要亲自动手，反复尝试后再决定自己要的味道。所以，调和用的各种香料的配比都有记录。她在罗马和佛罗伦萨时也曾向我们订货，我们每次都是按照要求寄给她。"

　　女店主说着，拿出奥琳皮娅自制的香水配方，向马可解释。

"琥珀和藏红花是基本香型。不过，奥琳皮娅小姐会再加入一些黎巴嫩雪松的香味。虽说黎巴嫩雪松是象征地中海的树木，可几乎没有女人会把它用在香水中。因为松叶的香味，哪怕只是加一点点，也会显得有男人味。"

马可的脸上，这一天第一次露出了微笑。他保持着微笑，对女主人说："能否按照奥琳皮娅的配方，帮我调一瓶？"

调香作业在店铺的一角进行，在整个过程中，气氛显得十分严肃。马可在边上看着操作，感觉和配药的药剂师相似。调香完成后，女主人问："您选哪种瓶子装香水呢？奥琳皮娅小姐一直使用的也是她本人选定的，是淡红底色刷了几根深红线条的穆拉诺岛制的玻璃瓶。"

马可答，就用它吧。他想起奥琳皮娅的镜台前似乎放着类似的小瓶。

香水屋的女主人，大概是认为眼前的这位绅士要寄香水给如今住在别处的奥琳皮娅。她一面仔细地包着香水，一面对马可解释说，以前他们都是这样包装好寄到佛罗伦萨和罗马去的。

香水不贵。付完钱，拿着包好的香水走出店铺的马可，加快脚步往家走。他再也没心思去打量左右两旁的店铺。一直以来深埋在心底的对那个女人的思念，如决堤般从身体中喷涌而出，一发不可收。

那一夜的马可，不想让自己太清醒。他想起来，和奥琳皮娅在一起的时候，其实他一直有点晕晕乎乎。

他走进卧室，拆开香水屋女主人精致的包装，对着淡红色的瓶子看了一会儿，然后打开瓶盖，轻轻地将香水一滴、二滴，滴在自己的手心。香味慢慢散开。马可闻着味道，感觉和记忆中的有些不同，但他又立刻想起奥琳皮娅说过的那句话，"每个人都有自己独特的味道，所以男人不需要用香水"。

"那女人为什么需要呢？"

"那是因为原味里再加点别的味道，会让女人变得更美啊。"

因此，马可到如今这个岁数从来没用过香水。他知道在佛罗伦萨有男人专用的香水销售，但是在权位越高着装越素的威尼斯，还没有这类男用香水。

既然威尼斯男人没有这样的习惯，那么马可当然不懂香水经过人的肉体会散发出独特的香味。所谓香味，是香水与擦香者的体味融合之后才出现的、属于个人独有的东西。这是奥琳皮娅教给马可的。

马可沉湎于往事，一不留神碰落了瓶子，所幸瓶子掉在了床上。从打翻的瓶口流出的香水洒在枕上，马可整个人瞬间被大量的香味包围。男人第一次流下了眼泪。

自从失去奥琳皮娅之后，马可没有掉过一滴眼泪。尽管心中灰暗消沉，但他的眼里没有一丝泪光。

如今，它化成奔流滔滔不绝。虽然已是 40 岁的壮年，马可却像身负重伤的野兽发出绝望的叫声，号啕大哭。

马可中间停止了哭泣，是因为他想起了和奥琳皮娅的一段对话。那是一段伴着微笑的甜蜜对话，发生在二人亲密之后。

"和 30 岁时相比，你的身体变成熟了。女人闭着眼睛，也能知道对方男人的年龄。年轻时，背上的肌肉还很薄，一过 40 岁便厚实起来。等进入暮年，又会薄下去。所以，这是抚摸后背的手指感觉到的，不是眼睛看出来的。"

"这太残酷了。由薄变厚，然后再变薄。"

"不过，同样是薄，手摸上去的感觉是不一样的。年轻男子背薄是因为肌肉还不够结实，但还是有足够的张力回应女人转动的手指。相反，老了之后，背不仅变薄，而且失去了弹性。"

"那就更残酷了。单凭手指就被定性，岂不是无药可救。"

"没有这回事啦。男人真正的魅力，可不只是背上的肌肉。"

"那现在的我呢？"

"背比我刚认识你的时候厚了，而且还有弹性。"

女人说这话时，马可刚过 35 岁。

纵使有种种愉快的回忆，阻挡住泪的奔流还是用了很长时间。马可没有刻意去阻止。任泪流满面，尽情号泣，一切随心。

只不过，这让他更深刻地体会到奥琳皮娅的存在对于他来说多么重要。

曾经有一次，两人在亲密之后，女人玩着马可的手指，说道："你的手指划过的那一刻，我变成了乐器。"

如今，伸出手，乐器已不在那里。在眼泪流干之时，马可就这样伸着手，如死去般昏睡过去。

第二天早上，马可表面上完全回到平时的状态。他神采奕奕的模样，甚至让侍奉早餐的老仆妇都不禁称赞："看来您休息得很好。"

马可终于打算行动起来，去完成放在心上却不断拖延的事情。确实，之前工作很忙，但拖延的理由不仅如此，尚未充分整理好心情也是原因之一。而现在，总算可以去做了。

第二天下午没有预定会议，应该有时间。他叫来一直跟随自己的年轻侍从，吩咐他把希望第二天下午拜访的信件送给朱代卡岛的女修道院院长。

交代完事情后，马可离开了家。对丹多洛家族的家主而言，无论发生什么，他的职场总是官邸。

那间女修道院，就在出大运河进入朱代卡运河的码头下客处。终生奉献给上帝的修女们所在的女修道院，居然位于城中心附近，是因为这里的主要目的是托管威尼斯大户人家的未婚女儿。院长是丹多洛家族出身，与马可有远亲关系，所以也是贵族。

不过，作为罗马教皇正式许可的女修道院，自然不能只接收富人家的女儿，也要收留那些穷人家女儿生下的孩子，或者被扔在教堂前的弃儿。对于这些女孩，院长并不以托管费多少区别对待，而是将她们分成"家长所托"和"上帝所托"的孩子。

埃尔维斯·古利提和曾经是佩利留夫人的莉维亚所生的女孩也在这里，埃尔维斯似乎为她支付了一笔不小的费用，所以不是"上帝所托"。但她的双亲都已不在人世。

对于男性访客，女修道院只允许和其他人一起在类似会客室的房间。之前来访时，院长特别安排他在环绕中庭的回廊和女孩单独见了面。这一次，马可也请求院长通融一下，因为他们要谈一些复杂的事情。

见到推门进来的少女，马可着实大吃一惊。因为她不再是以前少女的模样，而是变成了女人。从当初快乐的少女，变成了贤淑的年轻女子。曾经闪闪发亮的双眼也变得沉静许多，只有那股仿佛看穿人心的眼神依然如故。到底是埃尔维斯的血脉，马可心想。面对面坐在椅子上后，马可随即向年纪不到自己一半的年轻姑娘开口说道："你……"他没有像第一次见面时那样称她为"小姑娘"。

"你已经是出色的大人了，所以有能力，也有权利了解真相。我今天会诚实地说出一切。"说罢，马可立即进入正题。

"你的亲生母亲，曾经是那位佩利留的妻子。"

姑娘闻之嘴角挂着一丝微笑，说道："我一直在想会不会就是她。"

像是要抢在马可问为什么之前先回答，姑娘继续说："那位夫人，在离开这里之前，会紧紧地抱着我。如果不是母亲，不会那样紧抱。我想她是有难言之隐，所以才不能公开母亲的身份。不过，每次被拥抱，我都能强烈地感受到母亲般的爱，所以见面后心里总是特别踏实。"

"你父亲的名字叫埃尔维斯·古利提。他和我是自幼就相识的好友。虽然他是总督安德烈·古利提最心爱的儿子，但他不是嫡子，而是情人所生的庶子。根据法律规定，他不能加入威尼斯'贵族'的行列。就算是和贵族出身的莉维亚相爱，二人也无法正式结婚。在威尼斯，但凡贵族，结婚就是家族之间的事情。你母亲也不得不按照父母的决定嫁给了佩利留先生。埃尔维斯对此无可奈何。所以生下的你，也只能托付给女修道院。"

这一天，马可诚实地说出了一切。

即便是总督的儿子，在威尼斯也没有前途。埃尔维斯决定把土耳其的首都君士坦丁堡作为自己的根据地。虽然在经济上获得了巨大的成功，但他并不满足，还希望获得官方的地位，结果落得悲惨的下场。

不过，深爱埃尔维斯的莉维亚抛弃夫家，听从爱人的召唤，去了君士坦丁堡。在那里，二人终于可以在一起。可是，幸福的生活也因埃尔维斯的死而终结。之后，莉维亚在返回威尼斯的途中，在爱琴海投海自尽。马可说着，从怀中拿出莉维亚投海前写的信，递给姑娘。姑娘接过信，念出声来：

"我的归宿，唯有埃尔维斯所在之处。我有最后一个请求。这些首饰都是埃尔维斯赠予我的。麻烦您将它们交给寄养在威尼斯女修道院的我们的女儿。如今她年纪尚小，您可以等到您认为合适的时候再交给她。

"莉维亚，是非常幸福的女人。祈祷丹多洛先生您也常在神的庇护之下。"

读完信，姑娘第一次落下眼泪。她眼含泪水地望着马可："母亲看上去总是带着几分哀愁，现在知道她拥有过真爱，我很开心。"

马可也说："你是彼此深爱的两个人所生的孩子。"

接着，他拿出莉维亚死前托付给他的装着首饰的盒子，在姑娘面前打开，"从现在开始，这些都属于你了"。

姑娘的脸，瞬间变成了面对精美宝石时的女人的脸。

"太美了！还这么多！父亲有多爱母亲啊！"姑娘又回到了马可初见她时那个活泼少女的神情。可是，少女却将首饰盒推给马可："这些饰品还是只能请您继续保管，女修道院里没有存放的地方。"

这句话打开了马可的最后一道心防。

"你不能一生在女修道院的围墙里度过。我相信埃尔维斯和深爱着他的你母亲，都不希望如此。

"我想到一个让你最终能离开女修道院的办法。做我的妻子如何？成为丹多洛家的妻子，便可以堂堂正正地走出女修道院。而且，哪怕不公开亲生父母的名字，你也能得到和你身份相符的社会地位。"

马可一口气讲到这里。望着姑娘惊讶的模样，他决定毫无保留地坦白一切。

"可是要请你原谅，结婚仅仅是名义上的。我也曾有过深爱的女人，她已不在人世。不过，带着对故人的思念生活下去，也是一种人生。我知道自己的这种想法太任性，对你非常失礼。但对我而言，一生中的女人只有她一个。虽然我努力尝试不去想她，但我不得不承认没有效果。所以，结婚只能是形式上的。不必急着回答，请先考虑一下。"

对于马可的请求，姑娘从头至尾默默地听着。

话说回来，年龄是姑娘两倍以上的马可，居然没有想到，除了成为贵族的妻子之外，还有其他办法能让她离开女修道院。

当然，十人委员会的公务越发繁忙，也让他没有多余的精力考虑私事。

"鼹鼠"

事情缘起于来自驻君士坦丁堡的威尼斯大使的一份加密报告。

报告指出，威尼斯政府内部秘密讨论的内容，很有可能都被泄露给了土耳其宫廷。因为大使在和土耳其宰相开会时，可以感觉对方在相当程度上了解自己的底牌。

在政府内部讨论最高机密的地方，只有十人委员会。十人委员会内部的空气，自然顿时变得紧张起来。

在当时欧洲诸国中具有最强情报能力的威尼斯十人委员会，竟然被"鼹鼠"侵入，这个问题当然十分严重。而且在这个时期，十人委员会正秘密地和土耳其进行和平谈判。

自普雷韦扎屈辱地败北之后，威尼斯不再相信在普雷韦扎海战中和自己同处一条战线的西班牙。但仅凭威尼斯一国之力，无法战胜通过收编海盗成功提升了海军战斗力的土耳其。可是，对以贸易立国的威尼斯而言，土耳其统治下的东方市场又十分重要。正因为有这个需求，基督教国家威尼斯考虑寻找一条单独与伊斯兰国家土耳其和谈的途径。

不过，有关的交涉必须保证绝对秘密。不能惹怒罗马教皇，也不能惹怒西班牙国王。为了做生意竟然抛弃信仰，各种谴责言犹在耳。因此，连调查泄密者，也必须秘密进行。

虽然被称为十人委员会，但实际上它由 17 个人组成。总督及其 6 名辅佐官，再加上 10 位委员，共计 17 人。调查内鬼的作业，首先以这 17 个人为目标。既然决定不把"家丑"交给第三方的其他委员会调查，而是自行解决，那么从 17 个人开始是理所当然的。审查的过程令人郁闷、沮丧，然而作为精英集团的成员，人人都得甘愿接受。

审查的结果表明，在这 17 个人当中，没有人有可能向外部泄露情报。不过，那个时候，委员会所属的秘书官和书记官等事务性官僚尚未成为被调查的对象。

找"鼹鼠"的工作进入了死胡同。不料，幸运在意外的地方出现了。投信箱的一封信件提供了线索。

在环绕总督官邸底层的圆柱回廊一角，自古就有为聆听市民声音而设的投信箱。不过，箱体部分在官邸内侧，朝向人流熙攘的外侧的，只有一个不妨叫作投信口的放信进去的开口。

威尼斯政府在当天工作结束时收集信件。匿名的信件因为没有署名，通常作为废纸处理。

然而，这个时期犹如抓稻草救命的十人委员会，决定连匿名信也全部查一遍。

其中有一封信引起了十人委员会的注意。信的内容是这样写的：

> 和我有亲密关系的女人，曾在枕边提及她的丈夫频繁进出于法国公使的宅邸。

"法国？""为什么会是法国？"

只想到西班牙的查理五世和土耳其的苏莱曼的十人委员会，怎么也没料到法国会现身登场。

可是，来信是匿名的。投信口也是设在人来人往的总督官邸的一楼，所以不可能锁定投信人。这下又断了线索。

于是，十人委员会采取了从未用过的手段。他们在投信口旁边的墙上张贴了一张布告：

> 有关他国之事需呈报者，无论内容如何，保证不被问罪，所以请出面自首。倘若不主动自首，请做好一定会被抓到的准备。

或许是最后一句话起到了作用，很快，在第二天，便有一位自称马塔罗吉的人前来自首。他随即被带进十人委员会的房间，接受委员们的轮番质询。马塔罗吉老老实实地交代了一切。

和他关系密切的女人，是阿邦迪奥的妻子。这位阿邦迪奥常去法国公使家中拜访。而且，听他妻子说，最近丈夫手头阔绰不少。除此之外的事情，自己和女人都不清楚。

十人委员会立刻派两名委员前往阿邦迪奥家中。谁知慢了一步，阿邦迪奥已跑去法国公使家。两名委员回到总督官邸后，众人商定对策又花了一些时间。就在这短短的时间里，阿邦迪奥似乎感觉到了危险，他向法国公使提出了流亡的请求。

长期以来，威尼斯以宽容对待流亡者而为世人所知。美第奇家族的家主柯西莫被佛罗伦萨流放时，威尼斯接纳了他。而在一个世纪之后，当美第奇家族以西班牙国王的军事力量为后盾重返佛罗伦萨之际，因反对美第奇的君主制从而发起反美第奇运动的斯特罗齐及其党羽遭流放时，威尼斯同样无条件接受了他们。

此外，威尼斯还接受宗教流亡者。甚至那些侥幸逃脱牢狱之灾的异端审判的受害者，都会被指点先逃往威尼斯。

因此，威尼斯传统上一向尊重外交官所拥有的准许流亡的特权。然而，这次事件危及了国家利益。处理这个棘手问题的任务，交给了委员会成员之一马可·丹多洛。

面对坐十人委员会专属黑色船只前来的马可，法国公使脸上掩不住惊愕的神情。马可没有寒暄，单刀直入："希望您交出威尼斯公民阿邦迪奥。作为交换，我们不做任何追究，并保证您安全返回法国。但是，您若不答应，我们会烧掉整栋房子，包括里面的人。"

　　法国公使望着站在眼前一脸严肃的马可，再看看窗下运河上停靠着的十人委员会的黑船和船上的武装士兵，单是这阵仗就令他不寒而栗。他提出了确保安全的要求。马可立即回答："我本人会率领一队武装士兵护送您至边境。"

　　事实上已被驱逐出境的公使，害怕在通过威尼斯境内的途中被杀。马可一边答应着公使，一边暗自高兴。他作为护卫的负责人与公使同行，路上正好打探一下通过公使传到法国的威尼斯绝密情报，究竟是交给了法国的哪位人物。

　　法国公使交出了躲进宅邸的阿邦迪奥。一刻也不想留在威尼斯的他，匆忙做着出发的准备。马可也催促着收拾停当的公使，和他一起上了十人委员会的公务船。

　　在前往内陆本土的途中，马可对公使的态度判若两人。他一改之前的严厉态度，如同威尼斯名门贵族那般彬彬有礼的绅士。法国人似乎也忘了自己被押送的身份，早在抵达维罗纳时，已将真相和盘托出。

　　阿邦迪奥带来的情报，由公使传给在巴黎的一位大臣。

大臣随即向弗朗索瓦国王报告，国王又随即通过海路传送给土耳其的苏丹。

了解到这些信息后，公使已派不上用场。往后的路程交由队长负责，马可佯称父亲急病，和公使告别，一路快马加鞭，奔威尼斯而去。

这段时间，十人委员会也没有闲着。

他们对从公使家直接被带进牢房的阿邦迪奥进行了连日的高压审问，逼他说出情报提供者的名字，但没有到需要动刑的地步。

阿邦迪奥亲眼看见对法国公使的处置仅是驱除出境，所以认为自己属于无意中卷入间谍活动，自己的罪最多就是这个程度。对于他这种一厢情愿的想法，十人委员会不置可否。

因此发现的情报提供者是卡瓦扎两兄弟。兄长尼古拉是元老院的书记，弟弟科斯坦蒂诺则是十人委员会的书记，在事务官僚中，地位仅次于秘书官。不过，秘书官通晓全般政务，而书记的工作只是逐一记录会议的内容，但他们都有机会接触绝密情报。兄弟二人即刻被带走，和先到的阿邦迪奥一起，被关在监狱不同的牢房里。

虽然已是深夜，加上返回的马可，委员会召开紧急会议。这场没有书记，甚至秘书官也不参与的讨论，直到会议室窗外的天空开始发白才算结束。

不过，众人并没有解散。十人委员会的会议室就地变成法庭。三个人被带进屋，经判明，他们的动机纯粹是为了金钱。

三人被宣告以叛国罪处以死刑。法国公使是外国人，并且享有外交官特权，但这三个人是受威尼斯共和国保护、虽然隶属平民阶层但依然拥有正当地位的"公民"。哪怕他们是贵族，想来判决也不会改变。

执行死刑选择了在狱中绞首这种避人耳目的方法。遗体也不交给家人，而是运出利多港，扔进绝不会因潮流影响回流到威尼斯潟湖的外海。完成行动以迅速且秘密为重。

十人委员会的真正意图，并不在于谴责盗取他国情报的法国国王以及收取情报的土耳其苏丹。威尼斯今后也会和这两个国家一如既往地保持外交关系。只要让两国的君主清楚，和威尼斯打交道使用"鼹鼠"这招无效，就足够了。

按照这个思路得出的结论，自然是这件事最好不要让西班牙国王查理五世知道。法国国王弗朗索瓦与西班牙国王查理五世互为宿敌，倘若查理五世知道"鼹鼠"之事，可以想象他势必指责弗朗索瓦和异教徒苏莱曼勾搭。事实上，"鼹鼠"一案就是在没被教皇和查理五世察觉的情况下，以迅速而秘密的手段做了处理。

"云淡风轻的国家"的长治久安，只做"云淡风轻"的事情是不够的。

虽然处理了"鼹鼠"，但是法国国王为何要采取"鼹鼠"这种手段陷威尼斯于不利这个疑团尚未被解开。

十人委员会之后用了几天的工夫，解开了这个谜团。

法国国王弗朗索瓦一世相当焦虑。他很担心作为神圣罗马帝国皇帝统治德意志、弟弟斐迪南统治奥地利、姐姐拥有尼德兰地区，而本人同时又是西班牙国王的查理五世，随时会攻击法国。何况，这个劲敌比自己年轻6岁，不仅没有早早退场的希望，而且6岁之差等于就是同代人。

弗朗索瓦心里只有一件事，就是如何削弱查理五世的势力。弗朗索瓦一世的对外政治，自始至终是仇恨查理五世。使用"鼹鼠"令威尼斯陷入不利的立场，不过是他战略中的一个战术而已。

弗朗索瓦认为，如果抗衡土耳其的力量减弱，威尼斯将与土耳其发生战争，必然不再有余力协助西班牙，因而脱离联合战线。而没有威尼斯的海军，西班牙甚至不敌北非的海盗，所以也没有余力进攻法国。

作为基督教国家，法国坚持不加入基督教联合舰队的理由有以下两个：

第一，无论出于什么理由，都不打算和查理五世有共同关系；第二，土耳其的强大，意味着查理五世势力的衰弱。

法国不仅没有参加普雷韦扎海战，而且缺席了30年后的勒班陀海战。

具有竞争意识本身无可非议。然而，双方都欠缺解决问题的能力，这不仅对两国不利，也是造成欧洲不幸的主要原因。毕竟，16世纪上半叶，法国和西班牙是欧洲的两大强国。

弗朗索瓦一世和查理五世在政治上都是英明的君主，但也有相同的缺点——不会打仗。

战场上的总司令，首先必须具备当机立断的能力。这种亦被称为爆发力的才能，两人都有所欠缺。

除此之外，还需要在形势不利时暂且忍耐但决不放弃的能力。如果没有这种能力，不管是小的战斗还是大的战争，都不会赢。

查理五世和弗朗索瓦也许都认为事已至此，除了对抗，无其他解决之路，所以时不时在战场上兵戎相见。可令人费解的是，他们都会在关键时刻退兵。结果，法国和西班牙，欧洲这两大强国再次回到"非生产性"的拖泥带水的敌对关系。但在总体上占优势的是新兴国家西班牙，这令自认欧洲第一强国法国的国王日益焦虑。16世纪上半叶的欧洲人，就是生活在这两大国角力的不安状态之下。

法国使用"鼹鼠",并不是因为仇恨威尼斯,而是为了让它和西班牙脱离关系。这对被算计的国家可谓是无妄之灾。

鉴于欧洲的现状,威尼斯十人委员会对"鼹鼠"的事后处理,只能说是相当巧妙,因为他们让法国国王和土耳其苏丹意识到,期待这类计谋得逞纯属枉费心机。

而且从头到尾,不仅外国人,连本国人都不知情。

有关这次事件,无须担心法国方面会泄露机密。绝对没有君主愿意公开自己的失策。

音乐会

从这次事件的紧张中解放出来的某一天，自总督官邸回到家的马可，从侍从手里接过一封信。据说信件是由女修道院的看门人送来的。打开信，上面用略带稚气的字写着："邀请您来参加音乐会。"信尾加了一句："我也会演奏。时间在后天下午，地点是卡纳雷吉欧区1250号。"这似乎是在犹太人居住区的私宅举办的音乐会，马可打算去一探究竟。

这一天，他早早下班，回家也选择走近道。他脱下形同官服的黑色长衣，换上颜色朴素、质地却是上等的灰色丝绒私服。在窗下的小运河上，事先约好的"出租船"已在等候。音乐会结束后，要送莉维亚回朱代卡岛的女修道院，所以没有用只有一名船夫的丹多洛家的贡多拉，而是叫了有两名船夫的"出租船"。

马可上了船。贡多拉上溯大运河，穿过里亚尔托桥，朝卡纳雷吉欧区的方向而去。他在犹太人居住区入口处的运河边下船，吩咐两名船夫在此等候。马可这天没有带侍从。

没过多久，马可便体会到了没带机灵的侍从的不便。

在土地稀缺的威尼斯市区，鳞次栉比的住宅都是高层，穿行其间的道路也相当狭窄。这个情形在犹太人居住区内尤为极端，高达七八层的房子比比皆是，道路更是窄到两人相遇时必须侧身相让。在犹太人居住区里找只有一个号码的地址，着实让马可费了一番工夫，结果错过了最先演出的少年合唱。

不过，他之所以能找到这里，是因为他听见一扇开着的门里传出的歌声。马可循着歌声进入屋内，爬上几层陡直的楼梯。

上楼来到的似乎是这家最大的一间房，但最多容纳 30 人左右。大半的空间被椅子所占，迟到的马可悄悄坐在最后一排的椅子上。

当见到在少年合唱结束后登场的当天的主角时，马可微微吃了一惊。原来是那位在犹太人居住区杀人事件中被当作犯罪嫌疑人，之后因为有充足的不在场证据而被释放的犹太年轻人。想起当时他就说自己是音乐家，马可便不再感到意外。

令马可感到惊叹的，是当年轻人右手拿着的琴弦在左手拿着的乐器上滑动的一刻。那把小小的提琴如此纤细，却能营造出如此华丽且有张力的世界，简直匪夷所思。

马可第一次明白什么叫技艺超群。30多位听众也屏息倾听，陶醉其中。

演奏结束后响起的掌声，简直是狂热的。演奏者大卫也以年轻人的坦率欣然接受着赞美。在他退场之后，马可这才发现，一半以上的听众都不是犹太人，而是威尼斯人，其中在元老院遇到过的不下二三人。

接着登场的是大卫和莉维亚二人。大卫拿着小提琴，莉维亚手持中提琴，开始二重奏。他们再一次令马可惊叹不已。

小提琴悠扬响起，中提琴缓缓紧随其后。忽而，小提琴声由高往低，向中提琴发起温柔的挑衅，宛如两只蝴蝶交互缠绵、翩翩起舞。两位乐手营造出的二重奏的美妙，充满了整间屋子。

享受着动听的乐曲，马可不禁露出微笑，因为他在音乐中听到了莉维亚对是否愿意成为丹多洛家妻子的答案。

犹太人居住区的音乐会在日落前结束。一半以上的观众住在犹太人居住区之外，因此必须赶在日落封桥前散场。

马可提出送莉维亚回女修道院，看上去尚处于兴奋中的她点头答应。大卫送他们到贡多拉等候之处。这位犹太年轻人似乎想起了送莉维亚的男人是谁，但他没有说，马可同样如此。不过，面对优秀的音乐家，马可由衷地说道："我第一次理解了什么叫技艺超群。非常感谢。"

"所谓技艺超群，是让拥有这种才华的人忘记它的存在，同时也令听众浑然不觉的一种东西。我还没有达到这个境界。"

这时候，马可第一次仔细端详了年轻人这张只有20多岁的脸。

两人所乘的贡多拉，因为前后有两名船夫划船，所以速度很快。小船在落日前的大运河愉快地划行。莉维亚像下了重大决心似的注视着马可，说道："父亲送给母亲，母亲又留给我的首饰，我能不能卖掉一件？"

原来她是想用卖首饰所得的钱，购买克雷莫纳制的中提琴。

"克雷莫纳工匠制作的弦乐器之所以有名，是因为还在树木时便选定琴木。树被砍下后要经过充分干燥，而且只取最上等的部分，一棵树只能制成一把乐器，需要很长的时间，只有优秀的工匠才能制作，所以才那么昂贵。"

马可笑出声来，说："这个应该没有问题。相信你父母都会为首饰用得其所而高兴。"

两人在朱代卡岛下船。马可送莉维亚进入女修道院之后，再次坐上贡多拉回家。伴随着开阔的潟湖上起伏的波浪，马可思考着。

　　他决定让自己和莉维亚都处于最自然的状态之下。

　　就在这时，他脑海中浮现出一个念头：让一个人见见莉维亚。

祖父与孙女

　　见过华服裹身坐在共和国国会或元老院议长席的安德烈·古利提的人，一定不会相信他已经过了 80 岁。

　　无论是他高大的身躯还是威严的举止，都和他从土耳其发来冷静透彻的报告令元老院惊叹不已的 40 多岁时，丝毫没有变化。可以说，就是从那个时期开始，他的政治判断力获得了高度的肯定。

　　然而，不管是在当选总督之前还是之后，他始终如一坚持做他自己。在与他国最高权力者频繁的角力之中，他甚至被敬畏地称为"威尼斯灵魂人物安德烈·古利提"。

　　年逾八旬依然不见衰老，最重要的原因是这位人物自身的精神觉悟。这个结果令他保持清晰的头脑，以及在共和政体国家可使用的唯一武器——说服力。

　　说到这位古利提的政治信条，从他在议会的发言中可归纳为以下几点。

一、实行君主专制政体的国家的君主，对于其治下的国家，绝不会允许它保留共和政体。近年的佛罗伦萨共和国就是最好的例子。因此，威尼斯想在查理五世治下继续保留共和政体，简直是白日做梦。

二、建国以来持续了1500多年的共和政体，对威尼斯是最自然、最适合的。因此，威尼斯抛弃共和政体之时，就是威尼斯死亡之日。

三、包括政治实力、经济实力、军事实力以及文化实力在内的综合国力的强大，并不是民主政体、共和政体或君主专制政体所带来的结果，而是取决于每一位国民能否享受自由。

无论是民主政体的雅典、君主专制政体的罗马，还是共和政体的佛罗伦萨和威尼斯，都曾经享受过国力的兴盛，因为这些国家都有自由。所谓自由，是思想和行动上的自由，有时候，失败也是自由。而人类的活力，在没有自由的地方既不可能诞生，也不可能成长，更不可能长久持续。

由于古利提总是如此直言不讳，因此树敌颇多。不过，他也不缺朋友。而且，大多数敌人并非反对他的政治信念，而是不满其强势领导的作风。

安德烈·古利提在当选总督之后，住在总督官邸内的总督专用公寓，办公起居一举两得。再说，政府时不时需要召开紧急会议，总督往往又是高龄者，所以，公私相近也是必需的。

不过，在公务得闲时，他会离开官邸，回自己家住，但几乎不去位于城堡区的私宅。他更喜欢住在虽不比官邸但同样是由石头建造的穆拉诺岛上的小别墅里。

在潟湖内众多的岛屿中，穆拉诺岛距离威尼斯市区最近。即使发生紧急事件，他也能很快返回官邸。而且，岛上主要的产业只有玻璃工厂，因此相较于市中心，这里的庭院也很宽敞。受清爽海风和明媚阳光眷顾的这个家，是从繁重的公务中抽身享受片刻安宁的好地方。

马可在公事之外与古利提见面，迄今都是按照他的指示来这里拜访。这一次，他打算带莉维亚来穆拉诺岛。

有关莉维亚的身世，他已告诉总督。带莉维亚来家里见面也得到了允许。和莉维亚说起此事时，她默默地点头，只问了一句："能带上中提琴吗？"

这一天，是冬日里难得的温煦晴朗的天气。抵达穆拉诺岛走下贡多拉的二人，走了一段田间小道。作为总督的别墅似乎不够气派的房子，伫立于四周是麦田的树林间。

安德烈·古利提舒服地坐在庭院中一张宽大的椅子上等候。他面前放着两把普通的椅子。

马可向老总督简单地介绍说，这是之前提到过的那位女士。莉维亚优雅但很自然地向总督致意。总督古利提默默地注视了一会儿莉维亚，然后对马可说："想请这位小姐看看客厅里挂着的画。我在这儿等着。"

客厅只有一幅画，是提香为埃尔维斯画的肖像画。

马可领着莉维亚来到画前，告诉她，这是埃尔维斯·古利提年轻时的肖像。

"你慢慢欣赏，我们就在庭院里。"

望着把莉维亚一个人留在父亲画像前走回来的马可，总督说道："我已清楚地写在遗书里了。等我死后，希望你拿走那幅画。想来古利提家族，没有一个人愿意拥有它。"

马可由衷地表示会好好珍惜。说话之间，莉维亚也回到了庭院。

年轻的姑娘毫不胆怯地望着白眉下那双锐利的眼睛，问老总督："总督先生，可允许我演奏一曲？"安德烈·古利提默默地点点头。

乐声从中提琴中缓缓流出。低沉纯净的音色，仿佛乘着海上微风在绿野中优雅飞舞的一只白色蝴蝶。

小提琴像男高音，中提琴似女中音。第二次听莉维亚演奏的马可随心想象着，感觉十分愉快。

当柔和深沉的演奏结束时，老总督第一次对莉维亚开口："真是极好的礼物，非常感谢。"

祖父与孙女的见面，就这样结束了。没有挑明身份，因此没有出现伤感的场面。这是第一次，也是最后一次。

了解古利提的马可，对总督保持一贯的作风并不感到意外。令马可暗暗吃惊的，是年轻的莉维亚坚强的自制力。

几天后，总督古利提召见历史学家纳瓦吉洛。在总督葬礼上宣读悼词，当时属于纳瓦吉洛的工作。总督指示道："想必你已经准备好了，念来听听吧。"

于是，纳瓦吉洛便在还活着的这个人面前，朗读起他葬礼上用的悼词。

听完悼词，总督说了一句："差不多就这样吧。"

两天后，安德烈·古利提辞世，享年 83 岁。

在接近 16 世纪中叶的这个时代，有一个代表欧洲各国地位的风向标，那就是在某国的领袖出席的场合，各国大使的座位顺序。

在教廷所在的罗马，首先是神圣罗马帝国的大使，紧接着是西班牙、法国的大使，然后是威尼斯共和国的大使，其他国家的大使排在其后。

在神圣罗马帝国皇帝兼西班牙国王查理五世的宫廷，按以下的席次：教廷大使、法国大使、威尼斯大使，然后是其他国家的大使。

在法国国王的宫廷，各国大使的席次安排也基本相似。紧接教廷大使、西班牙大使之后的，是威尼斯大使。

威尼斯在领土面积不到大国的百分之一、人口只有其二十分之一的情况下，坚守住了这个地位。

但无论如何，担任总督 15 年，再加上之前的政坛经历，40 年来领导威尼斯的安德烈·古利提的时代，正式结束了。

接下来是马可·丹多洛的时代。然而，继承者所继承的是根本性的原则，在具体实施时，必须因应时代的不断变化而做出调整。

选出古利提的继任者，让负责威尼斯共和国国政的贵族们用了比预想中更长的时间。

总督选举，是在由 2000 人组成的共和国国会进行的。可是，这 2000 位有权者的意向却不统一。

安德烈·古利提在位时间长达 15 年，而且自始至终保持了"威尼斯有安德烈·古利提"的强势领袖的姿态。

在失去强人领袖之后，首先人们会不由自主地感到茫然。与此同时，议员们又有着对于强人领袖的抗拒心理。更何况，威尼斯人传统上就不喜欢耀眼的明星。

经过长达一个多月的反复选举，总算选出了新总督——彼得罗·兰多。兰多和古利提正好相反，他性格温和，关键是他尊重全体的意见。

话说回来。总督兰多的登场，不仅仅是因为议员们抗拒强人领袖所产生的结果。他的当选，也是处于大国包围之中的威尼斯向那些君主发出的信号，表示今后的威尼斯共和国将会与周边国家协调合作。这是多数议员投票给彼得罗·兰多的真正意图。威尼斯已无法凭一国之力战胜对手，变成了2000名议员的共识。而且，他们不再需要强势的领袖。

不过，威尼斯是商人之国。商人即使冒险，也一定会在另一方面采取对冲策略。

作为威尼斯颜面的总督，虽然选了一个性格温和的人物，但强化了在他背后支持的团队。马可·丹多洛也意识到自己成了轮岗的对象。所谓轮岗，是指担任十人委员会委员一年之后，去担任总督辅佐官，辅佐官期满后再去六人委员会当委员，在政府中枢不断调换重要岗位。

在所有公职都是依靠选举决定的威尼斯，这种方式之所以能成立，是因为在决定候选人名单的阶段就强烈地反映了政府中枢的意向。或许这是一种有违共和精神的做法，即便如此，仍然有勇气去做，共和政体才得以存续并发挥功效。

安德烈·古利提死后的威尼斯共和国，运用这种做法有30年以上。其间，有7位总督就任，去世。但撑托这些共和国"颜面"的人却没有变。马可便是其中之一。在这个团队中也有非贵族出身、被称为"公民"的属于中产阶级的人员。

秘书官赖麦锡

马可和这位隶属十人委员会的秘书官在公务上有着紧密的合作关系。而私下有所交往，是从阿尔多出版社相关人员的聚会开始的。在那次聚会上，工作上的老相识赖麦锡也来了。

由阿尔多·马努齐创立的阿尔多出版社，在这个时期的欧洲，无论品种数还是销量都远超排名第二的巴黎，是最具代表性的威尼斯出版社。

西方活字印刷术是由德国人谷登堡发明的，但是把它当作产业获得商业上的成功的，是意大利人阿尔多·马努齐。

词源来自拉丁语的意大利语"innovazione"，并不是从零开始创造新事物的意思，更多是指技术革新以及为达到实用化而进行的组织改革，通过注入新理念所产生的新制度、新方案和新产品的开发。

阿尔多·马努齐不是单纯地引入谷登堡的发明。他不仅

重返威尼斯

改变了字体，改变了书的形态，而且改变了整个目标市场。

他没有使用传统的哥特式字体，而是发明了被称为"italic"的新字体。相较于文字本身的美观，它更重视易读性。

而书的形态的改变更是一项重大发明。阿尔多将传统的厚重的大型本书籍改成正好夹在宽松外套和贴身内衣之间、在当时被称为"tascabile"的小而薄的袖珍本。按照现在的说法，就是口袋书。

阿尔多还从出生地意大利中部移居至威尼斯。社会的安定以及与基督教会保持距离的历史传统保证了言论自由，是他决定将威尼斯作为出版事业中心的原因。

准确地说，还有另外一个原因。阿尔多预见到威尼斯会比其他国家拥有更多的读书人口。

首先，邻近的帕多瓦，有着无论是悠久历史还是教学内容都代表当时最高水准的大学。

其次，在经济中心威尼斯，有很多以此地为据点往来于欧洲与东方之间的贸易商。

学生和商人，就成了阿尔多出版社发行的口袋书——因一张印刷纸被折叠成8小张而被称为"octavo"的八开本书籍的新客户。

出现这样的结果是必然的。内容不变，价格却便宜，而且方便携带，这是书籍世界的一大革新。原本被认为该收藏于书斋中的书籍，纷纷涌向外部世界。

阿尔多出版社的商标

　　就是这样，出版界也实现了文艺复兴。机械的大量印刷代替了人工书写的手抄本。迄今为止只属于神职人员等少数人的教养知识，普及至包括经济界人士在内的世俗世界的大多数人。

　　马可出入出版社的时期，创始人阿尔多已经去世。其子继承的阿尔多出版社，正如创始人所设计的商标那样，在保证出版物质量的同时，业绩稳步上升。就是说，在销量上也取得了成功。

　　那场聚会由这家顶尖出版社主办。不仅威尼斯和意大利，欧洲各国的文化界人士都非常乐意来到威尼斯同襄盛举。

　　意大利语称这些人为"umanista"，在现代往往将它翻译成"人文主义者"。不过，在平民普遍获得公民权的文艺复兴时期，这个词意味着文理兼备、具有广泛教养的人。

那场聚会，官僚赖麦锡也来了。但他也不是以成天接触共和国最高机密的十人委员会秘书官的身份，而是作为一名"umanista"前来。

不同于在总督官邸的公务场合，在这种场合，马可不会主动引导话题。当他在房间的一角听法国人哀叹仍然深受宗教界影响的法国出版界现状时，赖麦锡走了过来。

毕竟是工作上的老相识，赖麦锡似乎不忍心让初次露面的马可落单。比马可年长的他主动开口问道："你也有请阿尔多出版什么的计划吗？"

"不不不，完全没有。"

"我倒是有，目前正在筹备中。"

两人的对话在此中断，那一夜的聚会也结束了。

阿尔多出版社主办的聚会，完全不能被称为盛宴。聚会上提供的食物无论质还是量都显得单薄，葡萄酒清淡到令人怀疑是否兑过水。没见到一个像柏拉图笔下《会饮篇》中出现的醉汉。虽然有人嘲笑阿尔多出版社小气，但嘲笑的人也很清楚阿尔多出版社不惜重金从欧洲到东方四处购买手抄本。

就这样，聚会在人们都很清醒的状态下散场。离开会场时，赖麦锡说道："能否请你来我家一次？我想让你看看我正在准备的工作，也希望听取一下你的意见。"马可爽快地答应了。

乔·巴蒂斯塔·赖麦锡，用现代语言讲是第二代移民。他本人在威尼斯出生，其父则出生于意大利半岛中部的马尔凯地区。当年马尔凯地区战乱不断，不堪忍受的赖麦锡的父亲因此移居威尼斯。

威尼斯政府了解到这位移民在故乡曾是地方行政长官之后，将他派往内陆本土特雷维索的地方城镇担任市长。由于业绩出色，赖麦锡的父亲职务升至整个地区的行政负责人。在此期间，他获得了公民权，正式成为威尼斯共和国的公民。

确立了官僚地位的赖麦锡的父亲，似乎希望独生子沿袭自己的道路。少年时的赖麦锡彻底地接受了成为中央政府的官僚而非地方行政官僚所必需的学问。

有教养的人必须掌握的希腊语以及欧洲的通用语拉丁语，自然是必修课，还需要掌握一定程度的法语、西班牙语和土耳其语。除语言之外，从历史、地理到哲学，威尼斯市内培养官僚的专门学校的教学，甚至比帕多瓦大学还严格。

在威尼斯共和国，中央政府的所有公职都由选举决定。而且，相当于现代部委所属的各类委员会委员，任期只有半年或一年。再次被选举为委员会的委员，必须经过休职期。在威尼斯拥有终身任期的，唯有总督。

如此规定，势必产生政策持续性的问题。威尼斯确立了官僚制度，从而弥补了这个缺陷。负责国政的贵族没有报酬，但是对于协助他们的"公民"却实施有薪终身雇佣制，保证其社会地位，令其生活无忧。

乔·巴蒂斯塔·赖麦锡的官僚生涯，是从 20 岁开始的。他最初担任"共和国国会"的书记官，接着是国会的秘书官，之后历经元老院书记官、元老院所属秘书官，在 44 岁时升至十人委员会首席秘书官，所以称得上是精英官僚。在接见外国使节等正式场合，虽然坐在官僚最高席位的是其他人，但那个人往往是高龄者，仅有一个名誉职务，谁都清楚实质上最高级别的官员是赖麦锡。

赖麦锡之所以能获得如此高的评价，是因为他的工作方式有别于同僚。

向上提交情报，人人都能做到。但每天接触大量信息后，还要在分析和整理的过程中，很自然地"浮现"出以这些情报为基础的具体政策。

然而，其他同僚在"浮现"之前便停止了思考。在威尼斯社会，思考并做出决策属于社会第一阶级"贵族"的任务，并不是像他们这些被称为"公民"的第二阶级，即"平民"的责任。

赖麦锡却提出了可能的决策，同时又非常清楚自己的立场。

在十人委员会进行相关议事时，赖麦锡一定提出多个选项，而且明确地指出它们有利和不利的一面，并附加过去的例子和未来的预想。

当然，在此基础上展开讨论以及做出最终决定，是贵族出身的委员们的工作。但如此准备充分的提案，大大缩短了委员会做决定所需要的时间。

在坚持靠协商构成的共和政体的同时，又不得不与一人决定即可实施的君主政体的大国为伍的 16 世纪，能够缩短决策的时间是相当有利的。

没有人指责秘书官赖麦锡的这种做法是越权行为。不仅没有批评之声，他甚至被誉为最受总督古利提信赖的官僚。马可也十分认同这样的评价。

正因如此，马可对赖麦锡私下着手所做的事情产生了好奇心。他究竟想出版什么呢？

秘书官赖麦锡的家，距离城中相当远。

从马可的宅邸出发，首先要在小巷中七拐八拐，徒步走到大运河，然后在那里乘坐连接运河两岸的渡船。抵达对岸后，沿着小运河边上被称为"芬达门塔"的河岸一路向前，走到"芬达门塔"的尽头，宽阔的朱代卡运河呈现在眼前，那就是秘书官的家。

这一天，马可提着一白一红两瓶葡萄酒作为伴手礼。自家农园产的葡萄酒，在那个时代是上佳的赠礼。

和在总督官邸时的模样不同，赖麦锡用温暖的微笑迎接马可。

"很希望有一栋能摆开史料的大房子。不比你有祖传的家宅，我们很难在城中心拥有宽敞的房子。"赖麦锡接着说，"不过，赶往总督官邸并没有想象中那样不便。只要快步走到大运河边，坐摆渡船抵达对岸，接着快走进入圣马可广场就到了。"

马可也笑出声来。像他们这样的威尼斯男子，很习惯快速行走。无论走在小道或河岸上，过桥或穿过广场，他们始终步履匆匆。哪怕在总督官邸内，也是一整天不停地上下阶梯。

两人的对话渐渐地从个人转向威尼斯人整体。谈到威尼斯的老人们为什么都如此精神时，二人都忍俊不禁。赖麦锡展现出他的特长，做出明快的分析。

"因为在这里，人人都得走路。不能骑马，坐轿子会被当成濒死的病人。即便总督，从平素上下阶梯到节日庆典列队，都得靠自己的一双脚。这样当然会长寿啦。"

在威尼斯，无论地位高下、资产多寡，任何人都只能步行。安德烈·古利提活到了83岁。70多岁依然活跃在第一线的人并不少见，60 多岁死去甚至会被认为是早死。这一切都得归功于只能步行。

就这样，40 多岁的客人和 50 多岁的主人愉快地开始了对话。看见马可带来的葡萄酒，赖麦锡的脸上露出由衷的喜悦。

"玛尔维萨酒啊，名字可是叫'来自众神的信'？是从安德罗斯岛订购的吗？"

"不是。安德罗斯岛与丹多洛家族之间维持了 300 年的关系，如今几乎断绝。自从近 70 年前埃维亚岛落入土耳其之手后，住在附近岛屿的威尼斯人基本都已撤离。"

马可继续说道："安德罗斯岛拥有优质的水源和充足的光照，是最适合酿造葡萄酒的地方。不过，威尼斯人即使撤离也不会两手空空地走。丹多洛家族多年来也反复摸索在本地酿造原产于爱琴海岛屿的玛尔维萨酒。玛尔维萨酒怎么说都是威尼斯共和国重要的出口商品之一，所以从来没有想过因失去海外领土，就连出口也一并放弃。

"所幸，最后终于成功了，在位于潟湖的布拉诺岛。

"葡萄酒是由太阳、水和土地酿造的。人能参与的事情，只是如何组合它们而已。不过，好酒与一般酒之间的差别也取决于这个组合。所以，我们四处寻找土质、水质和日照适合种植葡萄的土地，最后在托切罗岛附近的布拉诺岛上发现了满足这些条件的土地。

"我们买下土地，从培养幼苗开始，经过反复试验，终于酿造出威尼斯产的玛尔维萨酒，现在已经开始向欧洲各国出口了。"

望着说起家族历史忍不住兴奋的马可，赖麦锡带着年长者的从容微笑说道："把原本只是希腊本地酒的玛尔维萨变成欧洲的高级酒，要归功于不辞辛劳进行品种改良的威尼斯人。它们如今能在威尼斯生产，真是令人高兴。威尼斯长年以来进口的叙利亚大马士革特产的高级丝织品，现在威尼斯也能制造，甚至成为威尼斯重要的出口商品之一。不过，多年的老顾客们熟悉的'大马士革织锦'这个品牌依然保留了下来。话说威尼斯产的玛尔维萨酒的商标是什么样的？"

马可笑答："带来的是自家用的，所以酒瓶上什么也没有。如果是商品的话，在玛尔维萨红酒或白酒的标识下，会注明威尼斯布拉诺岛产。威尼斯产的大马士革织锦，加上威尼斯产的玛尔维萨葡萄酒，显然，威尼斯正从通商国家逐渐转型为制造业国家。"

赖麦锡一边说，一边领着马可走进另一个房间。

马可这才明白赖麦锡说想要一栋大房子的原因。

在这个可以被称作起居室的宽敞房间里，堆满了书籍、史料和地图。不过，它们或许是按照赖麦锡的想法做过整理，因此并没有杂乱无章的感觉。对着不禁瞪大双眼的马可，年逾 50、精明能干的秘书官沉稳地说道：

"我打算编纂世界上第一套《旅行记全集》。个别的游记迄今已经出版。但是，还没有汇集从古代到 16 世纪长达 2000年的旅行集。估计总共会有 6 卷，我想试试。在被称作大航海时代的当下，即便自己不出门旅行，了解世界也是相当重要的。"

赖麦锡向惊讶到说不出话的马可一一介绍着各个旅行者的史料。在一座史料"山头"前总算缓过神来的马可问道："挑选瓦斯科·达·伽马、阿梅里戈·韦斯普奇，我能理解，毕竟就是 10 多年前发生的事情。可是，像亚历山大大帝的部下尼亚尔霍斯的波斯湾航海记、迦太基海将安诺内的非洲西部航海记之类的古史，为什么也要编入呢？"

"先人们创下的这些功绩，首先就值得致敬。再者，无论哪个时代，向未知世界迈进的都是人类，而且不是一个人能办到的，需要很多人的协助。如何让人们齐心协力达成目的，光是了解这一点，对后人就很有帮助。"

另一座史料"山头"，由写着密密麻麻小字的信件堆成。见马可注视着它们，赖麦锡解释道："这些都是开始在远东传教的基督教会的宣教士们寄给总部的报告。虽然我们威尼斯人尚未抵达那个地区，但西班牙、意大利的宣教士们已在那里。因为没有去过，所以可以不知道，这纯粹属于无知。"

能干的秘书官继续说道："去未知世界旅行或航海，其实和美术界并无差异。马可·波罗、哥伦布、瓦斯科·达·伽马、麦哲伦，都是出类拔萃的人物。就像达·芬奇、米开朗琪罗、拉斐尔、提香，是美术界的高峰。

"不过，那些高峰也不是凭空出现的。在它周边有着广袤丰润的田野。达·伽马的丰功，也是在他绕过好望角抵达印度的50年之前，由10多名先行者将距离一点点延伸至非洲大陆西岸所带来的结果。

"虽然从地中海到穿过直布罗陀海峡的这段路径相同，但是由此前往北大西洋确立了佛兰德斯商船航线的先行者，是一位威尼斯船长。

"这位船长因为船只失事，最终去了北海，但他留下了有关北大西洋一带的详细记录。尽管没能成为世人皆知的高峰，可是正因为这些先行者的开拓，才有了众人行走、船只航行的'道路'。

"在这部《旅行记全集》中，不会只出现创下丰功伟业从而名留青史的'高峰'，我打算将那些一步步开辟道路的'田野'也收录进去。

"当然，'高峰'之所以成为'高峰'，其本人的才华有着很大的影响。如果读过他们留下的记录，就能很好理解。另外，那些冒险的舞台，不仅在海上，也在陆地上。"

接着，赖麦锡向马可讲述了一位命运多舛的威尼斯人的故事。

吉安马里亚·安乔耶洛出生于邻近威尼斯的城镇维琴察的一个贵族家庭。17岁那年，他加入威尼斯的志愿兵，前往希腊。濒临爱琴海的埃维亚岛当时是威尼斯的殖民地，那里遭到了土耳其人的入侵。

可惜，长达一年的攻防战以土耳其的胜利而告终。19岁的年轻人也作为一名俘虏被押往土耳其的首都君士坦丁堡。俘虏的命运，不是加莱船的划桨手，就是苏丹宫中的奴隶。如果改信伊斯兰教，倒是可以改变命运，但19岁的年轻人没有答应。他还年轻，想来是没有放弃返回故乡的梦想。因为一旦变成穆斯林，就再也不可能做回基督徒。由于不接受改宗的劝导，安乔耶洛在托普卡珀宫里的地位仍是奴隶。但也正因如此，他继续过着侍奉苏丹左右的日子。安乔耶洛是一位举止优雅、聪明的年轻人，因此获得了穆罕默德二世及其儿子们的喜爱。他甚至跟随他们去了波斯。

这样的生活持续了12年之后，大概算是作为一种补偿，安乔耶洛的奴隶身份被解除，他回到了故乡。离开时才十几岁的年轻人，归来时已经30出头。他在故乡维琴察撰写并发表了有关土耳其的记事。这篇文章引起了威尼斯政府的关注。

威尼斯政府向这位男子颁发了领事资格，将他派往波斯。安乔耶洛在波斯的生活长达30年以上，因为威尼斯在实施对土耳其的政策时，需要同时熟知土耳其和波斯两国情况的人。

奥斯曼土耳其帝国不得不时刻留意着位于帝国东方的波

斯的动向。虽然在军事上被征服，但文明程度远高于土耳其的波斯民族，是一群常常针对统治者发起叛乱的难以对付的被统治者。

威尼斯打算利用波斯民族作为对土耳其政策的一环。如果发现地处帝国东方的波斯民族有不稳定的迹象，土耳其不会置之不理。那么，它就无法专心向西方，也就是向威尼斯发起攻势。

领事安乔耶洛被赋予的任务，可以说就是面向波斯民族的地下工作。为了不被土耳其政府察觉，需要深藏不露地煽动波斯人，这是他真正的工作。威尼斯政府利用人才的彻底性，真是令人咋舌。

"这就是他在执行任务期间提交的报告汇总《波斯情况》。当然，其中没有丝毫有关地下工作的暗示，自始至终保持着领事报告的那种官样文章。但是，其内容详细准确而且深入，将它们当作田野调查未免可惜。我认为这份报告集有充分的价值被编入《旅行记全集》。"赖麦锡说道。

马可除了惊叹还是惊叹，以至于说出了和他年龄有点不相符的话："请让我也来帮忙。要帮忙，必须阅读史料。读了史料，自然就能有收获。"

马可认识到赖麦锡的《旅行记全集》不是单纯的作品选，他也有充分的理由帮忙编撰。

赖麦锡露出平和的微笑，然后说道："今天就说这些吧。

把你带来的葡萄酒打开。我们二人真正意义上的相遇，用'来自众神的信'庆祝非常合适。"

离开赖麦锡的家，吹着海风踏上归程的马可，沉浸在一种前所未有的充实中。他很高兴得到这样一位能自由、平等、直抒胸臆，又相互理解的友人。"我要去帮忙，每次去都要带上自己葡萄园酿造的'来自众神的信'"，他心想。

继而，马可又想起另外一句令他感触很深的话，那是谈话间赖麦锡突然冒出的一句话。

"你出生在丹多洛这个已经出过四位总督的贵族之家，世袭800多年的名门血统。像你这样的人物，和父亲那一辈还是外国人的我，竟然在职场结成紧密合作的关系，这真是太不可思议了。不过我认为，正是这种不可思议，才是威尼斯共和国的真正强大之处。"

对于赖麦锡的这番话，马可也很赞成。

可是，马可转念一想，赖麦锡的观点自始至终，不都是被威尼斯政府有效利用的原异邦人的视角吗？

威尼斯的矛盾

　　那是马可·丹多洛重返职场没几年时发生的事情。在元老院会议席上，一位叫卡佩罗的元老提出了一项法案。因为是元老院元老，所以卡佩罗属于被称作"Nobile"的贵族阶级。他的提案是将以下一事法律化。

　　"即便不是正式婚姻关系下所生的庶子，只要父亲同意，也可获得与嫡了同等的地位，并且名字可以被写入《黄金名册》。"

　　在《黄金名册》榜上有名，是贵族的证明。只要到20岁，就能在共和国国会占有一席。如果本人被认定为家族的代表，按照一个家族一位政治家的规定，同时还能拥有元老院元老的身份。威尼斯政府的要职都是从元老院元老中选出的，所以这意味着有进入政府中枢的可能性。

　　因此，用一句话概括卡佩罗提出的法案，就是为威尼斯共和国的统治阶级注入新鲜血液。而且，旨在开放国政门户的这项提案，并非来自外部，而是由名列《黄金名册》的人，即内部人士，或者可以说是一位同僚倡议的。这一点与迄今的诸多提案有所不同。

当那份卡佩罗提案摆在元老院约200位元老面前时，相信几乎所有人都想起了五年前的那个事件，想起身为时任总督的儿子却投向敌国土耳其，结果落得惨死的埃尔维斯·古利提。

然而，元老们的想法两极分化。

一部分人认为，正因为有前车之鉴，所以应该为庶子们打开参与国政的通道。

另一部分人则认为，正因为有前车之鉴，所以应该维持以往的惯例，将庶子排除在外，哪怕是有才之士。

元老院也实施无记名投票。投票的结果是，卡佩罗提出的法案遭到否决。不过，票数只有些微的差距。

这是守旧派发出的危险信号。立即有一位反对者提出将卡佩罗永久驱逐出境，并要求投票表决。这一次也是微弱的票差，但提案得到通过。

对没有犯下任何罪的卡佩罗，处以永久驱逐的惩罚，其目的与其说是针对提议向庶子开放门户的卡佩罗本人，不如说是向投了赞成票的元老们发出警告。事实上，这一类提案，从今往后再也没有出现过。

卡佩罗本人此后移居在当时被称为"北威尼斯"的荷兰

阿姆斯特丹，作为一名贸易商获得了巨大的成功。虽然他的家中有不少威尼斯人出入，但那属于商人的世界。对维持威尼斯现状派而言，只要移居他国的卡佩罗不再对本国的元老院行使影响力，便足够了。

然而，为卡佩罗提案投了赞成票的马可，却深感绝望。

威尼斯共和国是一个法治国家，因而被誉为"中世纪的罗马"。这算哪门子的中世纪的罗马！有很长一段时间，马可非常痛苦，应该说是愤怒。

古罗马在公元前4世纪，即早在1900年前，通过《李锡尼法》向平民阶级打开了参与国政的大门。即使国家政体转为君主专制政体之后，人们在元老院发表演说时，也通常用以下这句话作为开场白："各位建国之父的后人及各位新进。"

等发现必须注入新鲜血液，已为时晚矣。所有的改革，唯有在迫不得已之前行动，才有成功的希望。

相较于在宗教、思想以及民族融合问题上持封闭态度的同时代的其他国家，威尼斯共和国的开放程度令人吃惊。移民出身的阿尔多创立的出版社没有止步于威尼斯第一，发展成欧洲第一；移民第二代的赖麦锡取得了最高级别事务官僚的地位。这种开放的态度甚至成了国家哲学。

可是谈到参政权，不仅要求当事人必须是威尼斯的公民，还得是威尼斯贵族的嫡子。一面有着与罗马教廷保持距离的传统，一面却仅仅因为不是在神面前宣誓正式结婚所生的孩子，便坚持排除庶子。在否决卡佩罗提案之后，威尼斯决定一如既往地不做改变。

而此时正是凭实力说话的文艺复兴的鼎盛期。充分发挥能力在其他领域得到认可，唯有对参政权说不。这个时代的威尼斯确实不缺有能力的嫡子，但不该如此。

血液总有一天会断绝，哪怕不断绝，也会变得稀薄。到那时候，已经不再有断然改革的气魄以及付诸行动的体力。想到这些，马可的心情不禁很沮丧。

好友埃尔维斯的父亲古利提已不在人世。没出现在元老院否决卡佩罗提案并决定将其永久驱逐出境的现场，对他来说也算是一种安慰吧。

还有一个安慰，那就是，威尼斯不缺怡情之处。

逃离女修道院之作战

那天晚上，像往常一样回到家里的马可接过侍从递上的一封信，说是朱代卡岛的女修道院的看门人送来的。那是莉维亚的来信，信中称有私事商量，希望马可抽时间见上一面。

两天后的下午应该有空。估算过时间后，马可即刻提笔写了两封信，吩咐侍从第二天一早送去朱代卡岛的女修道院。一封信是写给莉维亚的，指定见面时间，并让她来大运河沿岸的丹多洛宅邸。另一封则是写给女修道院院长的，请她届时批准莉维亚外出。

时间定在下午，是因为夜晚不适合与年轻女孩见面。地点选在自己家里，是马可考虑尽量在避人耳目的地方谈私事。

这个时期的马可，身份是十人委员会的三名委员长之一。尽管任期只有三个月，但也得按照规矩，上班和下班时穿着红色长衣。由于掌握最高机密，身份敏感，所以穿得醒目。因此，即使与外部人士接触也会立刻引起人们的注意。这是很符合务实作风的威尼斯政府的规定之一。一旦就任委员长，必须将长衣的颜色由黑色换成红色，哪怕任期只有三个月。

从总督官邸匆匆赶回家的马可，推开大门便看见已在等候的莉维亚。马可吩咐去接她的侍从带她去二楼的客厅，他去换身衣服。长衣的红颜色虽然漂亮，但也让马可感到不自在。他换上深蓝色的短衣配紧身裤的便服，走向莉维亚等候着的客厅，听听她究竟想说什么私事。

在等待期间，莉维亚似乎已对周边做了一番观察。她双眼闪烁着年轻姑娘特有的光彩，坦率地表示观感：宅邸很棒，就是有些老旧。马可解释，朝向大运河的正面已经修补过几次，但毕竟是几百年前建的房子。不过，他倒是很中意这种老旧感。二人就这样开始了谈话，只是马可没料到中间会出现意外的干扰。

或许是因为从未有过这么年轻漂亮的女子来访，老仆妇抑制不住好奇心。她一会儿送上热可可，一会儿端来盛着小点心的银盘，不给两人单独相处的机会。

见此情形，马可苦笑着说，"还是去书房谈吧"，然后起身带莉维亚前往楼上的书房。

书房也是面向大运河，十分亮堂。宽敞的房间的每一个角落都沐浴在午后的阳光中。进门左侧的墙壁上，挂着一幅宽度不足 1 米、长度有 1 米多的肖像画，镶嵌在素朴的画框里。

姑娘的视线停在画上，注视了一会儿，继而又将目光转向马可，脸上露出愉快的笑容。马可也有点害羞地笑着说："那是你父亲和我都还年轻的时候，他带来一名画家，逼着我坐着让画家画像。画家名叫洛伦佐·洛托。你父亲推荐的理由是，他没有提香出名，因此画工费便宜，但技艺精湛。"

年轻的姑娘是否想起她在穆拉诺岛总督古利提家中见到的那幅提香所作的埃尔维斯·古利提的肖像画，马可不得而知。不过，两人之后没再触及这个话题。

面对面坐下后，莉维亚以马可已经习惯了的直率方式开口说道："我打算结婚。不仅为了离开女修道院，而且想和那个人共度一生。"

当她说出对方的名字时，马可心想果然如此。不过，他同样直率地指出："这是你仔细考虑后做出的决定吧，改宗可不是简单的事情。"

莉维亚诚实地答道："想了很久。只不过女修道院里没人能和我商量，所以一直是我自己考虑的。"

以基督教、犹太教和伊斯兰教为代表的一神教，决不允许改宗的人再次改弦更张。一旦改宗，至死，应该说死后，都得信仰那个宗教。

尤其在基督教世界，有一个近来变得气势汹汹的异端审判所。一旦被他们盯上，就会遭到彻底审查，是否对原本的信仰虔诚、为什么要改宗等等。负责审问的异端审判官们自认为是真正的基督教信仰的守护者，所以动刑拷问也毫不犹豫。如果被判定有罪，接下来就是火刑伺候。在那些审判官的心目中，火也是净化误入歧途之罪的一个手段。

这个异端审判所由基督教最高权威罗马教皇直接管理，就像修道院、女修道院一样，都处于罗马教皇的管辖之下。

在女修道院长大、属于基督徒的莉维亚，想嫁给犹太人大卫。而犹太教也不允许与异教徒结婚。因此，莉维亚如果不改信犹太教，就不可能和犹太人结婚。

要避开异端审判所的监视做成这件事情，即使在具有政教分离传统的威尼斯也不容易。

大概是看见马可深陷在椅子里的样子而感到不安，莉维亚满脸急切地说道："和大卫合奏，我可以弹奏出一个人绝对无法做到的、超越自己能力的音乐。大卫也是这么说的。他说和我一起，能演绎出超乎想象的乐曲。所以，我们两人不能分开。"

马可坐直身体，开口问道："不过，你想过没有，和犹太人结婚不仅需要改宗，还得搬进犹太人居住区生活。这一点你清楚吗？"

莉维亚斩钉截铁地回答："我知道。但大卫说过，就算住在犹太人居住区，出入时间的限制对于乐师来说也只是一个摆设。乐师常受邀参加宴会，在贵族宅邸演奏至深夜。所以宴会后在主人家留宿，第二天早晨才返回犹太人居住区的情况并不罕见。"

"出入时间的限制对于乐师来说也只是一个摆设。"这句话引起了马可的注意。他想到医生也说过同样的话。望着一脸不安的莉维亚，马可鼓励说："试试看吧，总能找到一条出路。"

接着，他提醒莉维亚在天黑之前离开，并吩咐侍从护送她回女修道院。他还给侍从分配了另一项任务，在送完姑娘后，顺道去位于朱代卡岛的医院找丹尼尔医生，以主人急病的理由请他出诊。繁忙的公务让马可变成了不浪费时间，或者说果断的男人。

马可曾数次装病请犹太医生晚上来家里。侍从对于去找医生一事已习以为常，负责马可日常起居的一对老仆人夫妇只要见到来客是丹尼尔，也会在撤下餐具后去准备客用寝具，然后悄悄退下，留他们二人独处。这一天晚上，露着轻松的笑容，完全不像抢救急症的犹太医生又出现了。

医院的伙食过于健康。医生一边说着，一边将端上的菜肴还有醇香的玛尔维萨一扫而光。想起自己连午饭也没吃过的马可，也展现出不输给医生的旺盛食欲。

用完餐，二人改喝玛尔维萨品种中口味相对浓厚的餐后酒。这时，马可才开口谈莉维亚的事情。

"有一件事想和你商量。"

"什么事？"犹太医生望着这位无论宗教、民族还是社会地位都和自己截然不同，但相交甚笃的威尼斯贵族问。马可开始说明："是一对打算结婚的年轻男女的事情。不过，有一个棘手的问题。姑娘是女修道院长大的基督徒，年轻男子则是在犹太人居住区的居民。姑娘的双亲都已不在人世，如今是一名孤儿。和她死去的父亲曾经是好友的我，不知不觉中成了她的监护人。但鉴于我目前的立场，我不能出头露面。你在这一点上自由，又和男方同属犹太人居住区的居民，也许能以隐蔽的方式为年轻人找到一条实现愿望的途径。我自己也是由衷地希望姑娘心想事成。"

医生说，"让我想想"，便低头沉思不语。马可也默默地往医生手中的酒杯里加了一些酒。

过了一会儿，医生抬起头，胸有成竹地说："我觉得我的一位病患可以成为解决这个问题的开端。"

"那位也是装病的主儿？"

医生忍不住笑出声："不，不是装病，是真的病患。她是一位曾经和其他国家有广泛往来的贸易商的遗孀。她年事已高，所以身体也出现了一些状况。她一犯病就唤我出诊，不过为她治疗非但不辛苦，反而相当愉快。

"她谈话风趣，内容也有深度，既幽默大方，又是一位少有的女性书法家。我第一次出诊时，很吃惊地发现她家的客厅和卧室都摆放着书籍。虽然她称那些书不过是她在丈夫去国外谈生意期间用来打发时间的，但她家里连阿尔多出版社的书目都有，这还是挺让人惊叹的。

"她丈夫和她在威尼斯生活了多年，不过她出生在意大利中部的锡耶纳。年轻时，他们想出去闯荡一番，便移居威尼斯，也的确创下了不菲的成就。夫妻俩没有孩子。丈夫死后，除了两名侍奉她的仆人，她独自在宽敞的大宅里生活。总之，她是一位富裕的寡妇。

"她丈夫也是移民出身，生前在威尼斯专心从商，因此获得了相当于威尼斯国籍的公民权，但未曾从事公职。除业务以外，他们与贵族们没有什么私交，丈夫死后，更是断绝了这层关系。因此，她现在就是一介平民老妇，但同时也是一个心胸开阔的人。"

这时，马可开口问道："貌似非常理想。不过，你打算如何让这位妇人加入计划呢？在女修道院长大的姑娘的亲生父母的名字，我连你都不能说，所以更不可能向她挑明。"

医生平静地答道："没有这个必要。你应该知道有一个叫'Dama di compagnia'的身份吧。在宫殿称'女官'，在普通人家就是'聊天伙伴'。作为孤儿的安身之所，这种形式并不少见。让老妇人去女修道院，说要找一个'Dama di compagnia'。为寄养的女孩们操心归宿，也是院长的工作之一，相信她一定能答应。不过，成为聊天伙伴是孤儿们改变处境的理想途径，相信会有很多人报名。问题是，如何从众多报名者中选出你监护的那位姑娘。我的这位老妇人病患没见过那位姑娘，可是你又不能同行。"

马可想了想，说："让我的侍从和老妇人一起去。他曾经送姑娘回过女修道院，认识她。"

"很好。老妇人去女修道院时，让侍从跟着。他只要悄悄指点一下目标，问题就解决了。交代侍从好好完成任务，这一点你总能做到吧。"

马可笑着点了点头："第一步就是作为聊天伙伴离开女修道院，对吧？"

"是的。待事态趋于平静之后，再让她和那位犹太男子结婚。静候时机非常重要。既然是以聊天伙伴的身份离开女修道院，那么在那位基督徒老妇人家里，至少得住上两三个月。否则，会有被异端审判所的狂犬们盯上的危险。"

马可打心底里佩服医生。他心想，这和国家之间的外交没有任何不同。在外交上，不管是巧言令色，还是瞒天过海，都是达成目的的手段之一。不过，马可还有一个疑问。

"老妇人显然在其中扮演重要角色，可是，你怎么去说服她协助此事呢?"

医生发出愉快的笑声,然后说道:"我可是她的医生啊,是她非常信赖的主治医生。光是配些药可做不了主治医生,还得让患者想到活着的美好和快乐。医者仁心,这句话是谁说的来着?"

这一夜,在两个男人的笑声中落下了帷幕。医生去了为他准备的客用睡房,马可也走进自己的卧室。

就寝前,马可进行固有的仪式,在枕头上滴几滴名为奥琳皮娅之香的香水。做过这件事后,无论多么疲倦的夜晚,马可都能安然入睡。

仪式后,马可给莉维亚写了封短信。信中只是简单地说替她找到了达成心愿的办法,等具体安排后再联系。他希望能给如今一定忐忑不安的姑娘尽快带去一丝安慰。

第二天早晨,一起用完早餐后,两个男人起身出门。一出大门,两人便一左一右,各奔东西。

马可去总督官邸上班,医生丹尼尔前往帕多瓦大学的研究室。威尼斯与帕多瓦之间,有沿着布伦塔河运行的摆渡船。摆渡船的出发点,位于与总督官邸方向相反的里亚尔托桥下面。

重访罗马

　　虽然轮岗制度使马可一直位居政府中枢，但威尼斯是采用共和政体的国家，而且是一个把坚持严格实施共和政体作为国是的国家。

　　因此，但凡被委任负责国政的"贵族"，除总督之外的所有公职，只有一年或半年的任期，而且在任期结束后，必须经过相当于任期长短的休职期，才被允许再次就职。

　　既然"轮岗"指的是届满后担任另一个要职的重复，那么，一年或半年的任期也就意味着不是所有要职的任期都在同一个时间结束。更何况，按规定，再次担任要职需要在休职期之后。也就是说，在"换岗"的途中，常常会出现空窗期。

　　尽管复杂麻烦的程序令人生厌，但为了维持共和政体，保证其正常运行，有时候也需要不厌其烦地坚持实施这种繁复的机制。

马可在担任十人委员会委员长之后，也迎来了这样的空窗期，重新做回一介元老。他只需要出席一周一次的共和国国会以及一周两次的元老院会议，按理应该有充裕的时间。然而，被编入"轮岗"机制中的人，连这点余暇也不被允许。

被要求"轮岗"，意味着优秀的能力得到认可。在政治上往往也带着经济性考量的威尼斯共和国，人才们不得不做好被彻底利用的心理准备。

这个"利用"，简单地说，就是"目前处于休职期的十人委员会前委员，去外国出差"。

威尼斯共和国的国政实质上由十人委员会领导。换言之，十人委员会是威尼斯政府的中枢。所以，出差就是去外国干十人委员会的活儿。

不过，他们不会被派遣去做与他国政府直接打交道的大使，而是作为随行人员，对外身份仅是一介元老。这是因为在休职期过后，还必须重返本国政府的中枢。既然是威尼斯政府核心成员的短期出差，那么作为一名随行人员，是最适合的角色。无须向对方介绍，因此谈判时也没有资格发言，只需要默默地站在和对方交涉的大使背后，聆听双方的对话，并暗中观察。哪怕事先已经了解对方的情况，通过自己的双眼所掌握的信息也是不同的。因为仅知道对方说了什么是不够的，还得知道是以何种方式说的，这才算真正有效的情报。

这一类随行任务，在谈判后回到大使馆还没有结束。岂止没有结束，可以说主要的工作才刚刚开始。和大使交换意见并决定今后谈判的方向，才是威尼斯政府指派的"政府中枢成员去外国出差"的真正任务。

在 16 世纪这个时代，威尼斯进行外交谈判的国家，几乎都是专制君主国。君主国的好处在于，一人决定，随即执行。而另一方的共和国，所有事项都需通过合议，决定也是根据投票结果。

如果严格遵守体制，在对方君主提出要求时，必须获得本国政府指示后才能答复。然而，现实中这样操作，根本无法和一人独尊的国家打交道。

无论是德意志皇帝所在的奥格斯堡、西班牙国王所在的马德里，还是法国国王所在的巴黎，抑或土耳其苏丹所在的君士坦丁堡，从这些地方向威尼斯政府发出请示，再等来答复，至少需要一个月。从这一点上来说，派"中枢"的成员盯现场还是相当有利的。而且这种做法也是在进入专制君主时代的 16 世纪，出于在维持共和政体的同时提高治理能力所做出的一个政治策略。

身处中枢，意味着自己是一枚棋子。应该说，若不当棋子，这样的策略就不可能成功。

马可·丹多洛再访罗马，也是作为赴罗马的威尼斯新任大使的一名随行人员得以成行。罗马的教皇，从保罗三世变成了尤里乌斯三世。教皇一旦换人，其周边的人员也全数更替。新体制下的罗马教廷，更需要具有优秀观察力及认知能力的人才，提供准确透彻的信息。

这是马可再访罗马的公务。不过，在罗马，他还有一个很想见的人。对马可而言，见到那个人，就等于见到了死去的奥琳皮娅。

他和法尔内塞红衣主教，几乎是时隔 10 年的再会。

出现在马可等候房间里的红衣主教一改少年时的模样，长成了俊朗的青年。然而，面对面的瞬间，10 年的空白骤然消失。因为在这两个男人之间，存在着奥琳皮娅这个不能说的秘密。

刚满 30 岁的法尔内塞红衣主教，全身散发着沉静的气息，和 10 年前一样。但实际上，几年前，他父亲皮耶尔·路易吉遭暗杀，祖父前教皇保罗三世又在不久前去世，如今他无依无靠。马可对此简短地表示哀悼，红衣主教平静地回应，仿佛失去强大后盾之后的当下，更适合活出自我。马可想，这位年轻的红衣主教与其说是平静，不如用静谧来形容更加合适。尽管内心汹涌，但他的外表始终平静。

红衣主教带着马可前往沙龙。在这座壮丽的法尔内塞宫中，沙龙仅用于接待关系亲近的人士。一进门，马可便明白了年轻的红衣主教带他来这里的用心。在房间正面的墙壁上，挂着法尔内塞红衣主教的半身画像。马可不由自主地被画吸引，目不转睛地看着画，感叹道："太棒了！真是完美的肖像画。"

红衣主教露出年轻人毫不掩饰的骄傲，说："这是提香的作品，是祖父还在世时，这位威尼斯画家造访罗马时画的。因为祖父的'让他也替你单独画一张'这句话，才有了这幅作品。

"果然功力了得！他只见过我两次，也没长时间让我摆姿势。可是，看到从威尼斯寄来的完成品时，我比任何人都惊叹。那位画家，只要见上一面，便能看透对方的内心。"

的确如此。提香的法尔内塞红衣主教半身像，栩栩如生地刻画出一位年轻却静谧的男子。

年轻的红衣主教忘记了年龄的差距，继续向马可表白："每天看这幅画，对我来说特别重要。我必须不断地提醒自己，今后也要一直像画中人那样生活下去。"

马可的第一反应是，这位年轻人打算一生背负着父亲杀母这个十字架生活。

通过到昨天为止的公务期间获得的种种情报，马可了解到，这位年轻的红衣主教在教廷被视为强有力的教皇候选人。因为整个梵蒂冈都在传，虽然现在还年轻，但在不久的将来，法尔内塞家族会诞生第二位教皇。

然而，马可现在几乎可以断定，法尔内塞红衣主教没有成为教皇的意愿，因为他感觉到这位年轻人似乎心意已决，有一个杀"妻"的父亲，这种身世的人不能成为引领基督徒的罗马教皇。30岁的大好年华，竟然令人心痛不已。

　　对马可的感触一无所知的红衣主教，带马可上楼去他的卧室。

　　法尔内塞宫不愧是罗马屈指可数的宫殿。和它相比，即便是面向大运河的丹多洛宅邸，也不过是随处可见的普通人家。哪怕是卧室，其华美程度也远超过私密空间的概念，给人一种有宽敞气派的卧榻才称得上卧室的感觉。即使被邀请入室，堂皇的装饰也不会让任何人感到无所适从。

　　在这间卧室的墙壁上，而且是在一下床便能望见的右侧墙壁上，挂着一幅女子肖像画。

　　马可的视线再一次被吸引，他紧盯着画中女子佩戴的项链。

　　毫无疑问，这让他想起在佛罗伦萨时他赠送给奥琳皮娅的项链。记得当时奥琳皮娅要求珠宝匠为她制作一条和在画上见过的一样的项链。得知那幅画是拉斐尔的作品后，奥琳皮娅便将完成的项链命名为"拉斐尔的项链"，一直非常喜爱。这条造型简洁但很精美的项链，对马可来说，是他想忘也忘不了的东西。

　　马可的心思，红衣主教并不知道。以为马可在对杰作表示惊叹的红衣主教，站在他的身后说道："拉斐尔的作品。他是一位只活了37岁的艺术家。对于所有热爱美的人来说，这是一个不幸。"

马可问，如此完美的绘画为何挂在卧室，红衣主教有些害羞地答道："感觉她有点像我刚出生那时的母亲。"

法尔内塞红衣主教察觉到马可这次来访的真正目的。在欣赏完提香和拉斐尔的杰作之后，他默默地邀马可走到室外。二人朝着步行可达的附近教堂走去。

教堂已精美地建成。安放奥琳皮娅遗体的礼拜堂也反映了年轻红衣主教的审美观，高雅、华丽。

礼拜堂的壁面，通常会刻着埋葬于此的人们的姓名，但奥琳皮娅长眠的地方没有名字。取而代之的是，覆着一块白色大理石板，上面刻着风吹轻衣，翩翩行走在鲜花怒放的原野上的年轻女子的浮雕。既没有十字架，也没有双腿跪地两手合十的女人像。红衣主教在伫立浮雕前的马可的耳边轻轻说道："是模仿最近挖掘出的古罗马时代的浮雕制作的。"

马可也小声回应："这更像她，真是非常适合她的居所。"

对于这两位男人来说，奥琳皮娅依然活着。对年轻的红衣主教而言，她是他连姓名都不能透露的母亲；对马可而言，她是他唯一深爱的女人。

走出教堂，红衣主教边走边问："明天下午有时间吗？《最后的审判》完成了。"马可欣然答应。

马可在约定时间穿过梵蒂冈大门。迎接他的红衣主教，这一天穿着红衣主教的主教衣。对神职人员而言，教廷是工作的场所。不过，红衣主教没让客人等候，即刻带他前往西斯廷礼拜堂。

占满整面墙的《最后的审判》，果真气势磅礴。画中的所有人仿佛跳脱画面一般极富立体感。马可上一次在罗马逗留期间与米开朗琪罗相识时，对他就有一种堪称恶魔般的印象，那股非人的气势似乎全部被倾注在这幅画里。看着震撼不已的马可，法尔内塞红衣主教问："要不要也去看看拉斐尔？有必要亲身感受一下这位英年早逝的天才，他并不是只会画女人的画家。"

所谓的"拉斐尔房间"，和西斯廷礼拜堂不同，是由几间相连的客厅大小的房间组成的区域。看过铺天盖地的壁画之后，那些炫耀知识的平庸感想，让人一开口便羞愧难当。杰作似乎有令人沉默的力量。不过，马可对年轻的红衣主教说了这样一句话："无论多么巨幅的壁画，但凡经过拉斐尔的手，总能让人自然地平静下来。"

红衣主教随即应道："和你同感。艺术家的性格，不可能不反映在其作品中。听说拉斐尔生前还是一个真诚地向伟大的前辈们致敬的人。"

就这样，马可结束了他的重访罗马之行。大使留在当地，马可只身离开罗马北上。在威尼斯，势必有下一个任务正等着他。毕竟，轮岗制度造成的空窗期还没有结束。

金角湾的夕阳

在威尼斯，有一个好消息等着马可。虽然没有装病找医生，但是医生丹尼尔为了告诉马可他俩共同制订的作战计划的结果，急不可耐地要见归国的好朋友，脱离女修道院的计划成功了。

首先，让埃尔维斯和佩利留夫人所生的私生女莉维亚作为富裕寡妇的"聊天伙伴"离开女修道院这一步成功了。接下来的第二步，为骗过异端审判所的监视，在寡妇家生活几个月，这也成功了。不仅成功，甚至还衍生出副产品。原本只是打算在寡妇家暂住，避避风头，但没想到妇人喜欢上了莉维亚这个姑娘，竟然参与了第三步的作战。具体地说，就是等风平浪静后，她会作为新娘的陪伴，参加在犹太人居住区举行的莉维亚和犹太年轻人的婚礼。

结果，乐师大卫和莉维亚接受了医生尽快达成既定事实的忠告，已经在犹太人居住区，当然也是按照犹太人的方式举行了婚礼。

听完医生叙述的全部过程，马可内心充满宽慰，感到由衷的喜悦。医生说罢，递上莉维亚写的一封信，信中满是姑娘对马可的感激之情。

次日，马可首先做的事情，是去自己拥有账户的威尼斯银行，在那里以莉维亚的名义开设一个账户，随即转入一大笔钱。他打算把这笔钱当作给好朋友埃尔维斯的遗孤的嫁妆。

走出银行，马可直奔香水店。送女人香水，相当于赠送鲜花。

香水店的女店主以熟悉的态度迎接已成为常客的马可。可是，当马可要求调制一款适合年轻女子用的香水时，她脸上露出了一丝奇怪的表情。不过，她嘴上还是说着"如果是年轻人的话"，一边替马可调制了一款白百合和紫色堇菜混合再添加了些许琥珀的香水。马可嘱咐她装入穆拉诺岛产的水晶瓶中，同时又要了一瓶他称作"奥琳皮娅之香"的常买的香水。马可不想让女店主怀疑他移情别恋，爱上了奥琳皮娅以外的年轻女子。

这天晚上，马可还是装病，叫来了医生丹尼尔。

"又有一件重要的事情想拜托你。这是以莉维亚的名义开设的账户以及汇入的金额，告诉她随心用。还有这瓶香水也请转交给她，就说是代替鲜花了。"

医生告知新郎和新娘在婚礼后没几天，便去佛罗伦萨演出了。马可接下来的公务行程就定在三天之后，而且这一趟还不知何时能结束回国。因此，他请医生在新人回到威尼斯后，将这两件东西交给他们。医生爽快答应，还不忘打趣地说："以香水代鲜花，威尼斯男人到底是有雅趣啊。"

接下来的公务不知何时能结束回国，这确实不假。因为这一次的性质，和之前的出差完全不同。

马可至今为止的国外出差，不是去德意志见神圣罗马帝国皇帝，就是去巴黎见法国国王，或者是去马德里见西班牙国王。针对君主们提出的威尼斯海军参战的要求，在考虑国家利益的同时，又要巧妙地，也就是以尽量避免引起对方不快的方式予以拒绝。

可这一次不同。交给马可前往君士坦丁堡的任务，是和土耳其的苏丹缔结和约。与土耳其的谈判，不得不做好极其复杂而且困难度远高于其他国家的心理准备。

首先，与土耳其谈和，不是土耳其方面的希望，而是威尼斯。领土型国家土耳其除扩张领土之外，对其他事情并不关心。而对以贸易为生的威尼斯来说，确保市场和经济基地，则是生死攸关的问题。

其次，谈判必须在绝对保密的情况下进行。土耳其是伊斯兰国家，威尼斯是基督教国家。如果威尼斯和异教徒缔结友好条约，显然会招来背叛基督教世界的谴责。

法国与土耳其也结成了同盟关系。然而，那种关系中并没有实际利益，因为法国也是拥有领土，即农耕地的国家，有充分自给自足的可能性，不是需要他国存在的贸易国家。哪怕有人提出法国不是也和土耳其结盟，但威尼斯也无法仿效。法国也是领土型国家，在这一点上，它和土耳其、西班牙没有区别。

因为有这样的内情，十人委员会决定派最优秀的人才去和土耳其谈判。但由于谈判必须秘密进行，若派遣身居政府要职的人物，会有被法国、西班牙知道的危险。这个任务之所以轮到处于轮岗空窗期的马可，是因为当时他的身份仅仅是一名元老。当然，他有能力胜任如此棘手的任务，这也是大家公认的。马可在现场监督，在驻土耳其大使一职上，威尼斯总是派遣最资深的外交官。和在君士坦丁堡的大使密切合作，进行谈判，而他作为威尼斯国政的十人委员会委员的这一身份则被掩盖起来。

因此，在马可相当于护照的身份证明书上，只注明是元老院元老。顺便提一句，十人委员会由 17 人组成，而元老院有约 200 名元老。

对马可来说，这是第四次造访君士坦丁堡。前三次来时，埃尔维斯都在，这第四次，他已不在人世。何况，一介元老来访，大使馆不会派人去港口迎接。好在威尼斯大使馆的所在地，马可还是知道的。在一个人前往大使馆途中，马可的脑中记着不可被书面化的十人委员会的绝密决议。

外交也是一种讨价还价，因此为保证协议的签订，有必要事先定下可以让步的底线。马可的脑海中记住的是以下两项条件：如果苏丹要求割让如今属于威尼斯的领地，十人委员会准许直接负责交涉的阁下，放弃纳夫普利亚或玛尔维萨的其中一地。但如果苏丹提出更多割地否则拒绝签约的要求，允许阁下两地全都放弃。

就算是让步促进和约的缔结，但能用放弃换取些什么，就得看马可的本事了。

到达大使馆后，马可听取了大使的汇报，了解到长达一年以上的秘密谈判，如今陷入了僵局。这个情况威尼斯政府也知道，为此派马可来打破僵局，马可牢记着的就是十人委员会的最后让步。从翌日起，和苏丹的代理人宰相会谈的日程也确定下来了。

历时一年以上的谈判依然无法达成共识，因此马可的到来也不可能立即改变状况。毕竟对方是一个只关心领土扩张，却不考虑如何善用它们的国家。纳夫普利亚和玛尔维萨都是位于伯罗奔尼撒半岛东侧的海港城市。迄今为止，威尼斯将它们作为海军的停靠港和经济活动的基地。就算这两座城市都成为土耳其的领地，既非海运国又非贸易国的土耳其，不可能更好地加以利用。几乎可以肯定，它们会回到威尼斯管辖前的模样，仅仅是渔村而已。

然而，马可决定在这个问题上只能满足土耳其人的领土欲，大使也表示同意。

双方缔结了和约。那是在放弃了纳夫普利亚和玛尔维萨两个港口城市的条件下，才好不容易换来的。

不过，马可强烈要求土耳其必须做到以下三件事，苏丹苏莱曼对此表示接受。

一、在奥斯曼土耳其帝国全境，保证威尼斯人完全自由的经济活动以及人身安全。

二、设立在决定放弃的纳夫普利亚和玛尔维萨的威尼斯商馆，今后也予以保留。

三、禁止如今成为苏丹臣下的穆斯林海盗袭击威尼斯船只。

对于第三点的保证，威尼斯方面并不乐观，因为最终可能还是要靠威尼斯海军为商船队护航。不过，只要苏丹答应禁止，那么即使抓获来袭的海盗，也不用将他们视为苏丹的臣下，而是纯粹作为罪犯处刑。

此外，被称为大帝的苏莱曼一世，是拥有从中东到中近东，甚至包括北非的庞大帝国的君主，同时也是一个乘势向欧洲东部发起侵略的人物。匈牙利已被拿下，他的军队正逼近奥地利公国的首都维也纳。因此，苏莱曼一世可以说是一位典型的领土型国家的君主。

对领土型国家的领袖而言，没有比扩张领土更好的事业来巩固其地位，因为居住在这一类国家的人也相信，没有比扩张领土更好的标准来判断领袖的能力，他们强烈支持能实现这个目标的领袖。所以，这类国家的领袖几乎不可能放弃领土。一旦放弃，国民对他的支持度势必跌落。

苏莱曼的满足，只在于不必战争便获得两个城市。对他而言，在变成土耳其领土的两个城市继续保留威尼斯商馆之类，纯属无足轻重的小事。

马可的任务算是成功地结束了，尽管是在满足对方的领土欲的情况下。意大利语中有一种说法，叫舍名取实。

谈判期间神经一刻不得放松的马可，在所有事情结束的最后一天，独自造访了贝约格鲁。

土耳其语意为"君主之子"的"贝约格鲁"这个地名被保留了下来。然而，本是地名由来的埃尔维斯·古利提壮观的宅邸，如今已成为一片废墟。

所有的东西都被抢走。豪华的家具、地毯，专门从威尼斯定制的厚质的丝绸窗帘，天花板上覆着的呈波浪状的褶皱薄纱，统统被掠夺一空。

从窗口望出去的金角湾景色依然如故，但如今只有小鸟从敞开的窗户飞来飞去。这座宅邸中活着的，只有清风和小鸟，以及四处蔓延的杂草。宽大庭院里的池塘边，剩下一棵柳树。

马可站在柳树下。在这棵树下，曾经是佩利留妻子的莉维亚，将死于非命的心爱的男人的头部，包在自己的蕾丝披肩中，埋进土里。之后孑然一身的她，在乘坐返回威尼斯的船南下至爱琴海时，留下"只有在埃尔维斯身边，我才能活下去"的遗书，投身希腊的大海。

马可将带来的一封信埋在柳树下。这是他的告慰，相亲相爱、至死不渝的男人和女人所诞下的女儿，已平安离开女修道院，如愿和犹太乐师结婚。

马可一边埋信，一边在心里对自幼相交的朋友埃尔维斯说道："只能说她真是你的女儿。什么人不好，偏要和犹太人结婚，居然还成功了。"

离港，因风向的缘故定在傍晚时分。夕阳下的金角湾果然十分优美。望着来往于船上和码头间的土耳其人，马可似乎在那群人中看见了埃尔维斯。但他立刻摇摇头，打消了这个念头。只不过，奥斯曼土耳其帝国的这个首都，他再也不想来了。要再一次去面对已成废墟的贝约格鲁的宅邸、庭院中仅剩一棵的柳树，未免太心痛。沐浴在夕阳下的君士坦丁堡整座城，渐渐远离了伫立于船上的马可的视线。远望着这座城，马可陷入沉思。

在距今 300 多年前的 1204 年，他的先祖恩里科·丹多洛作为胜利者进入这座君士坦丁堡城。也就是从那个时代起，威尼斯共和国进入黄金时代。威尼斯以这里为根据地，在东方各地布下经济网点，拥有在地中海世界堪称无敌的海军力量。威尼斯的高速发展，正是从那个时代开始的。而当时的总督恩里科·丹多洛，就是被誉为地中海女王时代的威尼斯的象征。

自那之后，历经 350 年，继承丹多洛家族血脉的自己，肩负的责任是什么呢？马可不禁自问自答。

自己的责任应该是让已过了鼎盛期的威尼斯共和国，在充分利用尚存的经济实力和海军力量的同时，安静、平稳，且保持威尼斯华彩地缓慢衰退。

人的才能，仅拥有是不够的。只有为自己活着的时代有所贡献，才叫作真正施展才能。

自己回国后势必掀起的欧洲各国针对威尼斯与土耳其单独媾和的如潮般的指责，马可决定眼下不去想。以巧妙的外交与各国周旋回避指责，目前的威尼斯共和国还是有这个能力的。国家方向的转变，倘若不是在国力尚存时着手实施，是无法期待成功的。

回国后等待马可的，应该还是和以前一样的十人委员会的席位。坐在熟悉的位子上，如何才能让既定的政策逐步变为现实，马可在坐船返回威尼斯的旅途中思考着这个问题。

时代的变化

在君士坦丁堡逗留的一个多月，马可并没有把时间全耗在和谈上。造访过世好友的旧居，也是在所有事情结束的最后一天。其余的时间，马可用来观察土耳其的这座首都，回到大使馆后，再与精通上耳其情况的大使交换意见，继而勾勒出战略政策。

奥斯曼土耳其帝国是传统的陆权国家。如果它今后也保持这个传统，那么对以海为路的威尼斯并没有太大的威胁。因为就算土耳其有直逼维也纳的气势，也只是由陆军发起的陆地进攻战。可是土耳其近来突然开始将手伸向海洋。

然而，没有海运传统的国家不会诞生海军。陆地上只要聚集大量士兵，便能成为战力。但海军是技能集团，不是一朝一夕可成就的。

苏丹苏莱曼承认这个缺陷，他想利用海盗来填补这个缺陷。

他任命海盗的头目们为已属于奥斯曼土耳其帝国一部分的阿尔及尔、突尼斯的总督，以此赋予他们官方的地位。作为交换，发生海战时，这些人将被征召加入土耳其海军。这套机制首先是苏丹获益。与陆战相比，海上战力更耗费钱财。海盗们也不吃亏。继续干老本行，纯粹是一个违法者，当总督，便成了奥斯曼土耳其帝国的公家人。

就这样，这套对阿尔及尔一方也有利的机制成功地运作起来。土耳其海军的首脑阵营几乎全被海盗头目们占领。马可乔装成商人，观察到停留在君士坦丁堡港口的水手们使用希腊语和阿拉伯语的比例远高于土耳其语。这一现象证明了当下的实际状况，因为大多数海盗都是被土耳其征服的希腊人和阿拉伯人。原本只是陆军国的土耳其打算凭借这股力量，同时也成为海军国。

话说回来。靠自身力量无法向上，转而借用他力由此获得成功的，并不只有土耳其。神圣罗马帝国皇帝兼西班牙国王查理五世用同样的方法，给没有海军的西班牙多少增加了一些海军力量。不过，他利用的是加入其麾下的热那亚的雇佣兵。

地中海中央突出的部分是意大利半岛，位于其东北的是威尼斯，位于其西北的是热那亚。威尼斯首先面向的是亚得里亚海，而热那亚则是面向直接通往地中海的第勒尼安海。

两个国家都是曾经从中世纪后期到文艺复兴前期活跃于地中海世界的意大利四大海洋城邦国家的幸存者。首先是阿马尔菲退场，之后轮到比萨，只剩下热那亚和威尼斯。

可是，到了16世纪前夕，热那亚的势力开始衰落，原因是四大势力家族分成两派相争的国内矛盾。由此可见，真正的敌人是自己，这是一条不变的真理。最终，那些航海技术甚至被认为超过威尼斯人的热那亚海上男儿失去了工作。此外，爱国心不如威尼斯人强烈的热那亚人，对于为他国国王效力并没有太大抵触。哥伦布也是热那亚人，他在西班牙女王伊莎贝拉的资助下实现了伟业。同时代的其他热那亚人，在精神层面和哥伦布相差无几。哥伦布横渡大西洋，安德烈亚·多利亚也是因效力于西班牙国王查理五世而获得了地中海最强海将的声誉。

如果说这是当时热那亚海上男儿的写照，那么查理五世当然会想到通过雇用的方式对他们加以利用。

总而言之，在16世纪的地中海世界，土耳其通过授予海盗公认的地位，西班牙通过雇用热那亚人，原本是领土型国家的这两大强国，都成功地增强了海上战力。

然而，威尼斯无法仿效这两个国家。它既不可能授予海盗公认的地位，也不可能将本国的海军托付给外国人。

威尼斯共和国的海军已不能凭一己之力战胜土耳其。即便如此，它仍然是地中海上最强的海军。不过，威尼斯的软肋在于，它领土狭小，居住的人口数量也不足。

如果说这就是威尼斯的现状，那么如何去打破它呢？

马可回国后立即在十人委员会会上进行的复职报告以及委员会在此基础上提出的问题就锁定于这一点。他用以下这段话结束了报告：

"今后的威尼斯，只有以即使不赢也不能输为目标。手段之一是尽可能地保持中立，尽可能地不诉诸战争。

"目前欧洲各国之间战争频发，今后的欧洲势必也会以宗教为借口，越发成为战乱之地。威尼斯不被这股洪流吞噬，必须成为我们的最高目标，因为这是'云淡风轻的国家'（威尼斯共和国）今后也能保持独立繁荣的唯一策略。

"为此，增强我国的海军力量，也就是为今后继续拥有地中海世界最强海军而努力，是必不可少的。因为在事关威尼斯国家利益的时刻，海军也是最有效的筹码。"

坐在议长席上的总督特雷维桑难得开口发言："在保持他国不敢轻视的海军力量的基础上坚持中立，是这个意思吧？"

点头表示同意的，不止马可一人。十人委员会一致通过了马可提出的强化造船厂的方案。只要说起造船厂，连外国人都知道那是威尼斯的国营造船厂。该方案成为国法，意味着它将是今后也会持续的国家基本方针。

因此，每当马可和与他紧密配合的秘书官赖麦锡讨论的时候，两人面前一定会摆放国营造船厂的精绘地图。所谓强化政策，首先是更充分地利用现有的，即库存的东西。这是马可和赖麦锡当前的主要工作。

在整个中世纪和文艺复兴时期，占据意大利半岛东部的亚得里亚海在地图上也被标识为"威尼斯之海"。这比古代的称呼"亚得里亚海"更广为人知。

此外，在同时代，在貌似长靴状的意大利半岛，随处可见被称为"萨拉森塔"的堡垒如串珠般耸立在海岸线上。不过，沿着亚得里亚海北上，它们会逐渐消失，因为那里威尼斯共和国有制海权。

建"萨拉森塔"的目的，是在发现从北非来袭的穆斯林海盗船时，通知居民逃往山中。穆斯林海盗不仅掠夺财宝，还抢人。伊斯兰教禁止教徒的奴隶化，但并不禁止把异教徒当奴隶。基督教世界同样如此，在这一点上，可以说它们是半斤八两。而随着尊重人权的意识提高，任何信仰都禁止奴隶制，则是300年以后的事情。在允许抓捕异教徒做奴隶的那个时代，海军不仅仅是在海上与敌作战，它原本就是为保证本国国民的安全而诞生的。

亚得里亚海沿岸之所以几乎没有"萨拉森塔"，是因为威尼斯拥有令海盗不敢靠近的强大海军。如今要进一步增强实力，怎么做？目标是什么？在外交上不能不顾及他国的感受，但安全保障可以完全靠自己。具体来说，就是对国营造船厂的整编和强化。

而且，正因为海军是威尼斯的历史和传统，潜伏在贵族阶级内部的守旧派是无法反对的。在让他们保持沉默的同时，逐渐实现坚持中立所不可或缺的海军力量的强化。

话说回来，强化战力，并不是强到威尼斯一国可以赢下战争。马可有更现实的考虑。他的目标是，拥有一支战争胜负取决于威尼斯是否参战的海军。

在犹太人居住区的四周都没有墙的威尼斯，唯有国营造船厂筑起高高的石砖围墙。理由很简单，这里属于军事设施。当然，它也充满秘密。

在周长 2 千米左右的土地上，都是和造船相关的建筑。在里面工作的技师和工人的数量，平时也高达 1.5 万人，战时更是增至 2 万人，还有缝制船帆的女工。

造船厂内部的一切，按现在的说法，都是采用流水线方式。船身完成后被拉到隔壁的船坞，进入预先按规格制作的零件逐一安装的工序。

如果是加莱船，后续还有安装船桨的作业，最后组装上船帆，整个船体就完成了。

由于所有的工序都保持流水线作业，因此这是一个不仅能缩短船只下水前的时间，同时也能保证船只的品质，增加产量的生产方式。

这就是令 13 世纪的但丁，其至到 18 世纪仍然令歌德不惜赞美之辞的威尼斯的国营造船厂。历经漫长的岁月，它成为欧洲规模最大而且运营最有效的一座工厂。

然而，即使是完美的组织，长时间的运作总会出现问题，所以有时候需要予以修正。马可和赖麦锡着手改善的事情之一，是将加莱船和帆船的建造工序分开，以及因应火器使用不断增加的时代变化，分划一个组装大炮和火药的专门船坞。

经过这样的改变，一个月中百艘船下水，在理论上是可行的。除此以外，没有进一步的改革。因为威尼斯有威尼斯特有的，即人们熟悉亲近的传统。

虽然叫"造船厂"，但它毕竟是国营的，不可能只生产战船。其实从最初起，威尼斯就没有严格的战船和商船之分。就算有别，也只是船上是否装载货物而已。

堪称自带人工马达的加莱船，需要超过全部船员一半以上数量的划桨手，人工成本因此变得很高。所以加莱船作为商船使用时，装载的是胡椒等香料、高级纺织品或宝石等高价货品。而运送来自黑海沿岸的小麦或英国产的棉纱等廉价产品时，便使用不需要大量船员的帆船。

另外，在威尼斯，即使商船也是组团航行。加莱船大约 10 艘，帆船也有 5 艘。就算在和平时期，船队也有 2 艘军用加莱船护航，目的是防止海盗。虽然和苏丹缔结了友好条约，那些按理说已成为苏丹臣下的穆斯林海盗却不会因此有所顾忌。

战船和商船在同一家造船厂建造，有威尼斯特殊的一个原因。

如果威尼斯所属的岛屿遭遇攻击，负责那片海域的军用船队当然会驰援，与此同时，征召在附近航行的商船也是常有的事情。海上法规定，以船长为首的全体乘员有服从军令的义务。人们之所以对此没有抱怨，是因为包括最底层船员划桨手在内的所有人都很清楚，哪怕商用船，也是依靠威尼斯的海军力量保障安全。

正因为是随时可能变成军用的威尼斯商船，商船船员的配置是由政府决定的。在这一点上，战船亦如此。一艘船上的船组人员的配置如下：

船长 1 名、副船长兼书记员 1 名。

负责掌舵以及升降船帆者 8 名。

焊工 2 名、木匠 2 名。

厨师 1 名。如果是远距离航线，会配备 1 名医生。

被称作石弓兵的作战人员 40 名。

而作为人工马达又身兼海军士兵的划桨手，根据船只的大小，在 120 人到 180 人。如此数量的人员，挤在虽然长达 40 米但宽度只有 5 米的船上，居住环境显然不乐观。可是如果人数没有达到这个规模，在威尼斯是不被视为加莱船的。虽然人工但好歹也算配备马达的加莱船，有利于预测航行日程，因此也被用于商业。难怪它们要运载高价货品，否则成本根本划不来。

更何况，在威尼斯，连船长都没有军或商之分。战船的船长几乎都是贵族，这一点容易理解，因为率先承担风险是精英的责任所在。

不过，威尼斯的商船船长，也有不少是贵族。或许是多年来一旦有需要就必须配合战船积累了丰富的经验，也有曾经长期担任商船船长的人，后来当选为威尼斯总督。

在威尼斯语中，原本就没有舰长和船长的区别，都叫"capitano"。

就这样，鉴于威尼斯特殊的国情，马可和赖麦锡二人完成了小规模的海军改革。必要时再做改变的那个"必要时"，尚未迫在眉睫。马可又恢复了日常。只不过，忙碌是不变的。

尽管身居政府要职，但无论如何，如今是文艺复兴时期的威尼斯。一旦离开总督官邸，剩余时间如何使用，是个人的自由。

威尼斯的艺术家　一

马可去提香宅邸举办的宴会，是受在阿尔多出版社主办的聚会上相识的佛罗伦萨历史学家瓦奇之邀。这个人也是厌恶美第奇家族统治下变成君主国的佛罗伦萨，因此逃来威尼斯的反美第奇派的一员。不过，他继承了父亲留下的巨大遗产，所以逃亡生活似乎过得并不狼狈，还请以高价出名的提香替自己画了肖像画。

马可对这位佛罗伦萨的男人颇有好感。这个人也属于被称为"umanista"的"人文主义者"，拥有历史学家的丰富见识，而且还是一位懂幽默、爱嘲讽的人。幽默和嘲讽二者合一，会给人"不善"的印象，但"让人恨不起来的坏人"也是佛罗伦萨人的一个特质。在前往提香家的途中，可以算是同代人的二人边走边聊。

"请提香画像，真是豪举。听说那位画家不仅要价惊人，而且不轻易答应别人。"

佛罗伦萨的男人笑答："不不不，实际上并没有传说中那么贵。他毕竟是艺术家，不是商人。当然啦，他是一位很威尼斯式的艺术家。"他接着说："你也应该知道，作为欧洲的最强君主、地位无人置疑的查理五世皇帝，专程到奥格斯堡，邀提香去西班牙担任宫廷画家。

"成为最高权力者身边的宫廷画家，首先是经济稳定，再者社会地位得以保证，德高望重。尽管如此，提香却称威尼斯最适合自己作画而拒绝了邀请。查理五世似乎不肯放弃，之后再三邀请，但提香的回答始终不变。话说西班牙王室还真是喜欢提香，继承查理五世王位的腓力二世也染上了这个癖好。西班牙人够执着的，就算宫廷画家之请被拒，肖像画的委托依然一如既往。

"提香因此保持了自由艺术家的身份。不过，提香也是威尼斯男人，很清楚在保持自由的状态下保证作品的质量，必须有深厚的财务基础。所以，他提高了画作的价格。"

马可被佛罗伦萨人这番有趣的分析逗得笑出声来。大概是觉得很得意，瓦奇继续说道："话说回来，也不是所有作品均一涨价，还是有差别对待的。按支付画价的高低排序，第一类是暴发户。能成为暴发户，是因为放高利贷等什么事都敢做。这些人千方百计地想让替皇帝、国王、教皇画像的提香也替自己画肖像，所以价格再昂贵也乐意支付。

"第二类是那些皇帝、国王和教皇。替这个级别的人画像最有宣传效果。不过，像他们那种地位的人不用自掏腰包，所以就算费用高些也不痛不痒。

"接下来第三类人，具体地说是红衣主教、王室高官等。这些人是真正懂得提香的才华，因此才委托其作画。对提香来说，他们大概是他最中意的客户。更何况，这些人花的都是自己的钱。因此，提香向他们收取的费用就相对低些。

"最后一类，便是像我这样的人，并非肖像画自带宣传效应的名人，但我们有用笔宣传的才能。最典型的人物，是以辛辣出名的评论家彼得罗·阿雷蒂诺。

"所以，巨匠给我们更便宜的价格。我自己的那张画像，也没有想象中的贵。"

"不过，"佛罗伦萨的历史学家话锋一转，"这位提香真正厉害的地方在别处，和价钱多少完全无关，就是他绘画时的全力以赴。哪怕委托人是放高利贷的，他也绝不敷衍。暴发户也好，皇帝也罢，不论是红衣主教还是我这样的文人，都没有关系。用最高的技艺画出眼前的人物，对他来说是最重要的事情。也就是说，提香虽然收费因人而异，但是他作为艺术家的表现欲并没有因人而异。如果是你，会怎么想？"

马可收起笑容，认真地答道："所有委托人都会对作品感到满意。"

"没错，所有人都很满意。因此，所有人也都乐意支付他开出的价格。"

愉快聊天的二人，在说笑间来到提香家的门前。

　　光看外观，提香的住宅和威尼斯中等阶层的家相差无几，但打开门望见的内庭却相当宽阔。围绕内庭而建的房屋一面朝向小运河，阳光充足。这里不仅住得舒服，作为画家的画室应该也非常合适，而且整个建筑被他的画室和住居所占。在威尼斯市中心拥有这么大的房子，是画家凭自己的才华挣来的。

　　如果说阿尔多出版社举办的是有学识教养的人的"聚会"，那么提香家的宴会就是不折不扣的"派对"。任何东西，都是大量的、醒目的、豪华的。无论食物还是葡萄酒，全是在威尼斯能买到的最上等的物品。乐师们分头坐在贡多拉上演奏，乐声从窗外的运河随风而入。

　　专职增色的高级交际花们个个长得漂亮。作为欧洲流行发源地威尼斯的女人穿着华丽的衣裳，宛如鲜花盛开的花园。

　　来客们也是形形色色，既有僧衣委地的位高的神职者，也有上穿鲜艳的外套下配紧裹大腿的袜裤、以最时髦的打扮彰显个性的诗人、建筑家、画家和贵族公子们。其中有几个人，马可曾在阿尔多出版社的聚会上见过，但今晚他们花哨的衣着几乎让人认不出来。向来喜欢素色衣服的马可，这天还是穿深蓝色短衣，只有衣领和袖口镶着蕾丝，下面配同色的袜裤，这一套装扮反倒引人瞩目。

整个宴会仿佛色彩的洪水，如果此刻有人命令"停下"而戛然而止，这个场景本身，应该就是威尼斯画派的画家们喜爱描绘的盛大画面。

宴会的主人提香，年纪已近70，依然是一位美男子。他话不多，几乎都是别人在说，他只是静静地看着对方的脸。瓦奇向他介绍马可"这是丹多洛阁下"时，他同样无言地看着马可。继续说话的还是瓦奇："丹多洛阁下，您也考虑一下请大师替您画肖像？"

马可接口说："年轻时曾经让洛伦佐·洛托画过。"

这时，提香第一次开口："洛伦佐·洛托画肖像的功夫了得。"

这是这天晚上马可和提香之间唯一的对话。马可也没有提及提香画的埃尔维斯·古利提的肖像画，作为总督古利提赠送的遗产，如今保存在自己家里。他想起埃尔维斯推荐洛伦佐·洛托替他画像时说过的一句话，"技术很棒，但不懂生意"。

洛伦佐·洛托与提香，同是威尼斯画派的画家，但10年后再见时，不禁令马可想起他们之间的差距。

愉快享受盛宴之后，马可归途也和瓦奇同行。到底是佛罗伦萨良家出身的贝内代托·瓦奇，让自己带来的马可独自回去这种失礼的行为，他是不会做的，于是两人并肩踏上回家的路。举办那么豪华的宴会，怪不得画费昂贵。对马可的这番感叹，佛罗伦萨的历史学家仿佛提香的辩护人似的说道："提香可不只是积攒钱财，或像今夜这般挥霍。建筑家桑索维诺的事件，你知道吧？"马可点点头。

威尼斯政府委托佛罗伦萨的建筑家桑索维诺对圣马可广场码头一侧的建筑进行改建，结果在施工期间发生了坍塌事件。政府决定对建筑家的责任有无进行审判，其间建筑师被关进了牢房。

提香首先对此发声，跟随其后的艺术家和知识分子们，也纷纷向政府表示不满，审不审判姑且不谈，一直把建筑家关在监狱是不当的行为。

威尼斯政府接受了众人的意见，但提出一个条件。这个条件相当符合以经济治国的威尼斯作风：可以释放建筑家，但他得自己出钱重建。

这位佛罗伦萨出身的建筑家既然能在其他国家接到工作，当然是因为他作为建筑家十分优秀，而且名气响亮。可是，只靠艺术家的工作能过上富裕生活的，仅限于少数。尤其像他那样的情况，首先得清理坍塌的瓦砾，再购买新建材重新建造，整个过程必须自己负担。他没有这笔费用。虽然政府表示在完工后会按照契约付款，但是他付不起在完工前所需的费用。尽管如此，出狱后的桑索维诺还是能重新开工，因为提香借了钱给他。

大概，应该说几乎可以肯定，建筑家无法全数归还。这一点提香借钱时就很清楚，其实，这就等于赠送。

和桑索维诺同国的历史学家瓦奇斩钉截铁地说："提香并不是因为彼此都是艺术家才伸出援助之手的，而是因为他认可桑索维诺这位建筑家的才华，所以才会以力所能及的方法救济。因为这样就有机会让具有佛罗伦萨人设计感的建筑杰作出现在威尼斯城的中心。"

听着热情洋溢的辩护人的辩词，马可有一种变成了法官的感觉。

与提香第二次见面，已经是将近 10 年以后的事情。这一次，马可不是受邀去夜宴，而是受命带刚上任的西班牙大使去提香家，而且还不是单纯的陪同。

首先，对如今堪称超级大国的西班牙国王的大使，必须以高规格礼遇。尤其是大使赴任的第一项工作是腓力国王委托提香作画的执行工作。

而马可之所以担任陪同的角色，是因为十人委员会也是一个谍报机关。与超级大国的大使保持关系，对正在向情报大国迈进的威尼斯共和国而言，无论如何都是一件不容忽视

丁托列托，《圣马可遗骸的移送》4 米 ×3.1 米
学院美术馆收藏（威尼斯）

丁托列托，《在彼拉多面前的基督》5 米 ×3.8 米

圣罗柯学堂收藏（威尼斯）

的大事。

威尼斯方面并没有让西班牙大使知道与他同行的是十人委员会的一员，只是告诉他，家族历史始于建国初期的名门贵族丹多洛将陪同前往。丹多洛这个名字在外国也广为人知。西班牙大使对此安排与其说是满意，不如说是一种荣誉。

抵达提香家的二人，被带着从内庭登上石梯来到一楼。但这里不是客厅，而是画室。但凡来拜访画家的人，几乎都想看看那些出色作品的制作现场。所以，不论客人的地位高低，提香常常在画室接待来客。

这是一间让人不敢称为画室的极其宽敞的房间，占据了建筑的一整面。在这片开阔的空间，从完成的作品到习作，再到还处于素描阶段的草图，所有画作都以适当的间距排开。大概是考虑到画家只要站在房间里，就能一览无余地望见他笔下的全部作品，所以才做出这样的安排。

迎接他们的大师应该已年过75，虽然看上去很安静，但锐利的目光丝毫没有改变，少言寡语这一点也没变。他带着客人走到画室中央摆放椅子的地方。

在画家坐着的椅子右侧触手可及的位置，支起了两个画架。上面分别放着先王查理五世和当今国王腓力的肖像素描。这两位提香都见过一次，大概就是在那个时候画的。

不停在说话的是大使，画家只是默默聆听。他偶尔也开口，问一下晚年的查理五世和现在的腓力国王脸上的皱纹、头发的颜色、胡须的样式等问题。他一边听大使的回答，一边将手伸向右边的画架，用素描笔画上几笔。坐在大使右侧的马可恰好直接面对画架，心中惊叹不已。

不过添上寥寥数笔，就成功地表现出两人的脸因年龄而产生的变化。

西班牙大使想必非常紧张。也许是面对他的国王非常喜欢的艺术家，不知如何讲清楚国王的委托，一时慌了神。

于是，他站起身继续说明。突然间，他停止了说话，眼睛直勾勾地盯着一幅画。这是马可刚走进画室时就注意到的一幅作品。

作品姑且有一个画名。由于题材源自希腊神话，所以叫《维纳斯和阿多尼斯》。

然而，但凡见过这幅画，哪怕只有一次，人们都会立即意识到这幅画描绘的是云雨一番后的男女。因此，如果要取一个如实反映内容的画名，那只有叫《欢爱后欲起身离去的男人和苦苦挽留的女人》。

不管怎么说，维纳斯也是一位施人以爱，自己时不时偷情却不用真心的"爱的女神"。没想到她竟然爱上了阿多尼斯，结果害得美少年阿多尼斯遭女神的偷情对象男神马尔斯杀害。提香笔下的《维纳斯和阿多尼斯》构图之绝妙，甚至能让人理解马尔斯的妒忌心。

望着这幅画，马可想起再访罗马那一次在法尔内塞宫见到的《达那厄》。

在长度 1 米以上、宽度有 2 米的巨幅画面中，躺着全裸的女人。除了画面右上角的小天使，赤身裸体的女人几乎充满整个画面，简直可以将其命名为《裸体》。

见到那幅作品时，令马可最为惊叹的是画中女人的肤色。

那是急不可耐等男人交合那一瞬间所透出的如烈焰一般的女人的肤色。

这幅画里没有出现男人，但看画的人都明白，因为它也取材于希腊神话，描绘了热烈追求美女达那厄的天神宙斯变身化作黄金雨落下的瞬间。

所以，画面上只有倾泻而下的黄金雨和正在享受雨落的全裸女人。如此精练，如此充满爱欲，真是情色绘画的杰作！

那一次，马可面对这幅画，停下了脚步。法尔内塞红衣主教鉴于老朋友的亲近关系，向他讲述了购画的原委。

"这张好像是提香没受委托自发创作的作品之一。一旦从哪里来了灵感，艺术家会自然而然地产生创作欲望吧。不过，这幅画还是被造访威尼斯的我的朋友发现了，他写信告诉了我。

"读完信，我立刻决定买下。只要是那位大师的作品，不用目睹也有购入的价值。

"话说回来，尽管寄来的作品是远超我想象的杰作，可它毕竟不适合挂在常有访客出入的沙龙，只能委屈它待在我的起居室里。"

被红衣主教的最后一句话逗笑的马可，在那一刻敏感地意识到，以自己的意志断绝了罗马教皇之路的法尔内塞红衣主教，将艺术品收藏家定为今后的人生目标。

相信法尔内塞红衣主教的收藏会越来越丰富，而《达那厄》势必成为其中的瑰宝。

西班牙大使对提香宅邸的首次造访，在一个小时左右结束。提香表示，腓力国王委托的肖像画，虽然没法立刻答应，但一定会画。大使总算是放下了心。

和大使一起离开画家宅邸的马可心里非常肯定。他相信，大使一定会向国王报告，他见到了《维纳斯和阿多尼斯》。

可是……马可想，西班牙国王会如何让那幅杰出的情色画成为自己的藏品呢？

世间正进入路德倡导的宗教改革和危机感日益加剧、开始反扑的反宗教改革时代，双方对撞，火花四溅。如果以国家划分，就是德意志对西班牙。

事实上，为避免两派势力的激烈冲突造成基督教世界的分裂，两派的宗教人士正聚集在意大利北部的城镇特伦托，举行大公会议。

尽管这两股势力在宗教观点上针锋相对，但有一点是达成共识的，那就是长年以罗马为大本营的天主教会的极端堕落。

父亲查理五世曾经不仅是西班牙国王，还是神圣罗马帝国的皇帝。儿子腓力的首要身份是西班牙国王。无论是他自认还是公认，西班牙都是反宗教改革的大本营。作为其先锋兵的异端审判所，在西班牙比任何地方都要威猛。

身为西班牙国王，委托宗教绘画是理所当然的。自己的肖像画也属于允许范畴之内，毕竟父王也请人画过。

可是，他怎么解释购买情色画呢？会想出什么歪理来得到这幅画呢？

毕竟异端审判所的原动力，是以坚守基督徒纯洁的信仰为使命并且对此深信不疑的多明我会（神之犬）的修道士们。如果是这些自称神之犬的男人，再怎么杰出也属于情色的绘画，一定会被他们安上"有碍信仰纯洁"的罪名。腓力国王如何躲过这一关呢？

但是，马可非常肯定。他确信，年纪尚轻的腓力二世不惜一切手段买下这幅画。哪怕不能将其悬挂于王宫的大厅，也会挂在自己的房间。而提香大概是算准了这一点，才特意将那幅画放在大使容易发现的地方。

在罗马，祖父是前教皇的红衣主教也可以毫无顾忌地买画，而在西班牙，就连国王也不能堂堂正正地做这件事。想到这两地的差异，威尼斯男人马可颇感愉快。

威尼斯人，并非信仰淡薄。

在那么狭窄的威尼斯城中，教堂超过百间。在礼拜天，所有的教堂挤满了循规蹈矩的信徒。无论是按行业划分还是以互帮互助为目的叫作"scuola"的大大小小的公会，不计其数。这些公会都有自己的守护圣人。另外，威尼斯人还参拜实际分不清是谁的骨头的"圣遗物"。

与罗马保持一定的距离甚至变成威尼斯共和国的一种哲学，其实这并不是针对基督教本身，而是对信仰以外的事情也爱指手画脚的神职者阶级。如果是"圣遗物"的话，哪怕崇拜也没有危害性。因为半片木条或一块骨头，不会对人们的行为说三道四。

还有一件令马可心悦诚服的事情，那是他带西班牙大使去提香宅邸时，在画家的工作间看见尚处于草图阶段的查理五世和腓力肖像时感受到的。

画家在正式作画前会先画草图。虽然作品在完成后都寄到马德里，但草图会留在画室。马可当时就是耳朵听着大使的说明，眼睛望着草图的。

它们分别是坐在椅子上的查理五世和站立着的儿子腓力。马可作为外交团的一员出访时，和那两位人物都曾见过一面。

然而，肖像画中的二人，不知哪里，稍稍有点不同。

他们都不是被理想化的形象。非要说的话，是两位西班牙国王镜中的模样。

人在照镜子时会自然而然，因此是无意识地摆出姿态，收紧下巴，双目直视，挺直腰板。也就是说，镜中的是自己心中期待的样子。

提香画出了那一瞬间。但必须只是那"一瞬间"，才能描绘出虚与实之间那条缝隙。不能批判说那不是真正的形象，因为人是一种有趣的存在，会期待在现实中也保持心目中的形象，离开镜子后也会为之努力。

这样，藏在心中的愿望也能化为现实。一旦成了现实，就不再是理想化的形象，纯粹是超越写实的、真正的姿态。

在见过提香为他们画的肖像画之后，查理五世和腓力也会努力向画中的自己靠近吧。

这应该就是宣称只允许提香为自己画像的查理五世，以及子承父愿的腓力，热爱这位威尼斯画家的最重要的理由。

这两位人物都必须始终意识到身为国王的意义。正因如此，他们才能准确地理解提香所施的那小小魔法的功效。

除了他们两位之外，还有很多人希望提香能为自己画像。相信那些人不仅仅是希望自己的肖像画出自替超级大国的国王画像的同一个画家之手，哪怕是无意识地，他们也能感受到提香捕捉虚与实之间那条微妙缝隙的艺术家的本质。

于是，委托人和制作者之间，产生了某种共犯关系。而且，没有比双方必须保持默契才能成立的共犯关系更牢固、更能长久维系的人际关系。

马可回想起之前在罗马时，法尔内塞红衣主教给他看自己的肖像画时说的那句话。"每天看这幅画，对我来说特别重要。我必须不断地提醒自己，今后也要一直像画中人那样生活下去。"

想到这里，马可不禁苦笑。自己不是也希望像年轻时替自己画像的画家所说的"你是一位品貌端正的人"那样生活下去吗？

威尼斯的艺术家　二

没过多久，马可又认识了一位画家，这一次也是因为公务。决定委托谁来创作总督官邸的装饰壁画，也是十人委员会的工作之一。

这位画家叫保罗·委罗内塞。在这位画家艺术活动的中心地威尼斯，意思为"委罗内塞出生的保罗"的保罗·委罗内塞这个称呼更为人所知。

他与提香大约相差40岁，但他和巨匠的差异不仅是40岁的年龄，画风也完全不同。相较于单独的人物，委罗内塞更着眼于群体。

在歌剧院上演歌剧，当演到登场人物齐聚一堂的场面时，所有人同时静止，那个瞬间如果被原封不动地剪下来，就是保罗·委罗内塞描绘的大画面。

色彩清澄且华美。马可看着他展示的迄今为止的作品，不由自主地对站在身边的这位画家说："比起登场人物，你似乎对他们身上的衣装，尤其是布料更感兴趣啊。"

年纪还轻的画家飞快回应道："说得太对了！这就带去你去我成天待着的地方转转。"

马可被带到的是纺织品的制造工厂，整齐排列的织机发出轻快的节奏声。在威尼斯出生并长大的马可，到这个岁数都不曾知道有这样一个地方。

画家向马可介绍着一台台织机。"这是把丝绸织成纯色cangiante 的机器，对面是织花色丝绸的机器。靠墙的一排是纯色天鹅绒的织机，边上一排是在丝绸上织出天鹅绒提花的机器。"

马可也被吸引，忍不住开口问："cangiante 是什么意思？"

画家仿佛纺织工匠一般，得意地回答："cangiante[1]，是根据光照颜色会起变化的一种织法。在欧洲，只有威尼斯能做到，所以它是威尼斯的特产。这种布料势必风靡欧洲。不过，最先发现这种织物效果的是画家。达·芬奇、米开朗琪罗、拉斐尔，还有提香，他们都画过。只是当时它作为织物尚不完全，因此他们通过画褶皱所产生的阴影来表现。但是现在，可以真实地看见并摸到布料。我很想画出玉虫织绸的那种美，

1　cangiante 是采用不同颜色的经纱和纬纱织成的天然丝绸。根据光线的反射，它像玉虫（甲壳虫）一样在不同光线下呈现出不同的色彩，因此在日本叫"玉虫织"。中文译成"闪光绸"或"折光绸"。本书沿用日语的叫法。——译者注

它能使整体画面变得更丰润。"

画家边说边拿起一捆织好后卷起的布料，啪的一声打开披在自己的肩上，给马可看。"玉虫织绸的美在于量。大量使用才能彰显它的特质。用天鹅绒、玉虫织绸，立体感绝对不同吧。"

说罢，画家顺手从边上堆着的布料中拿出一卷天鹅绒，像量体裁衣的裁缝那样把它披在马可的肩上。

马可吃惊的不是画家的举动，而是从肩而降的天鹅绒的颜色。天鹅绒倒是喜欢，但这个颜色有点不合适，他心想。画家似乎立刻察觉到他的心思，笑着说："上了年纪的绅士，反而更适合鲜亮的颜色。"

这块天鹅绒的颜色，在意大利称作 fuchsia，是一种介于红与紫之间的颜色。如果是普通的绢丝，那确实艳丽，但是用玉虫织绸织出的天鹅绒，颜色就显得相当沉稳。它真的非常美，马可甚至有点儿不舍得把它从肩上拿开。

画家似乎认为替人操心是艺术家的特权，哪怕对方是政府的大人物。他对马可说道："不过，要用的话就不能小气，请大量使用。像皮草，它美就美在量足。威尼斯特产的玉虫织绸，胜负全在量上。"

马可开始有点心动，外出穿的确不妥，但定制一件家居服倒是可以考虑。或许可以把它当作在古风的丹多洛老宅点亮一盏灯火的乐趣。与此同时，他也感受到了这位年轻的画家对织物和色彩的不同寻常的热情。

尽管两人如此开诚布公，但保罗·委罗内塞对马可没提一句想接总督官邸天顶画和壁画的工作。马可问他是否有意时，他也只是发出快活的笑声。

他的笑声里似乎带着一股"不找我画是你们的损失"的倨傲不逊，但并不让人感到不悦。

因为在威尼斯，有自信的艺术家倨傲不逊被认为是天经地义的事。尤其保罗·委罗内塞，更是一位能为人们提供谈资的艺术家。

他的巨幅作品大多取材于《新约全书》，其中一幅名为《加纳的婚礼》的绘画，触动了异端审判所的监视网。

画面中央是耶稣基督，他的背后有金光，谁都认得出来。可是感觉画家画得有点敷衍，看上去耶稣和其他被邀请来参加豪华婚宴的人并无二致，人群中的他存在感相当弱。

而且，在耶稣前面演奏的乐师中，保罗·委罗内塞把自己和同行的画家朋友也画了进去。委罗内塞拉着小提琴，提香扶着大提琴，其他画家也各自拿着不同的乐器，仿佛他们才是这场婚宴上狂欢的主角。高龄的提香不可能摆出手持乐器的姿势，所以，画中身着华衣参加宴会的所有人明显都是画家的幻想。异端审判所想必是拉长了臭脸，不过也就到此为止，但下面这幅画让画家收到了传唤令。

在这幅画的中央也是背后带光的耶稣基督，但只靠这一笔可过不了关。对着出庭的画家，异端审判官训道："你对《圣经》大为不敬。画中人们的服装太奢华耀眼，竟然还画上蹲着的小狗之类胡闹的玩意儿，丝毫没有宗教氛围。还有左中那个人画得那么大，不就是你自己吗?! 整幅画满是恶俗，我们绝对不能坐视不管。"

让自己在制作的绘画中登场，别的画家也干过。很多画家曾经让自己现身于画面的某一处，只不过保罗·委罗内塞的自我表现欲似乎有点儿过头。在这幅画中，最引人瞩目的就是身穿华丽的绿色玉虫织绸的他本人。

不过，文艺复兴时期的威尼斯人对于绘画的评价，相较于画了什么，更重视如何画。只不过宗教审判所对此态度正好相反。而且这类审判不允许有辩护人，保罗·委罗内塞只能靠自己辩护。他是这样说的："画家和艺术家一样，都属于狂人一类。狂人不被治罪，是自古罗马以来的传统。"

如果边上有旁听席，势必会引发哄堂大笑，可惜宗教审判所不设旁听席。不同于异端审判凶猛的西班牙，在威尼斯，无视所谓民意的街谈巷议，并不是聪明的做法。

也许正是有这样的顾虑，审判官打算以温和处罚了结此案。对保罗·委罗内塞做出的判决是，自己承担费用，进行全面修改。

可是，占尽大厅一整面墙壁的巨幅画，从头再来需要很多时间和费用。于是，画家想出了更简单的解决办法。他把原本定为《最后的晚餐》的画名，改成了《利未家的宴会》。

这样一来，审判所一方和民意一方都得到平息，也难怪在当时的欧洲，威尼斯被认为享有最高的自由。因为基督教世界的自由，首先是来自宗教的自由。

威尼斯的艺术家　三

几乎是在和保罗·委罗内塞相识的同时，马可遇见了另一位画家。

提香和委罗内塞都出生于被称为"内陆本土"的威尼斯共和国的行省。丁托列托则是在威尼斯出生长大的地地道道的威尼斯人。因为他的父亲是染色工匠，所以意为"小染匠"的"丁托列托"的绰号，在他成为画家后取代了他的大名。

丁托列托比提香小 30 岁，比委罗内塞大 10 岁。

当然，他们三位和当时的其他画家一样，从宗教画到世俗的大壁画以及肖像画，所有委托都能胜任，而且都留下了大量杰作，但画风则是各有特色。

丁托列托的绘画，第一眼会感觉灰暗，但不是单纯的暗。尽管明与暗的界限并不清晰，但整体画面统一。而且他的笔法气势十足，对观众有强烈的吸引力。画面非但不模糊，反而张弛有度。

这位画家也是制作总督官邸壁画的候补画家，二人因此才见的面，画家带着马可去装饰他刚完成的作品的地方。

那里是叫作"Scuola"的威尼斯的六大公会之一，是以公会成员互帮互助为目的的团体的总部。丁托列托的最新作品位于这栋建筑最里面的房间，占了整面墙。

如果说总督官邸是掌握国政的贵族们的根据地，那么这些公会就是被统称为市民的以经济活动为主的平民阶级的根据地。由于目的在于互帮互助，因此每一个公会都有自己信奉的守护圣人。丁托列托绘画的所在地，是圣洛可公会总部的建筑。

另外，同样是天顶画或壁画的工作，总督官邸和公会之间并没有规格高低之分。

如果是排名前六的大公会，会费所带来的收入就很庞大，而且它又是商人的根据地，所以委托有名的画家在经济上是可行的，也被认为是理所当然的。既然这是威尼斯社会的现状，那么为了观看有可能为总督官邸作画的画家的作品，人们就得去公会总部。

画家带着马可快步往里走。那间屋子的门从左右两边打开，马可刚走进去两三步，便停下了脚步。

正面的墙壁上，画满了耶稣的磔刑图。画面中央是被钉在十字架上的耶稣，从那里发出的光，流向其前后左右的人群，又回到中央的耶稣，使之成为一体。整个场景扑面而来，具有让人不由自主停下脚步的震撼力。

除了耶稣，整体画面色调阴暗。"骤然满天乌云。"《圣经》中这样写，必然如此。不用说谁都明白，这是智力和体力都达到顶峰的 40 多岁的男人全力以赴的作品。

马可站在那里一动不动，连为他准备好的椅子都没注意到。站在他背后的画家轻声说道："不管用多少年，总有一天要让这座建筑填满我的作品。帕多瓦的斯克罗维尼礼拜堂由乔托填满，罗马的西斯廷礼拜堂由米开朗琪罗填满。接下来，填满威尼斯的圣洛可的是丁托列托，就是我。"

对这位比自己小 20 岁的年轻威尼斯画家的强势个性，马可不禁苦笑，又深感赞同。

对艺术家而言，"填满"这件事，是他们伴随野心的梦想吧。与丁托列托分手后的马可，在返回总督官邸的路上思考着。

贝里尼二兄弟乔凡尼和贞提尔、卡尔帕乔、乔尔乔涅、提香，威尼斯派的绘画不断传承。继提香之后，推动威尼斯派绘画达到前所未有的繁荣的，应该是委罗内塞和丁托列托这代人。而威尼斯整座城也因此变身为艺术馆。无论如何，通过委托制作，帮助那些艺术家施展才华的经济实力，威尼斯还是有的。

可是，与他们那些艺术家不同，马可的工作始终在隐蔽的情况下进行。这一类任务他已担任多年，其间换了六位总督，但处于权力中枢的马可的地位不曾改变。

不过，对于倾力投入画布之上，其成果被天下人所见的画家们，马可有时感到十分羡慕。每当想到这些，马可的脚步就会走向赖麦锡的家。

顺便提一句。时至 21 世纪的今天，在总督官邸中，依然填满保罗·委罗内塞和丁托列托的作品。

对话的妙趣

在威尼斯共和国,即使是公职,也没有退休这一说。不论是无薪的掌管政治的贵族,还是作为后盾的有薪的事务官僚,都没有到了某个年龄就得退休的规定。

然而,无论以上哪种情况,都有一个叫作"退意"的东西。

这个"退意",在没有正当理由缺席会议要被罚巨款的不相信个人良知的威尼斯,属于需要依靠每个人的自觉和良知的难得的事情。当然,不是有了退意就可以不管不顾地甩手走人。越是要职,就越需要在推举接班人之后再引退。继任者最终是由选举决定的,能做的只是推荐,但它仍然是必需的。

然而,不论在政界还是经济界,威尼斯人又是一个被视为风险对冲高手的民族。对于用人不当这个风险,他们预先设计了对冲的办法,那就是在出现人事任用错误时,连当初的推荐人都会被曝光。没有人愿意将 40 年辛劳换来的名声毁在这一件事情上。所以，作为结束职务的完美句号，在推荐继任者这件事情上，几乎所有人都会认真对待。这就是威尼斯式的"对冲"。

和马可·丹多洛于公于私都保持着密切关系的秘书官赖麦锡，数年前以健康状况为由辞去了公职，当然也是在完成了后任接替之后才引退的。虽然继任者是他的儿子，但是正式成为十人委员会秘书官的儿子十分勤奋，没有人会说他是靠熟人的关系。马可对此也感到非常满意，所以在工作上没有问题。和赖麦锡私下的相处，对于马可来说依然是珍贵的时光，这一点是不变的，因为二人有真正意义上的对话。

所谓对话，并不是交换信息和知识。如果只是交换信息，写信就可以，想获取知识，不妨读书。而要进行真正意义上的对话，见面谈是先决条件。因为面对面会让对话变得鲜活，甚至会让人考虑之前从未想过的事情。相互启发，是通过对话产生的真正的成果。

像往常一样，马可带着两瓶玛尔维萨酒乘坐摆渡船渡过大运河，沿着小运河堤岸一路向前，朝面对与朱代卡岛相隔的运河的赖麦锡家走去。

赖麦锡在担任秘书官时倾情投入的《旅行记全集》，全六卷的编著已全部完成，只待出版发行。也许是因为大功告成，安了心，自称健康状况不佳的赖麦锡，居然很精神地迎接马可。大概是希望尽情地享受男人间的对话，他请马可坐到面向朱代卡运河的大阳台上。他们喝着玛尔维萨酒，吹着海风，度过了一个安静的下午。

这一天，马可向地位虽然在自己之下，但才智上令人敬佩的赖麦锡，提出了一个他之前就在考虑的问题。那就是，为什么会发生人才流出和相反的人才流入的现象。

自进入 16 世纪以来，在威尼斯以外的意大利城邦国家，越是优秀的人越去其他国家，这甚至成了一种流行。佛罗伦萨有很多艺术家在其他城邦工作，在热那亚，几乎所有男人都作为雇佣兵投入西班牙海军之列。在费拉拉、曼托瓦、那不勒斯，领主甚至将其子民作为手下士兵，大有全面雇佣兵化的趋势。其结果是，那些城邦的人口急剧减少。唯有威尼斯，是这股风潮中的例外。

首先，没有威尼斯的市民成为他国的雇佣兵。说到工匠，纵然有像卢卡的纺织工那样大举移居威尼斯的例子，但没有流出的情况。画家也是如此。他们会接受外国君主们的委托，寄出他们要求的作品，但作品本身是在威尼斯创作的。

也就是说，威尼斯有人移入，却没有人移居他国。"你认为这是为什么？"马可向赖麦锡提问。

对此，赖麦锡以一种长者游刃有余同时又不失好友间坦率的口吻回应：

"答案很简单，威尼斯宜居。

"首先，它对移居者没有差别。阿尔多出版社的创始者阿尔多和我父亲一样，是第一代移民。其后继续为威尼斯这个出版王国做出贡献的现任社长，和我一样是第二代移民。不久前，连佛罗伦萨最大的出版社君提也在威尼斯开设了分社。他们也联系我，问我是否让他们出版《旅行记全集》，打算将这套书作为在威尼斯出版的第一号大力推出，所以我也在认真考虑，毕竟作品出自热心的出版社是最好的。

"为什么连君提都要来威尼斯？因为威尼斯有自由，而且政府制定法律保护出版权，积极帮助出版社成长。卢卡的纺织工匠们也有同样的待遇，因为那些人都具有特殊的技能，对他们的援助绝不会白白浪费。依靠卢卡纺织工匠的技术，威尼斯产的天鹅绒的质量有了飞跃性的提升。

"就拿我个人来说，共和国政府让我这个第二代移民担任了元老院、十人委员会秘书官的要职，现在又批准我儿子继承了这个职位。

"像你这样自古的名门贵族，和我们这样不久前刚成为威尼斯市民的移民后代，热爱威尼斯之心当然是一样的。"

马可笑着打断他的话："所谓自古名门，其间也发生了很多事情。"

"变化一定是有的。面向斯基亚沃尼码头的虽然古风但气质高雅的宅邸、耸立在大运河出口处的美丽宫殿，在百年前都属于丹多洛家族。"[1]

"应该是不再需要卖掉的吧。"

前任秘书官继续说下去。

"在这 1000 年之间，即便是自建国就是名门丹多洛家族，经济实力想来也是有变化的。因为买下这两座建筑的，都是靠金融起家的新贵。"

"不过，"赖麦锡一转话锋，"哪怕不是买得起宫殿的成功者，也并不改变威尼斯宜居这个事实。

"首先是国家维持独立，所以不像其他国家那样深受君主专政之苦，也不会成为那些人榨取的对象。

"由于坚持和罗马教廷保持距离的传统，威尼斯的书店居然连被罗马教廷禁止的路德的书籍也有销售。阿尔多出版社出版的讽刺神职者的伊拉斯谟的著作，在欧洲成为畅销书。那些德意志人和法国人来威尼斯并不只是做生意，也会购买在自己国家买不到的书籍，只不过他们会将它们寄到用人家，

1　在现代，这两座建筑是威尼斯最高级的酒店，酒店名字分别取自共和国最后时期的所有人姓名，叫作丹尼利酒店、格里蒂宫豪华精选酒店。

以防被宗教审判所发现。正因为现状如此，威尼斯没出现女巫审判的现象。

"还有那些穿着独特的服装在街上昂首阔步的犹太教徒、穆斯林，竟然没有威尼斯人会回头张望一下。当然，最重要的是，这20年间没有发生战争。

"适合居住的最重要条件，就是保证人身安全和思想自由，以及维持生计所需的充足的粮食，即工作。

"因为威尼斯没有人口流出，反而有流入，所以国家整体的人口数量得以增长。再说，引进人口意味着引进技术和资本。"

马可一边钦佩地听着一贯思路清晰的赖麦锡的分析，一边想起前几天照例以他生病这个借口来见面的犹太医生所说的事情。

医生丹尼尔表示威尼斯的医疗水准相当高。马可刚提及此事，赖麦锡随即回应："因为是以贸易立国，所以威尼斯和任何国家在任何时期都保持开放的关系。所以，即便是在他国发生的疫病，也可能会迅速导致本国国民大量死亡。六人委员会的主要任务，正是维持卫生的水平。保持饮水、食品和城中的清洁，是那个委员会的重要工作。而且，为保证医疗水平不断提升，还制定了与威尼斯内的五大医院以及帕多瓦大学医学部紧密配合的机制。

"不过，完全禁止来自海外船只的进港是不可能的，所以也不可能完全阻断疫病的登陆，但防止大流行的先前部署是可以做到的。

"哪怕只有一个疑似病人，船上全体人员必须隔离40天的法律，自制定起已超过百年。这是一个进港的船不能停靠威尼斯，必须在潟湖中某个特定的岛屿停留40天的制度。

"话说回来。要对不知何时、从何地传来的疫病做到完全防止，是不可能的。但只要耐心地坚持住边境的防控作战，还是可以避免事态变得严重。要做到这一点，唯一的方法就是保证所有对策都能随时发挥作用。疫病的流行不仅会造成人员的死亡，国家整体的经济实力也会因此衰落。这也是一直以开放作为国家方针、以贸易立国的威尼斯的宿命。"

内容变得有些沉重，于是马可改变话题，谈起之前和赖麦锡聊过的在威尼斯，人们都得步行，所以老人家都很健康的事情。赖麦锡也笑着附和："一点没错，在威尼斯，连老人家也精神抖擞。喝干净的水，吃在附近打捞上来的鱼，还要反反复复地上下过桥，自然锻炼了脚力。你在贡多拉上应该是坐着的，在摆渡船上会怎样？"

"当然是站着。"

赖麦锡听后，发出愉快的笑声，继续说：

"你和我在摆渡船上都是站着的。不过，那些从东方来的商人或者北欧的旅客，虽然在街上不太能分辨，可是在摆渡船上一眼就能看出来，因为他们在那短短几分钟里也是坐着的。而威尼斯本地人，通过在摇晃的船上站立，自然而然地掌握了平衡感，锻炼了身体。

"威尼斯共和国的本土或者叫内陆，我们都统称它为'Terraferma'，意思是不动的土地。

"这样说来，共和国首都的威尼斯城，是建在海上的城市，所以应该算'流动的土地'。你和我都居住在'流动的土地'上，不仅肉体，精神的平衡感当然也得到了锻炼。"

虽然每每钦佩，马可还是对赖麦锡的观点再次赞叹，他插嘴说道："不知道是不是这个原因，就连在威尼斯的艺术家也很擅长平衡。"

"是的。虽然出生在内陆，但在威尼斯获得巨大成功的提香、保罗·委罗内塞，尽管有各自的特色，可论平衡感，他们都是高手。相反，在威尼斯出生的丁托列托，一根筋的表现倒是比较多。"

被这番话逗笑的马可，想起来应该听听赖麦锡对另外一个问题的看法。

这个问题，马可在罗马逗留期间，和加斯帕罗·孔塔里尼红衣主教也谈起过。

为什么率领德意志人向罗马教廷亮剑的路德的著作可以

在威尼斯街边的书店堂而皇之地销售，威尼斯人却没有和他同调成为新教徒？换言之，意大利人创造了文艺复兴，却没有发起宗教改革。

能干的前秘书官再次微笑着回答，并把马可抛过来的球又抛给他："你的看法呢？"

马可不得不做出回应。他带着些许怀旧的情绪回答赖麦锡。与其说这是马可本人的观点，不如说是借用了在罗马时孔塔里尼红衣主教的谈话。

"文艺复兴和宗教改革，除了一件事情之外，可以说是水和油的区别。这唯一的事情就是，自从罗马帝国灭亡后在基督教统治下经过了1000年，人类的本性丝毫没有改变的事实。对于这个结论，天主教和新教是一致的。只不过在此之后，两派分道扬镳。为什么会分开？原因有二。

"首先，相对于意大利既然千年不变，以后也不会改变的观点，在德意志有更多人相信'可以改变'。其次，相对于文艺复兴承认个人想法和生活方式的多样性，宗教改革派对此并不认可。所以，威尼斯人会阅读路德的著作，但不会附和他提倡的宗教改革。"

这时，赖麦锡问道："你觉得为什么不会？"

马可感觉眼前的赖麦锡和已经去世的孔塔里尼红衣主教的身影仿佛重叠在一起，他继续说：

"在路德派看来，要改善听从基督教的教诲生活却千年不变的人性，就应该去除长久以来显耀权威的罗马的神职者阶级，让上帝与信徒直接相通。也就是说，罗马教皇及其周围的高级神职者阶级，对真正的信仰有百害而无一利。

"而另一方的包括威尼斯人在内的意大利人，却不这样认为。以但丁、薄伽丘为首直到马基雅维利，在文艺复兴发祥地的佛罗伦萨，尽管对神职阶级批判声不断，可是就连他们也没有抛弃天主教，改信新教。

"这是因为大家都承认，以教皇为顶点的高级神职人员，不管是在好的还是坏的方面，都具有'过滤网'的作用。

"上帝其实不说话。一旦让上帝与信徒直接相通，信徒想听到的话就会变成上帝的声音。打着'奉主之名'的口号，远征至叙利亚、巴勒斯坦地区的十字军就是最好的例子。自那时至今，250年过去了，难道还要再来一次吗？

"罗马的教廷，或许正如路德谴责的那样相当堕落。但他们是专业的神职人员，时不时会通过召开会议等手段做出适当的调整。

"否则，深信上帝的声音的信徒可能会失控。一旦失控，和自己观点不同的人就成了违背神的旨意的敌人，一心想着赶尽杀绝，因为他们坚信正义在将神的意志付诸行动的自己一方。

"意大利人，对这种哪怕充满善意但对人性不宽容的想法，不过是无法赞同而已。"

两个关系亲密的男人充分享受了倾吐内心的快感，玛尔维萨酒这时也见了底。马可起身和好友告别，带着愉快的心情踏上了归途。

　　其实他还有一件心事想向这位老朋友吐露，听听他的想法，但又感觉像是牢骚，终究还是没说出口。

掌舵人的辛劳

从不久前开始，马可意识到撞到无形之墙的次数越来越多。他在政府中枢的地位没有改变。尽管如此，他还是感觉到领导工作不如以前顺利。

从 40 多岁回归国政的那一年算起，已经过去了 20 年，其间也多次碰壁。不过，那些问题只需要通过十人委员会内部的讨论即可化解，基本上没有扩大到呈交元老院的必要。

如今，欧洲各国动荡不安，没有哪个国家可以对威尼斯造成重大威胁。

从维也纳到西班牙进而统治整个意大利半岛的查理五世的野心，最终在他这一代就破灭了。

现在统治德意志与奥地利的，虽然同样来自哈布斯堡家族，却是其他人。作为第一继位人的儿子腓力，已经没有了父亲查理五世曾经拥有的神圣罗马帝国皇帝的名号。当然，

重返威尼斯

他统治着新大陆、西班牙以及大半个意大利半岛，仍然是欧洲最强的君主，但只是西班牙的国王腓力二世而已。

查理五世的野心没能实现的最大原因，在于以阿姆斯特丹为中心的尼德兰一带。在被意大利人称作"低地国家"的这个地区，居民的主力军可以说是经济人的集团，并不像德意志人和西班牙人那样顺从专制的君主。这些人成了曾经是最大最强的权力者查理五世的"阿喀琉斯之踵"。

像在拖大国西班牙后腿的阿姆斯特丹，和威尼斯有四个共同之处。

第一，都是由经济人打造的城市。

第二，以贸易为主，因此历来就具有强烈的出海倾向。

第三，实施共和政体。

第四，在宗教上采取宽容的路线。侥幸躲过宗教审判所屠刀的人们，除了被指引逃往威尼斯，也被告知逃往阿姆斯特丹。

不过，二者也有不同之处。威尼斯共和国自建国以来，保持了长达 1000 年之久的独立，而以阿姆斯特丹为中心的尼德兰地区，在经历长期的封建制度后，被纳入哈布斯堡王朝的统治。查理五世所梦想的哈布斯堡家族统治下的欧洲，在内部多了一批强大的异类分子。事实上，动摇尼德兰地区的反西班牙的叛乱，在这之后也持续了半个世纪以上。

另一方，与西班牙比肩的欧洲大国法国，无法收拾国内新旧教徒间的对立，没有把手伸向国外的余力。而伊丽莎白一世统治下的英国，此刻尚未具备左右国际政治的能力。

在进入 16 世纪下半叶的这个时期，对虽然是小国但继续保持独立的威尼斯而言，最大的威胁，仍然是在地中海直接与之对决的土耳其。

围绕针对土耳其的政策，在威尼斯政府的内部风波渐起。

对威尼斯而言，土耳其的问题，并不在于一方是基督教国家而另一方是伊斯兰国家的宗教上的问题，而在于威尼斯是贸易型国家，而土耳其是领土型国家。领土型国家的特色是，领土扩张是重中之重，能够实现这个目标的君主，能获得臣民的支持。所以，扩张的土地，绝不可能再交还给原来的持有者。因为一旦发生这样的事情，民意支持度将即刻下滑。此外，对于征服的土地，他们不会考虑如何加以利用，只有占为领土这一个念头，这是领土型国家的作风。

与之相反，威尼斯是通过投资的手段治理其领地，提升原有产业的生产效益，或者培育新兴产业，促进当地的经济发展。

或许和伊斯兰教的始祖穆罕默德是商人出身有关，穆斯林有卓越的商业才能。但是，包括威尼斯在内的意大利城邦国家，同时也是自己生产的制造业国家。对他们而言，投资就像身体内流动的血液一样重要。

的确，在地图上，这百年来，威尼斯不断失去海外领土。

不过，原本就不是领土型国家的威尼斯，对拥有领土并没有特别执着。相较于殖民地，海外基地意味更浓厚的土地即使被夺走，只要能保证在当地设立商馆，以及保留修理船只所需的造船设施，商业活动依然可以进行。通过这种方法，威尼斯至今避开了土耳其的攻势。这是马可及其同志们一直以来推进的"外政"。

然而，现在风向改变了。指责这种"外政"是软弱外交的一派兴起。不过，马可派也不甘示弱。

他们强调殖民地的维持，不仅花费金钱，还必须投入军力，而如今的威尼斯已经不再有这样的余力。

何况，在这段时间，威尼斯的经济实力不仅没有减弱，反而增强了。可惜，用数字说话仍不见效果。他们没有说服对方。

自普雷韦扎海战之后，威尼斯没有和土耳其发生过战争，也没有和其他国家发生过战争，因此带来了20年的和平。这样的结果还是没能瓦解对土耳其强硬派，他们批判马可派搞软弱外交，总是在逃避和妥协。

不过，毕竟长年位居政府中枢，马可·丹多洛的影响力不容小觑。在十人委员会中，马可派的势力依然强劲。针对这个情况，反马可派试图利用威尼斯法律制度的漏洞来扭转局面。

十人委员会是决定国家内政和外政的事实上的最高机关，由元首及 6 名辅佐官和 10 名委员，总计 17 人组成。不过，需要做出非常重要的决定时，允许元老院的 20 位元老临时加入，37 个人商议。这 20 位元老，在威尼斯叫作"Zonta"（监理会）。

就是这个"Zonta"被反马可派盯上了，更糟糕的是和总督交替的时期重叠。

总督首先不能指定后任，而且投票方式极其复杂，选出新总督需要很多天。反马可派主张，在没有总督的这段时间，十人委员会应该让 Zonta 加入，变成 36 位成员。他们的主张也不是没有一点道理。

但是，十人委员会的成员就此不再是包括总督在内的 17 人，而是在选出新总督后加上 Zonta，继续由 37 人组成。马可派沦为少数派。

然而，权力之所以集中于十人委员会，是为应对一人决定果断实施的专制君主政体国家的兴起所采取的措施。17 个人就可以做出决定，因此争取了时间。可是，37 位成员变成常态，决定政策就需要更多的时间。如果再遇到领导人没有明确的想法，就更糟糕了。反马可一派正是欠缺果断的领导。所谓集结大多数意见便能实现更好的政治，是不切实际的幻想。

就这样，连政府也被久悬不决的政治病感染，而且还附加了更恶劣的条件，对威尼斯的外政在相当程度上予以理解的土耳其苏丹苏莱曼日渐衰老。

这一位是从 26 岁开始，在长达 40 年间始终保持专制君主政体的大帝国首脑地位的人物。尽管是英明的君主，但岁月似乎没有饶过他。他处死了忠实的家臣，那也是他的挚友，以及年轻能干的长子。也就是说，他的统治开始不稳。

虽然土耳其对威尼斯而言是首要假想敌，但如果对方有人在一定程度上通情达理，大多数情况下可以回避直接的冲突。苏莱曼的衰老，意味着在威尼斯亮起了危险的信号。事实上，五年后的土耳其向马耳他岛发起了进攻。

在这种变化的状态中，马可的孤独感日益加深。虽然赖麦锡的儿子作为助手工作十分努力，但无法代替只需要一个眼神就能相通的父亲。

另外，在不久前，马可也向赖麦锡学习培养下一代，将一位侄子带在身边。

颇有政治家潜质而被录用的这位年轻人，目前尚处于帮忙拎包的状态。马可·丹多洛感到疲惫不堪。尽管如此，他还是出席每天的会议。不过，深夜才能回家的日子持续不断，令他有时候会在睡前做的一件事变成了习惯。

入睡前，在枕头上滴几滴"奥琳皮娅之香"的香水的动作，变成了每晚的仪式。在那股香味的笼罩下，再怎么疲劳，他也能带着宁静的心情睡去。

还有一件让马可感到舒心的事情，就是时不时来访的莉维亚的存在。嫁给犹太人音乐家的莉维亚，已经是两个男孩的母亲。

她来马可家，是为了拿走马可代为保存的母亲遗赠的一个珠宝首饰。卖掉首饰所得的钱，让改宗犹太教并且居住在犹太人居住区的前基督徒莉维亚，有了可以自由使用的资金。父亲埃尔维斯赠送给挚爱女人的大量高价珠宝，也算是帮助女儿过上了较为舒适的生活，而且可以将一生奉献给她所热爱的音乐。

莉维亚和因音乐结缘的丈夫的关系似乎很好。丈夫大卫名声响亮，甚至被邀去佛罗伦萨、罗马，在红衣主教和大公们面前演奏。每次旅行演出，莉维亚一定同行。"我丈夫的那把克雷莫纳制的小提琴，除了我，他谁也不给碰。"莉维亚有点儿害羞地告诉马可。丈夫的小提琴和她的中提琴还会演出二重奏，说这话时，莉维亚露出自豪的神情。她也谈及两个儿子的事情，说打算让他俩一个成为音乐家，一个成为医生。

马可问为什么，莉维亚答说哪怕是犹太人，乐师和医生在任何时候和任何地方都是被需要的。

莉维亚的回答令马可发出久违的笑声。眼看着作为孤儿在女修道院长大，却有十足勇气住在犹太人居住区的姑娘，成长为脚踏实地的女性，马可的心情也因此变得明朗。

每次拜访丹多洛宅邸都带着乐器的莉维亚，为马可演奏了一曲。像告别仪式的演奏总是在马可的书斋里进行。挂着洛伦佐·洛托所作的马可肖像画的书房墙上，自总督古利提死后，又添了一幅提香所作的埃尔维斯·古利提的肖像画。在这里演奏是莉维亚提出的。

马可一面沉浸在中提琴温和柔美的乐曲声之中，一面想到这是莉维亚献给早年死于非命的父亲，应该说是请他聆听的乐曲。

然而，世间的形势，并不允许马可沉浸在这样小小的快乐之中。

马耳他之鹰

　　马可是作为外交使节，前往这个位于地中海中央的小岛的。表面上的理由，是受占据马耳他的骑士团之托带技师们去。谈及城堡要塞的建筑技术，意大利首屈一指，其中又数威尼斯的工程师最受欢迎。不过，这背后还有一个原因。

　　以马耳他岛作为根据地的，是在十字军时代非常活跃的圣约翰骑士团，他们至今还自认为是十字军精神的继承者。而另一方的威尼斯，和伊斯兰国家奥斯曼土耳其帝国缔结了友好条约。骑士团认定威尼斯是基督教世界的叛徒，并以此为由袭击威尼斯的商船。马可这次的任务，就是以提供技术援助作为交换条件，请骑士团把威尼斯船只排除在袭击对象之外。

　　圣约翰骑士团仇视伊斯兰国家，不仅源于他们的十字军精神。自 1291 年在被欧洲基督徒称为"圣地"的巴勒斯坦地区战败，已经有长达 270 年的艰苦岁月，这实在是太沉重的记忆。

正如"把基督徒统统推进地中海"的叫嚣，公元 1291 年阿卡陷落，十字军最后的势力被赶出中东。自那以后辗转各地的骑士团，终于在罗得岛扎下了根。

罗得岛也遭到当时刚就任苏丹的苏莱曼的攻击，经历壮烈的攻防战之后，骑士团在 1522 年被迫撤离。从此，再也不能叫"罗得岛骑士团"。骑士团忍受了 8 年的流浪日子，1530 年，皇帝查理五世把马耳他岛送给了他们，条件只有一个：每年向查理五世进贡一只老鹰。

当时的马耳他岛，只是一座浮在地中海中央的荒凉的孤岛，除了作为老鹰的栖身地，不为人所知。这个小岛在骑士团惊人的努力下变成了一座要塞。从那时起，骑士团的称号从"罗得岛骑士团"改为"马耳他骑士团"。

查理五世并不是想要老鹰，才把马耳他岛送给骑士团的。他是把一贯憎恨伊斯兰国家的骑士团送上了抗击伊斯兰国家的最前线。埃及、突尼斯、阿尔及尔、摩洛哥相连的北非一带，落入伊斯兰国家势力范围已久。马耳他岛的位置正好与北非相对。马可·丹多洛带去的技术员团队，就是为马耳他岛建防御工事助一臂之力的，而且是紧急救援。

因为这座马耳他岛，在罗得岛攻防战过去 42 年之后，也成为苏莱曼的攻击目标。马可抵达岛上，是在土耳其苏丹刚发布宣战公告后不久。

出现在马可面前的骑士团团长，自称拉·瓦莱特，是法国奥弗涅出身的贵族，年轻时就加入骑士团，此后再也没有回过故乡，把一生献给了骑士团。

他完全不像 70 岁的人，肌肉紧实、目光犀利，给人的印象是很精悍。他 27 岁时参加了罗得岛攻防战，之后饱尝骑士团流离失所的艰辛，在 47 岁那年被穆斯林海盗捕获，经历了一年多加莱船划桨手的残酷生活。4 年前，他担任了骑士团团长。

拉·瓦莱特穿着骑士团日常的制服，胸前缝着一个大大的黑底白色的变形十字。黑色是为了不忘被赶出罗得岛的仇恨，白色的变形十字，是因为骑士团是在 500 多年以前由意大利海洋城邦国家之一阿马尔菲的商人们创立，变形的十字是阿马尔菲的纹章。阿马尔菲商人们创立骑士团，是为了给前往耶路撒冷朝拜的人们提供医疗服务，因此这个骑士团从很早以前开始，就叫作"医院骑士团"，即便是骑士，一周也要去医院服务一次。不过，正式团员的条件，必须是出身欧洲的贵族。

与骑士团团长见面的瞬间，马可就本能地感觉到，这个男人虽然是狂热的反伊斯兰国家分子，但并没有连理智都丧失殆尽。他决定和这个男人单刀直入地谈判。

虽然威尼斯建筑技师们提供技术支援一事必须对外保密，但所需的人力和资材，全部由威尼斯政府承担。交换条件只有一个，将威尼斯船籍的船只从骑士团的攻击对象中除去。

拉·瓦莱特当场表示答应。作为回应，马可向他传达了刚从土耳其首都君士坦丁堡传来的最新情报。

土耳其派遣的兵力，由200多艘战船运载的5万人组成，其中6000人是以精锐著名的耶尼切里军团的士兵。大炮50门、火枪、弓箭、弹药等等，光是装船就用了一周的时间。

听完马可报上的数字，骑士团团长眉毛都没动一下。"具体数字倒是不清楚，不过对手是那个苏莱曼，我们有心理准备。"他继续说道，"我们这里的军力，战船不足10艘，论士兵，包括岛上居民、从意大利南部来的志愿军，再加上不是骑士的医生，总共1万人。充当主要战斗力的骑士500人，大炮不到10门。"

以1万对5万，500名骑士迎战耶尼切里军团6000人。这个阵势令马可哑口无言，茫然地看着对方。而团长的态度只有用"岿然不动"来形容。

他继续说："即便如此，我们必胜，绝对不会像罗得岛那样让苏莱曼心想事成。女人和孩子已被送往山里避难，只剩下男人准备迎战。

"土耳其军队最具威力的是大炮。但大炮发挥威力，条件是要有坚固的地基安放。马耳他岛虽然属于岩石地带，但不是岩盘地带。这里平地甚少，对于大炮来说，都是不安定的岩石地带。不用说，威力肯定减半。

"再说，敌军数量多也不全是坏事。马耳他岛的饮用水不足，也没有多余的粮食够抢夺。从东地中海的土耳其领地到地中海中央的马耳他岛，补给线过于漫长，附近的北非也没有像样的城镇或港口当作后方基地。这一次，土耳其没有罗得岛补给线短的优势。

"在这种环境中发起进攻，只能靠船载过来的物资维持。要忍受如此苦境的是习惯了舒适生活的大帝国的士兵，而不是长年在物资不足情况下生活的我们。

"另外，鉴于从君士坦丁堡到马耳他岛需要一个月的航行时间，攻防战应该是进入夏天后开始。越海吹来的东南风造成的酷暑，对于习惯了这种气候的我们来说，也是有利的。"

马可还是忍不住开口了。这是长年在十人委员会养成的习性，哪怕只有一面之交，也尽可能获取情报。

"可是，对骑士团请求的支援，除了西班牙，没有一个国家答应。"

骑士团团长依然面不改色地回答："大概是知道双方兵力存在巨大差距，认为圣约翰骑士团这一次必死无疑吧。就算是答应派兵支援的西班牙腓力国王，我们也并不相信，送来的只有信，没见到士兵和武器。想必只有靠我们自己战斗到底。不服输也是一种赢法。"

马可·丹多洛就这样结束了不到一天的马耳他岛之行。他留下建筑技师们，独自登上等候的加莱船，一路向北驶向威尼斯。马可吹着迎面而来的海风，在船上陷入了沉思。

宛如十字军精神化身的拉·瓦莱特，在和马可对话时从未言及相关的话题。他顽固不化，但同时又是一个理性务实的男人。这一点令威尼斯男人马可感到诧异，并且改变了以往的想法。

如果是那个男人，也许真能做到。

马耳他攻防战于第二年打响。马可在总督官邸追踪着战况。

1565 年 3 月 22 日从君士坦丁堡出港的土耳其大军，5 月 18 日出现在马耳他岛的海面。攻防战从 5 月 31 日开始，在直到 9 月 13 日的 3 个半月里，双方展开了以眼还眼、以牙还牙的血战。

撤退的是土耳其军，身后留下超过两万具尸体。在一粒芥子般大的小岛上，骑士团成功地击退了来犯的大帝国大军。

尽管被迫撤退的土耳其一方遭受了巨大的损失，但坚守下来的骑士团的牺牲也非常惨重。直到最后一刻才抵达的援军们见到的，是在大炮直击下坍塌的城墙和已经不成形的要塞，还有从破碎的石块中露出的肮脏不堪、遍体鳞伤、血肉模糊，就像刚从地狱回来的士兵们。那些身影甚至让人们在见到的瞬间不敢靠近。

1万人的守军，阵亡者超过3000人，战死的骑士270人。在拉·瓦莱特指挥下实际参战的骑士不足400人，所以无论骑士还是普通士兵，3人中就有2人战死。这是坚持了近4个月的防守战所付出的代价。

马耳他攻防战胜利的消息迅速传遍欧洲。

西班牙国王腓力给骑士团团长拉·瓦莱特送上满纸赞誉的亲笔信。人在维也纳的神圣罗马帝国皇帝马克西米利安也寄来贺信，满是赞美之辞。罗马教皇庇护四世专程派使节来祝贺，同时传达了任命拉·瓦莱特为红衣主教的旨意。

在法国，为儿子摄政的凯瑟琳·德·美第奇高调宣称，出生在法国的骑士团团长拉·瓦莱特是法国人的骄傲。如果拉·瓦莱特听见这番话，势必苦笑不已。

但是，与各国当权者相比，百姓的反应更加直率。教堂的钟声此起彼伏，庆祝抗击伊斯兰国家久违的胜利。

根据不同的撞击，教堂的钟声分为喜悦的钟声、警钟和丧钟。当时的人们耳听钟声便能分辨。甚至是在伊丽莎白女王统治下已经脱离天主教会的英国，同样是教堂钟声长鸣，传达着喜悦。

威尼斯当然也不例外。包括潟湖各个岛屿在内的 150 座教堂，一起敲响了庆祝基督徒胜利的钟声，直到太阳落下仍然没有停止。

遭受意想不到的打击，苏莱曼想必痛心疾首。被称为大帝，一生作为奥斯曼土耳其帝国鼎盛时期的苏丹的苏莱曼一世，在第二年去世，享年 71 岁。

而忙得顾不上死的，是和苏莱曼同龄的骑士团团长。他郑重拒绝了红衣主教的位子，却收下了祝贺金。复兴被破坏殆尽的马耳他岛这个艰难的事业，还等着他去完成。拉·瓦莱特是在重建告一段落的三年后去世的。至今，马耳他的首都仍叫"瓦莱塔"。这是理所当然的，毕竟他是在尽职尽责后才离开人世的。

苏莱曼或许是带着痛苦迎接死亡的。然而，他的这份痛苦却变成了威尼斯的苦难。在庆祝马耳他攻防战胜利的钟声响彻威尼斯城的时候，就连马可也没有预计到会出现那样的结果。

现实主义者所犯的错误……

"现实主义者犯错，是在认为对手会和自己想法一样，不会做出愚蠢行动的那一刻。"

马可忘了是在马基雅维利的著作中，还是和他同代、同样在佛罗伦萨出生的奎恰迪尼的著作中读到这句话的。但是，令他带着绝望地想起这句话的时刻已经临近。

在苏莱曼死后继承奥斯曼土耳其帝国苏丹之位的，是塞利姆二世。有一位统治长达46年之久、被誉为大帝的父亲，这件事本身对继承者来说就是一个沉重的负担。死去的父亲留下了鼎盛期的奥斯曼土耳其帝国，继承父亲既定的对内对外的政治路线，应该是最合理且最现实的生存之道。然而，塞利姆有着不可为人道的苦衷。

塞利姆二世不是长子，而是次子。在规定长子继位的土耳其，他之所以能成为苏丹，是因为异母兄弟穆斯塔法以反叛罪遭斩首。深受士兵和百姓欢迎的穆斯塔法，被大家一致认为是接替苏莱曼的最佳人选。私底下传闻，他的死是塞利姆的母亲罗克塞拉娜一手策划的阴谋。在驻土耳其首都君士坦丁堡的威尼斯大使提交的报告中，也提及了苏莱曼的长子是冤死的。当然，刚即位的苏丹塞利姆也知道这件事。

这位塞利姆一心只想着去实现父亲未遂的事业便成了理所当然的事情。

执政近半个世纪之久的苏莱曼，最后不得不吞下从马耳他岛撤退的苦果。也就是说，在攻击基督教世界的战斗中败北。那么，就由自己来扳回一局。塞利姆锁定的目标，是塞浦路斯岛，因为它是基督教国家威尼斯共和国的领土。

在地中海，面积仅次于西西里岛的塞浦路斯岛，的确是距离三面环绕东地中海的奥斯曼土耳其帝国位置最近的基督徒治下的岛屿。

如果说马耳他岛是将早已伊斯兰化的北非纳入视野的基督教世界的最前线，那么塞浦路斯岛在地缘政治上也将成为面向中东伊斯兰世界的基督教一方的最前沿基地。

然而，作为十字军时代遗产的骑士团守护下的马耳他岛，与甚至在十字军时代还是以经济活动为主的威尼斯人所有的塞浦路斯岛，两地的差异是非常明显的。

把塞浦路斯岛作为殖民地的威尼斯，与其说是统治这个岛，不如说始终以经营的方式管理。

塞浦路斯岛的主要物产是棉花、葡萄酒以及食盐。从盐田提炼出的食盐，正如古罗马人教导的那样，是生活中不可或缺的东西，可以和任何物产交换。就像货币被称为意思是"盐"的"Soldo"，盐在历史上有着同货币一样的价值。

吞并塞浦路斯岛之后，威尼斯人开始对棉花进行多次品种改良，棉纱的质量远胜于从南安普敦用威尼斯船运来的英国产的棉花。用这些棉纱在威尼斯加工而成的棉布，现在已成为从威尼斯出口到欧洲各国的重要商品。其中尤为纤细的最上等的棉纱，是威尼斯另一特产蕾丝的原料。

像这样高质量的棉纱，以前只有底格里斯河畔的摩苏尔出产。织出的如透明般轻薄的棉布，被欧洲人称为"Muslin"，是经威尼斯商人之手进口的最高级的产品，用于制作每个女人都梦想的面纱。

葡萄酒也是由威尼斯人做了品种改良，原本不过是一种希腊的本地酒，如今拥有了欧洲最高级葡萄酒的地位。塞浦路斯岛产的玛尔维萨酒虽然价格高、数量少，但是在喜庆宴席上用它干杯已成为欧洲人的惯例。

还有一样虽然不起眼但同样重要的物产，那就是肥皂。因为肥皂除了有清洁身体的功效，在战斗时还能起到"武器"的作用。

制造工厂位于自古罗马时代便有制皂传统的叙利亚的阿勒颇地区。在那里制成的固体肥皂，由设在阿勒颇的威尼斯商馆运往塞浦路斯岛，做成粉末状后再装袋运往科孚岛。能够制作不沾手皂粉的，只有塞浦路斯岛上威尼斯人经营的工厂。

在科孚岛卸下的一袋袋皂粉，被堆放在战船或商船的船舱，从此变成战斗力，遇上海战时，用海水将皂粉溶化，洒向敌船。因为对手在甲板上打滑跌倒，战斗力就会减弱。

欧洲的肥皂制造地，是在同样延续了古代传统的马赛。但它位于法国境内，供应与否全凭法国国王的心情。威尼斯要满足持续供给的愿望，仅依赖法国是危险的。

以上这些就是塞浦路斯岛对于威尼斯共和国存在的价值。而它对土耳其一方也有存在的价值。

在以阿拉伯人为主体的埃及，时不时会发生针对统治者土耳其人的叛乱。从土耳其前往埃及以及位于阿拉伯半岛的伊斯兰教的圣地麦加，都需要经过中东。如果叙利亚、巴勒斯坦地区的民心安定，这条重要的路线作为交通要道也能保证安定。在威尼斯人的经营下，塞浦路斯岛提升的经济力，也影响了附近的中东地区。民心安定与否，势必受到经济状况的影响。

即使是专制君主统治下的国家，民众如果感到不满，同样会发生动乱。民众的不满基本上都是由经济问题引发的。

苏莱曼将骑士团赶出了罗得岛，也希望将他们驱除出马耳他岛，只是未能如愿。燃烧着十字军精神的圣约翰骑士团，逢穆斯林便抢便杀，但威尼斯人不做类似的事情。苏莱曼统治近半个世纪之久，竟然没有把塞浦路斯岛作为攻击的目标，那是他出于现实的考虑。可以对威尼斯的其他领土下手，但是对塞浦路斯岛始终网开一面。

在辽阔的奥斯曼土耳其帝国疆域内，擅长经济的是阿拉伯人和波斯人，而不是土耳其人。阿拉伯人和波斯人常常会对统治他们的土耳其人举旗造反，但威尼斯人和土耳其签订了友好通商条约，如果不是特殊的情况，是不会违反规矩的。

因此，塞浦路斯岛作为威尼斯共和国的海外殖民地，长年保持了匹敌克里特岛的重要地位。所以，它也是那些无缘海外贸易的威尼斯市民们的安全投资地。

对于这些情况，苏莱曼完全理解。在安德烈·古利提当选威尼斯总督之前，他俩就是好朋友。即使在总督古利提死后，苏莱曼也没有改变对塞浦路斯岛的温和政策。

可是，代替苏莱曼即位的苏丹塞利姆，对于"这些情况"毫不关心。年轻的苏丹脑子里唯一的念头，就是去做伟大的父亲没能做到的事情。

不过，塞利姆在即位后，没有立即宣布征服塞浦路斯岛，因为侍奉他父亲那一代的高官、被威尼斯视为温和派的土耳其宫廷内有影响力的人士以及阁僚，掌控着在土耳其语中被称作"底万"的内阁。

威尼斯一方对于奥斯曼土耳其帝国的权力交替,当然也不是束手旁观。他们准确地预感到,在攻占马耳他岛失败之后,土耳其宫廷内涌现出不断上升的向基督教世界复仇的欲望。

事情要追溯到苏莱曼尚在人世的年代。

1537年,一位威尼斯少女被送进托普卡珀宫。她的名字叫切齐莉亚·巴福,在前往父亲的就任地途中在爱琴海附近被穆斯林海盗抓捕。

如果是男人被捕,几乎无一例外地都被当作加莱船的划桨手,女人同样是在奴隶市场上被拍卖,等待她们的是家务劳动或性奴的命运。

但抓到切齐莉亚的海盗船长,注意到了这位有着栗色卷发和碧绿双眼的美少女,他没有将她出售,而是献给了苏丹。苏莱曼将这位少女作为礼物送给了儿子塞利姆。这就是当年12岁的威尼斯少女进入后宫的原委。

威尼斯政府很快发觉了这件事情,早在她入宫后的第二年,便向土耳其宫廷发去了证明切齐莉亚是威尼斯贵族巴福家女儿的文件。不清楚这份证明对人在深宫的少女起到了多少帮助,估计是没什么效用。因为后宫的女人几乎都不是土耳其人,而是从奥斯曼土耳其帝国各地找来的其他民族的女人。

总之，改叫土耳其名字努尔巴努的切齐莉亚，在后宫诞下一个男婴。对苏莱曼大帝来说，这是他的第一个孙子。

威尼斯的十人委员会，按惯例开始秘密地接触切齐莉亚。可是，对方住在男子禁足的后宫，哪怕偶尔外出，也是坐在四周有围栏的轿子里。能够出入后宫的，只有女性珠宝商或裁缝。

为掩盖真意，常驻土耳其首都的威尼斯大使赠送给切齐莉亚的礼物，全是些可爱的小玩意儿，像是有精致钩花的威尼斯特产的蕾丝手帕、装在穆拉诺岛产的小玻璃瓶里的威尼斯正流行的按自己喜好调和的香水等等，都是能唤起切齐莉亚对远方祖国的亲切感的物品。

在后宫的这位威尼斯女人，似乎在一定程度上向大使传递了土耳其宫廷内的情报。大使改用暗语向本国提交的报告被保留了下来。就这样你来我往之间，28 年过去了。

1565 年，彰显大帝国荣光的土耳其大军，被不到其十分之一军力的圣约翰骑士团击败。对土耳其而言，这是极其屈辱的事件。翌年，统治长达 46 年的苏莱曼死去。继任新苏丹的是塞利姆，切齐莉亚也因此成了苏丹的王妃。

然而，在除了苏丹禁止任何男人出入的后宫，她只是伊斯兰教许可的四位王妃中的一位而已。即便是诞下继承人的女人，对苏丹的影响也是有限的。

话说哪怕是从不缺女人的苏丹，母亲也只有一个。在后宫的女人中，真正能影响苏丹的唯有母后。塞利姆的亲生母亲罗克塞拉娜已经去世，在土耳其，切齐莉亚不可能取代母后。换言之，她没有能力改变一心要攻打塞浦路斯岛的塞利姆的想法。

在此期间，威尼斯并没有放弃正面进攻的"外政"。

向头号假想敌奥斯曼土耳其帝国派遣的特任全权大使，往往是威尼斯政府中与欧洲大国有丰富外交经验的老手中的老手。

这个时期担任大使的，是长得像鹤一般、被称为身体里只有神经的老练的外交官巴尔巴罗。巴尔巴罗大使频频出入谈判对手宰相索科里的府邸，反复向他说明，攻占塞浦路斯岛就是排除该岛的威尼斯势力，其结果是整个塞浦路斯岛都会失去活力。事实上，被攻占后的罗得岛就变成了一个渔村，埃维亚岛的大多数港口也变成了普通的渔港。

可是，被威尼斯视为温和派的索科里，已经不是苏莱曼在世时期的宰相。他认真聆听大使的热辩，不拒绝大使提出的见面申请，但就是哪里和以往不一样。过了一段时间之后，威尼斯人才明白这个"哪里不一样"的原因。

双方的会谈通常在召开阁僚会议的房间举行。这间屋子有一处不是墙壁，而是被切割成一个四方形的装饰架，上面摆放着盆栽花，装饰架后面挂着布帘，在布帘的背后似乎有人。

根据威尼斯大使馆的线人报告，塞利姆有偷听阁僚会议的癖好。大使巴尔巴罗认为布帘后面的人很有可能是塞利姆，他用暗语向十人委员会发出了报告。

塞利姆这一边也在寻找攻打塞浦路斯岛的契机。这个机会，在他即位三年后到来。

威尼斯国营造船厂爆炸失火的消息，也传到了塞利姆的耳朵里。

的确，在这一年的 9 月 13 日，威尼斯发生了爆炸事故。

威尼斯是一个在海上建起的城市，狭窄的土地上住着 20 万人。和积极防止疫病一样，威尼斯人对火灾的发生也是格外小心。就像把用火的玻璃工坊全部移到穆拉诺岛那样，储藏火药的国营造船厂也设在远离市中心的地方。顺便提一句，储藏火药的只有国营造船厂，从那里向北面延伸的私营造船厂没有存放火药。

因此，事故发生在连其他国家的人都知道名称的国营造船厂。导致事故的原因是一位工人疏忽，点火烧到一个火药库，引起爆炸，随即蔓延至附近的三个仓库，酿成大爆炸。

结果，四度发生的爆炸不仅彻底烧毁了四个火药库，火焰甚至喷出高高的石头围墙。

威尼斯居民知道国营造船厂里藏有火药，因此很多人乘船去运河避难。直到第二天黎明，大运河上都被塞得水泄不通。

不幸中的万幸是，火势没有蔓延到其他火药库，堆积在火灾现场附近河岸边的大量火药，在几天前被运往科孚岛。

此外，建造中的船只的损害也限于最小范围。正在以流水线方式建造的数十艘加莱船完好无损。虽然有 4 艘加莱船被烧，但它们都是船厂内部用于搬运零部件的小型船只。因此，工厂恢复生产，只需要不到一周的时间。这就是令苏丹塞利姆狂喜的严重事故的真相。

然而，虚假情报的恐怖之处在于，一旦传播扩散，即使在之后真相暴露，也无法改变事态的发展。

威尼斯的国营造船厂发生了严重的事故。所以，如果这个时候土耳其发起攻击，威尼斯也无力出动海军。

对于塞利姆的这番言论，以宰相为首的高官们没有人反驳。巴尔巴罗大使在收到本国派快船送来的情报之后，火速要求和宰相索科里见面，虽然说明了真相，但无济于事。

土耳其是专制君主国家。在绝对君主制的国家，君主一言九鼎。温和派曾经占大多数的土耳其宫廷，以 1569 年秋天为界出现了逆转。

马可也面临不得不改变自己坚持了 30 年以上的有关国策

的想法。

他在政府中枢的地位并没有被削弱，也没有屈服于因马耳他攻防战的胜利从而声量变得更高的对伊斯兰国家强硬派对他软弱外交的指责。

无奈土耳其变了。既然对方改变，自己也不得不做出相应的调整。正因如此，才叫作"外政"，而不是"外交"。

在十人委员会席上，委员之一马可·丹多洛提出，希望自己能作为政府一方的最高负责人去国营造船厂。目前形势不稳，唯一能确定的是战争或继续和平的二选一，所以增强海军战斗力，是需要最优先考虑的问题。

十人委员会全体委员一致批准了马可的申请，而马可还指名要求一位熟知海军战力的人物作为自己的搭档。

这位人物刚结束长年的海外勤务，回国不久。他在十人委员会做归国报告时，引起了马可的注意。

海将巴尔巴里戈

阿戈斯蒂诺·巴尔巴里戈也是不逊色于丹多洛家族的威尼斯名门贵族出身。相对于马可·丹多洛以十人委员会为舞台长期位居政府中枢，巴尔巴里戈的舞台总是在海上。

由于担当国政是贵族的职责，因此他在共和国国会拥有一席，同时也是元老院元老。但在那些场合，几乎看不到他的身影，因为大部分时间，他都驻守在海外基地。而且，他只在非常年轻的时候有过一段在商船上的经历，往后就是海军生涯。在没有文武官分离传统的威尼斯，这属于难得的例子。

也许正因如此，这个男人身上有一股不能简单地用海上男儿来概括的特别的气质。

他大约50岁，在身材高大的威尼斯男子中，他的个头并不算突出，但可能是因为身体健硕，所以看上去很高大。长年的海上生活使他的皮肤晒得黝黑，在一群坐在总督官邸的皮肤白皙的贵族中绽放异彩。黑色的卷发剪短到颈部附近，也是为防止钢盔滑落而采取的处理方式。一眼就可以看出这是位海军生涯长久的男人。然而，从说话方式到举手投足，他又是一位安静的男子。

两人第一次见面时，马可忍不住说："真不能想象你在船上高声号令的模样。"巴尔巴里戈微笑着答道："必要的时候，声音自然就会出来。"

就这样，两个年龄相差近 20 岁的男人开始了协力互助的关系。

海将对政府大人物马可并没有特别的顾虑。他一边带着马可巡视国营造船厂内部，一边做着冷静且准确的说明。

首先来到的是专门制造加莱战船的工段，这里只生产被称作"细身加莱船"的威尼斯海军主战力的战船。

船身长达 40 米，但宽度不足 5 米，高度从吃水线位置计算也只有 1.5 米。与其说它是漂浮在海上，不如说是行走于海上。

桅杆有树干那么粗，但只有一根竖立在船中。桅杆上斜挂着一根 40 米长、可以上下滑动的帆桁，顺风时挂上大型的三角帆。四角帆遇上逆风一筹莫展，而三角帆可以走"之"字形蜿蜒向前，因此在中世纪，三角帆是主流。

此外，和大洋不同，地中海的风向时常改变，需要装载多种类型的船帆。根据风的强度和方向迅速更换船帆，也是考验水手本领的一个关键。

舰桥只有一个设在船尾。因为是军用加莱船，所以徒有舰桥的虚名，感觉就像用帆布罩着的一个大笼子，是居住性为零的清心寡欲式设计。

船首伸出一根尖锐的铁棒，是为了在战场上冲向敌人的船身。如果刺穿敌人的船身，便可以阻止船的移动。但自己的船也会因此停止，这样一来，即使是在海上也能形成固定的战场。这就是海战中也会出现敌我双方贴身肉搏的主要原因。

另外，在到达战场后，所有的船帆都将被降下，只靠划桨，即人工马达前行。因此需要160～180人来承担这个马达的功能。再加上升降船帆、掌舵起锚等作业的水手20人，以及手持石弓、火枪、刀剑等武器战斗的士兵40人。

即使如此，人数还是少于搞人海战术的伊斯兰国家船舰。不过，和使用奴隶划船的伊斯兰国家一方不同，威尼斯的划桨手也是自由民，在双方船桨搅在一起，船舰不能动弹时，他们也会放下船桨，拿起棍棒，变身为士兵。这是必须最大限度利用紧缺的人力资源所产生的1000年来的智慧。

第二类船是比细身加莱船整整大了一圈的船，名字叫

"宽身加莱船"。

桅杆加到 3 根，船高也高了一倍，在船首和船尾各有一个舰桥，上面盖有屋顶，可以居住，划桨手也增加到 200 人以上，而且在船尾安装了大炮。

这种大型船，通常作为运载香料等高额商品的商船使用，战船只限于司令用船。

作为海战时的旗舰，它和涂成深褐色的其他船只不同，整艘船涂上深红色，连船桨也是如此。这种俗称"威尼斯正红"的颜色，和绣着金狮的威尼斯共和国国旗的底色是一样的。

唯有司令乘坐的船舰涂上鲜艳的颜色，和古罗马时代的总司令身穿红色斗篷指挥战斗出于同样的理由，让手下的士兵们看到自己在何处，也让敌人了解这一点。

不过，胜利是争夺来的。只有敢于冒险的人，才有得到它的资格。

在国营造船厂正在建造的船只中，还有一种引人瞩目的船，名叫"加莱塞船"，另有一个有些胡闹的昵称"私生子"。这是在 16 世纪下半叶由威尼斯共和国推出的一种兼顾帆船和加莱船特色的新型武器，在其他国家还没有。

它的船身长 45 米，比大型加莱船稍短，但宽度在 10 米以上。船高从吃水线计算就有 10 米，和帆船的高度齐平。

船帆除了常用的三角帆之外，还加上了四角帆。悬挂船帆的桅杆也是在常用的 3 根之上，在船尾又多加了 1 根，总计 4 根。

由于它是帆船和加莱船的混血儿，因此不管是否有风，都会常备船桨，以保证船只的移动。和加莱船不同的是，划桨手的位置不在甲板上，而是在甲板下的一层。

相较于加莱战船以近距离作战为目的，加莱塞船的目的是远距离朝敌船开炮，因此几乎不需要划桨手最后也加入战斗。把划桨手安排在甲板下面，能使他们免遭敌人的攻击。

和细长低舷的加莱船相比，加莱塞船更容易受到风向和水流的影响。由于它是大型船舰，行动也比较缓慢。

不过，作为浮于海上的炮台而打造的加莱塞船，设置在船首的炮台，充分利用有三个阶梯的半圆形舰桥，仅这里就能摆放 10 门大炮，可以 180 度旋转开火。

左右舷也各有 4 门大炮，位于船尾的舰桥也配置了 10～12 门小型炮。整艘船堪称"浮动炮台"。理论上，包括小型炮在内可以同时打出 60 发炮弹。

船员的数量也因此大幅度提升，一艘船需要 400～500 人。

话说回来。仅有加莱塞船，并不能赢得海战。所谓土耳其的海军，实际上是战争时从各地征集的海盗。穆斯林海盗喜欢小型快速的船只。从行动自由度来说，加莱塞船处于劣势。

因此，威尼斯海军制定了加莱战船与加莱塞船组合的战术。当然，它不是在一张白纸上画出来的全新战术。在风向多变的地中海，即使是商船也不能仅依靠船帆航行，战船同样如此。这只能算是在正视现实的基础上一个改良的战术而已。

一边听着巴尔巴里戈的说明，一边在国营造船厂内部巡视之后，马可和巴尔巴里戈两人在位于工厂一角的塔楼上的房间内相对而坐。马可开口说道："考虑将这整座国营造船厂集中用于战船建造，商用船移到私营造船厂，造船能力将有怎样的改变？我想知道准确的数字。"

巴尔巴里戈沉思片刻后回答："如果都是细身加莱船的话，一天 1 艘船下水是完全可能的。半年之内，就算把材料的供给能力考虑进去，也可以做到 200 艘下水。在同样的时间里，加莱塞船最多 15 艘，大型帆船也可以有 50 艘下水吧。"

被统称为"柯克"的帆船，虽然不直接参与海战，但可以运载武器及其他补给物资，所以在海战中也是不可或缺的。担当海上兵站，是海战时帆船团队的任务。

马可和巴尔巴里戈都没有说出口，但想到了同一件事情。拥有如此高效造船能力的造船厂，除了威尼斯，任何国家都不具备。两人在心中体味着其中的意义。

对巴尔巴里戈的回答，马可满意地点着头，进一步问道："将这里改建成专用战船厂需要多少天？"

海将即刻给出了回答："一天便可完成。"

这一天，两人的谈话到此为止。在和海上男儿告别，走回总督官邸的路上，马可感觉很久没有如此畅快，终于得到了一个不需要冗长说明便能应答如流的搭档。

不流血的战争和流血的政治

就算国营造船厂进入了备战状态，马可在十人委员会的工作也并没有减少。威尼斯政府没有停止寻找被强硬派指责为软弱外交的温和解决问题的办法。马可在这方面的合作者，是驻土耳其首都的威尼斯大使巴尔巴罗。在威尼斯与君士坦丁堡之间，通过频繁地交换加密文件展开工作。大使谈判的对手是宰相索科里，如果说有谁能阻止苏丹塞利姆，那么非此人莫属。

巴尔巴罗大使竭尽全力从各个方面向索科里说明，维持塞浦路斯岛现状对土耳其有利。不仅如此，他甚至上溯到塞浦路斯岛的历史。

如今所有人都认为塞浦路斯岛属于伊斯兰世界的范围，但事实上它从来没有归属过伊斯兰国家。塞浦路斯岛曾经长期作为东罗马帝国的领地被纳入西欧，准确地说早在 350 年之前。在第三次十字军东征时期，这里被率领东征的英国的狮心王理查一世征服，第一次成为西欧基督教世界的一部分。从那个时代起统治当地的法国裔的鲁西格南王朝后来将其转手给威尼斯，因此，该岛作为威尼斯的领地已有百年历史。

攻击塞浦路斯岛，和耶路撒冷不同，没有回归或夺回之类的正当名义，纯粹就是侵略。

不过，大使的这番辩论中也有缺陷。宰相就抓住了这一点。

他问大使："1522 年由前苏丹苏莱曼发起的对罗得岛的进攻，又算什么呢？"罗得岛也不曾有过归属伊斯兰国家的历史。

巴尔巴罗大使没有退却。他强调，当时拥有罗得岛的圣约翰骑士团但凡见伊斯兰国家的船只，便袭击掠夺，而拥有塞浦路斯岛的威尼斯，从来不做这样的事情。

两人的对话，最终不了了之。不过，宰相对于大使提出的会谈请求也总是予以回应。对本国的十人委员会而言，这一点是唯一的希望之光。

在穆斯林中，土耳其人不像阿拉伯民族那样恪守清规戒律。但同时，他们也是对攻打迄今属于基督徒领土的塞浦路斯岛不会强烈反对的穆斯林。

宰相索科里对已是老相识的巴尔巴罗大使说道："说到底，这就是弱肉强食。"

大使还是不肯让步。"历史上也有成为大国后依然温和对待弱小国家，通过两者的共生从而提高利益的先例。"

索科里大概理解大使这句话的意思。但是，土耳其宫廷内的气氛，逐渐转向苏丹鼓吹的即使土耳其动手，威尼斯也因国营造船厂的火灾而无力出动海军的那一套。

在国营造船厂改为集中建造军用船后的三个月，有一位据说是受托给总督带来苏丹亲笔信的希腊人抵达了威尼斯。

战云密布 一

土耳其没有在任何国家设立在外公馆，在威尼斯也没有。来到这里的希腊人，作为和土耳其有同盟关系的法国大使的客人，要求在元老院宣读苏丹的亲笔信。这个希腊人的地位不是很清楚，只知道他在托普卡珀宫内服务，似乎是翻译。换言之，他在托普卡珀宫内的地位不高。塞利姆就是派这样一个人作为特使来传达至关重要的大事。

这个时期的马可·丹多洛担任总督辅佐官。在希腊人宣读苏丹的亲笔信时，他坐在高出一段可以环视整个大会场的总督座的边上。

亲笔信在大篇幅赞颂了一番真主之后，言语倒是相当简洁，要求威尼斯共和国归还塞浦路斯岛。

元老院由共和国国会中 30 岁以上被选出的元老组成，有 200 人左右。平日里冷静议事的元老们，这一天的反应不同寻常，会场一片哗然。

"什么叫归还?!"

"又不是他们的领土，哪来的归还?!"

苏丹用了"归还"一词，实际上是逼迫威尼斯"转让"。也许是希腊人没有能力选择恰当的词语，不过元老院元老们还是完全听懂了对方的意思。剩下的就是，或者屈服，或者迎战。

有关对塞利姆的答复，在共和制国家需要投票决定。总督及其 6 名总督辅佐官，和元老们一样，每个人只有一票。大家排着长长的队伍，走向被称为"投票间"的大厅。

有 199 人投反对票，几乎是全票决定威尼斯对苏丹说"不"。

自 1540 年友好条约签订以来，持续了 30 年的与土耳其的共生关系，即不发生战争的关系，就此结束。

巴尔巴里戈也是元老院元老，因此也在现场。当元老院表决结束，他准备离开会场时，被十人委员会的秘书叫住，请他去委员会的房间。委员会的会议尚未结束，他在外间等了一阵之后被叫进屋内。在总督及其 6 名辅佐官和 10 名委员的面前，巴尔巴里戈接下刚决定的命令，出发去视察。

206　　　　　重返威尼斯

所谓视察，和平时不同。他的任务是去巡视海外基地的备战状况。这些对即将进入应战状态的威尼斯而言极其重要的海外基地，有以下四处：

位于被称为"威尼斯之海"的亚得里亚海出口的科孚岛。

在它南面的扎金索斯岛，是前往东方的所有船只的中转基地，属于掌控伊奥尼亚海制海权的关键之地。

出伊奥尼亚海进入爱琴海，就能望见克里特岛。自第四次十字军东征至今，威尼斯拥有该岛已有 365 年，是其最大且最重要的海外基地。不用说，全岛都属于直辖领土。

最后是塞浦路斯岛。这里不仅是特产的生产基地，同时也是深入土耳其境内的最前线，向来深受威尼斯共和国重视。

回国半年的巴尔巴里戈之所以被赋予这项任务，是因为在过去的两年，他一直担任塞浦路斯岛近海警备舰队的指挥。另外一个原因就是举荐他的马可所说的，有眼力的人去视察才能看到真实的情况。

巴尔巴里戈也被指令务必秘密出发，因为威尼斯不想刺激土耳其。政府仍然没有放弃通过战争以外的手段来解决问题。大使巴尔巴罗向本国发来以下信件的同时，继续锲而不舍地和对方的宰相会谈。

"和土耳其人谈判，犹如二人互掷玻璃球的游戏。对方猛力扔过来时，我们非但不能还以同力，还得小心失手砸碎了玻璃球。"

在元老院决议拒绝苏丹的要求后立即召开的十人委员会会议上，除了巴尔巴里戈的出国视察，还决定了另外一个事项：派遣被称为"海将中的海将"的维涅尔前往关键的海外基地科孚岛。

塞巴斯蒂亚诺·维涅尔虽然已 70 过半，但完全看不出高龄的迹象。他大个子、宽肩膀，行动虽不比年轻时期，但也没有任何迟缓。他结实强壮，虽然稀疏的头发和遮住半张脸的胡子都是雪白的，但一身古铜色皮肤显得人十分年轻。他的眼神如利剑般尖锐，光是这相貌就具有领导风范。

可是，这位人物的脾气相当火暴。虽然这种性格非常爽快，不拖泥带水，但一旦暴发，就很难控制。

尽管如此，他具有优秀的组织力和掌控人心的本领，不足一年的时间便捕获了守护科孚岛近海的海上男儿们的心，大家都亲热地称他"Messer Bastian"。这个爱称既取自他的名字 Sebastiano 的一部分，又含有 bastion（堡垒）的意思，所以是"堡垒先生"。

威尼斯政府并没有任命这个男人担任国家海军总指挥"海上总司令"。政府至今仍在寻求以和平的方式解决土耳其问题，担心这个任命会刺激对方。

由于"海上总司令"是平时没有、仅战时被任命的职务，因此被派往科孚岛的维涅尔的官职叫"施政官"，类似科孚岛地方长官的角色。不过，只给了这位70多岁的勇武派这样一个官职，另外还有一个理由。这方面主要是出于对自己人的考虑。

这一年，1570年的春天，在拒绝苏丹的要求之后，威尼斯政府几乎同时做出了三点对策。

第一，派遣阿戈斯蒂诺·巴尔巴里戈去海外基地视察防御情况。

第二，派遣塞巴斯蒂亚诺·维涅尔把守威尼斯的玄关入口。

第三，正式展开拉罗马教皇入队的作战。

威尼斯共和国在罗马建造了至今仍被称为"威尼斯宫殿"的壮丽建筑，是唯一一个派常驻大使的国家。不过，政府认为在这个时期，仅靠常驻大使力量不足，又任命乔瓦尼·索兰佐为全权大使，以说服教皇参战为目的派往罗马。

面对动员海盗进行人海战的土耳其，仅凭威尼斯一国无法对抗。

此外，单纯因为保护经济上利益的理由，也无法说服其他国家加入战争。能让多国卷入战争源自在心理层面被人们称为"伦理"的理由是不可或缺的。威尼斯打算集结基督教国家，再次组成联合舰队。

即使集结基督教国家，也不得不将法兰西王国排除在外。一心对抗西班牙的法国和土耳其缔结了同盟条约，因此威尼斯从一开始就没想过他们会参战。

尽管形式上都是条约，但同盟条约和友好条约的性质不同。同盟附有军事上的义务，友好条约则没有这方面的约束。这30年来，威尼斯和土耳其签订的并非同盟条约，不过是友好条约而已。

既然法国缺席是这个时代欧洲的现状，那么能够投入大量士兵和船只的大国只有西班牙了。但是，威尼斯与西班牙国王有太多的利害相悖之处。

双方一致的，唯有都是基督教国家这一点。而且在对待基督教的问题上，两国可以说截然不同。

在威尼斯，无论土耳其人、阿拉伯人、犹太人，还是信奉与天主教分裂的希腊东正教的希腊人，彼此之间不过是街上擦肩而过的关系。画家们一面从《圣经》中选取主题，一面又非常坦然地在画布上描绘戴着土耳其帽、裹着头巾，以及戴着宽檐帽，一眼就看出是希腊东正教徒的各路人物。

如果这是在异端审判所凶猛的西班牙，那些人连出现在画面上的机会都没有。

不过，正因如此，罗马教皇在西班牙人心中的威望，远比在威尼斯人心中高。

也就是说，只要成功地说服罗马教皇，就算在地中海东半部没有利害关系的西班牙国王，也有可能被打动。不管怎么说，西班牙国王还有一个"天主教国王"的别称。

而在这个时期，作为全天主教徒最高宗教领袖的罗马教皇，是庇护五世。

四年前被选为教皇的这位人物，过去一直是异端审判所的大总管。他本人属于意为"神之犬"的多明我会，对于自己是"神之犬"的"一只"有着强烈的自我意识。在这一点上，他又是正处于势头中的反宗教改革派的领袖。

他当选教皇时，威尼斯政府态度冷淡，仅派常驻大使去表示祝贺，但现在，他们需要这位教皇。就是说，威尼斯政府看中了这位教皇狂热的反伊斯兰国家情绪。

被委任去笼络教皇的乔瓦尼·索兰佐，是一个在给十人委员会的报告中会有以下表述的男人：

"所谓强国，可以自己的意志决定战争或和平。我们不得不承认，威尼斯共和国已不具有这种地位。"

那么，如此冷静现实的外交官，又是如何打动教皇的呢？

他完全没有言及塞浦路斯岛在经济上对于威尼斯的重要

意义，也没有提出威尼斯要求保证在地中海航行的自由和安全等正当理由。

深信伊斯兰教才是恶之根源的教皇，宣称在看到伊斯兰世界遭到重创之前拒绝吃肉，只吃鸡蛋。威尼斯正是锁定这一目标，点燃教皇心中十字军精神的火苗。

说起五年前的马耳他攻防战顿时兴奋不已的教皇，完全被索兰佐特使的话题吸引。

瘦弱到让人怀疑怎么能隐藏如此浓烈热情的教皇庇护五世，态度变得积极起来。

面对顾左右而言他，不肯给出明确回答的西班牙国王腓力二世，罗马接二连三地派特使去西班牙，只要国王有一点点松口，就即刻让它们变成既定事实。

特使索兰佐也不是对教皇言听计从，对于不能妥协的事情，他断然拒绝。

其中最不能让步的，是西班牙国王提出要让率领西班牙海军的吉安·安德烈亚·多利亚担任联合舰队的总司令。

威尼斯人没有忘记，32年前，因为这位将军的伯父、著名的安德烈亚·多利亚似是而非的指挥，他们在普雷韦扎海战中吞下了苦果。

热那亚的多利亚家族从先王查理五世时代起，就担任西班牙海军司令的海上雇佣兵。

如果组成联合舰队，威尼斯需要承担一半以上的海军战力，把自己国家的海军交给靠金钱雇用的男人，这是绝对不能容忍的。

索兰佐的不肯让步，每每令教皇暴跳如雷。但索兰佐发现，越是发怒，教皇对于集结联合舰队的热情就越高涨。

然而，如果坚持面面俱到，很可能在某一方面就不能做得彻底。

考虑过分周全的威尼斯政府，在联合舰队组成时威尼斯海军总司令的人选上，就犯了这个错误。

性格温和、不爱争斗的人，也许适合做平常时期的领导人，但在非常时期，这种性格往往导致决断力的欠缺。吉罗拉莫·扎内便是最好的一例。

结束一个多月的视察回到国内的巴尔巴里戈，随即被召去十人委员会做汇报。因为只是归纳了视察期间随时记下的要点，所以他的报告准确简洁，令包括马可在内的 17 名委员信服。

首先，直至科孚岛的亚得里亚海域的警备堪称完美。在维涅尔紧盯之下的科孚岛，充分发挥着监视亚得里亚海出入口的要塞的作用。

此外，和希腊伯罗奔尼撒半岛西侧相连的威尼斯辖下的岛屿，也以扎金索斯岛和凯法利尼亚岛为轴，制海权掌握在威尼斯手中。

穿过伊奥尼亚海进入爱琴海，克里特岛便在眼前。作为威尼斯在东地中海最大且最重要的基地，岛屿的北边一侧由西向东军港连接成一排。干尼亚、苏达、雷提莫、干地亚，以及如同一座堡垒般孤立于海中、有难攻不落之称的史宾纳隆加。巴尔巴里戈把这些地方都走了一遍，得出的结论是，克里特岛的防卫也是完美无缺的。

虽然当下土耳其还没有显露出攻占克里特岛的迹象，但那是个苏丹一语定乾坤的国家。鉴于克里特岛的重要性，巴尔巴里戈建议要在平时的 10 艘加莱战船和 3 艘作为兵站的帆船的警备基础上，再增加军力。

从克里特岛往东，就不再是威尼斯制海权下的海域。巴尔巴里戈也是在克里特岛警备舰队提供的 2 艘加莱战船的护航下前往塞浦路斯岛的。四面海域都是敌方的这个岛屿属于威尼斯的领土。

在听到巴尔巴里戈报告塞浦路斯岛相关事宜时，全体委员的脸色都为之一变。

时至今日，塞浦路斯岛仍然维持着这 30 年来一贯的平常军力，只有 5 艘加莱战船和 2 艘帆船。这个海上战力即使再加上陆地部队，塞浦路斯岛的守军也不足 5000 人。

何况，也无法期待当地居民希腊人的协助。他们信奉的是希腊东正教，哪怕在土耳其统治之下，只要忍受被统治阶级这个身份，缴纳一些异教徒税，就可以生存下去。那些居住在土耳其领土上的希腊人已经证明了这一点。巴尔巴里戈说，对那些希腊人而言，统治者是穆斯林的土耳其，还是天主教徒的威尼斯，并没有太大的区别。

他进一步指出，虽然都是土耳其发起进攻，但马耳他岛和塞浦路斯岛完全不同。马耳他岛是岩石地带的不毛之岛，即便成功登陆，也没有多少可抢的粮食。而耕地丰饶的塞浦路斯，就算是大军，也无须担心口粮问题。

而且，相较于距离奥斯曼土耳其帝国补给线过长的马耳他岛，塞浦路斯岛附近的小亚细亚南岸都属于土耳其领地，补给线非常短。50 年前攻打罗得岛时，土耳其派遣了 10 万名士兵，这一次攻打塞浦路斯岛，军力可能会超过这个数字。

更何况，和罗得岛相比，塞浦路斯岛存在着土耳其从任何一方都能登岛的缺陷。位于岛中的首都尼科西亚，敌人从其西、南、东三面发起进攻是完全可以预想到的。而位于岛屿东北部防御最坚固的法马古斯塔与尼科西亚相距 50 千米。放弃塞浦路斯最重要的军港法马古斯塔去驰援尼科西亚，以目前的战力，不足程度几乎令人绝望。

巴尔巴里戈用以下这番话结束了他的报告。

"不管联合舰队能否结成，威尼斯如果不紧急派遣海军主力去支援塞浦路斯岛，那座岛撑不了多久。"

报告完，他又"追记"了一句，让委员们的脸色变得越发阴沉。

巴尔巴里戈告诉委员们，在他视察的这段时间，不论在伊奥尼亚海，还是在爱琴海或塞浦路斯岛的近海，甚至远望不到穆斯林海盗的船只。

战云密布 二

威尼斯的所有海外基地在平时也配备五六艘战船，这是为了对付海盗。

海盗的头目们被任命为埃及的亚历山大市、利比亚的的黎波里市、突尼斯的突尼斯市、阿尔及利亚的阿尔及尔市等主要城市的总督，从而获得官方的地位。在和基督徒发生海战时，这些人被征召加入土耳其海军。

不过，和基督徒的海战不是经常发生的，因此在没有被征召的平常时期，海盗们做回老本行，继续海盗行径。

苏丹对此并不干预。因为对苏丹而言，这些海盗不过是一时借用的战力，用现在的话讲叫非正规战力。由于威尼斯和苏丹缔结了友好条约，土耳其的正规海军不会发动袭击，但海盗们并不在乎这些。因此，即使和奥斯曼土耳其帝国缔结了友好条约，对海盗的防卫也绝对不能懈怠。

而如今，却见不到他们的身影。针对委员提出的疑问，巴尔巴里戈平静地回答："我不愿这样想象，不过估计所有海盗的头目都被苏丹叫去了君士坦丁堡。那些人的手下也应该在各自的母港等候命令，为出港做准备。"

报告结束一个月之后的3月末，威尼斯政府终于任命了"海上总司令"。由共和国国会选出的吉罗拉莫·扎内，受命火速率领60艘加莱战船出港。

舰队出港的目的，对外宣称是为强化塞浦路斯岛的警备，因为在罗马，联合舰队的集结尚未完成。

但是，光凭威尼斯任命平常时期没有的"海上总司令"这一件事，就让欧洲各国明白了其中的含义。

威尼斯的海军采用的是单一化指挥系统，因此威尼斯全国如今进入了临战状态。

一旦被任命为"海上总司令"，就意味着不仅是本国的海军，而且包括防守科孚岛的维涅尔、指挥克里特岛警备舰队的卡纳莱和奎里尼、负责塞浦路斯岛防御的布拉加丁在内的海外基地的所有海将，统统归扎内指挥。也就是说，扎内掌握着最终的决定权。

然而，这支60艘的舰队在航行至亚得里亚海的途中，居然停下不动了，而且一停就是两个月。原因是在预定上船的划桨手中间暴发了瘟疫，舰队只能在当地岛屿上等疫情过去。

如果这一期间，在罗马商议的联合舰队的集结多少有些进展的话，那么这两个月也不算白白浪费。然而，将教皇夹在中间的西班牙与威尼斯双方的对立，一点也没有缓和。

西班牙国王仍然坚持联合舰队的总司令要由掌管西班牙海军的热那亚人多利亚担任。威尼斯一方也继续拒绝把自己国家的海军交由雇佣兵队长指挥。

在这个时间点，威尼斯投入的战力仅加莱战船就有 130 艘，超过所有参战国预定战力的一半。

于是，教皇提出一个妥协方案，举荐罗马的贵族马尔坎托尼奥·科隆纳作为总司令。

对于虽有陆战经验但完全不懂海战的科隆纳，西班牙和威尼斯都表示不能接受。就这样你来我往之间，宝贵的时间一天天流逝。

7 月，土耳其终于开始行动。

离开首都君士坦丁堡后通过达达尼尔海峡进入爱琴海的大部队，由如今在土耳其统治下的希腊、叙利亚、巴勒斯坦地区，甚至从埃及到摩洛哥的北非地区的士兵和船队组成，仅战船就有 300 艘，运载的士兵远远超过 10 万人。这支大军团团围住塞浦路斯岛，从岛的南面开始登陆行动。

派兵救援的是负责克里特岛防卫的卡纳莱，他根据自己的判断，仅派出3000名士兵。紧接着从其他基地派出的部队，甚至无法抵达塞浦路斯岛岸边，只能无功而返。

塞浦路斯岛被围到底还是惊动了罗马。尽管这只是形式上的，但还是任命了科隆纳为总司令。

这的确只是形式上的任命。科隆纳虽然是武将，但他不仅没有海战经验，其麾下的教廷海军也只有寥寥数艘战船，所以是有名无实的。

就这样，在仓促的情况下做出的这个紧急对策，让1570年这一年变成了悲惨之年。

首先是威尼斯和西班牙的分歧越来越明显。对西班牙国王而言，哪怕塞浦路斯岛落入土耳其手中，也无关紧要。先王查理五世和如今的国王腓力关心的始终是北非西半部的摩洛哥、阿尔及尔、突尼斯一带，不断出手打击盘踞在当地的海盗，因为运载着新大陆金银的西班牙船队，是海盗的最爱。想清除海盗，不占领他们的根据地不可能达成目的。西班牙对联合舰队的兴趣，只在于用它去征服北非。

而另一方的威尼斯，将塞浦路斯岛的续存视为本国生死攸关的大事，因此认为联合舰队首先应该去救援塞浦路斯岛。

可是，威尼斯不能对西班牙发难。30年前先王查理五世强行攻打北非时，威尼斯以保持中立为由拒绝参战。结果，那场国王亲征的战争一败涂地，西班牙不得不承认没有威尼斯的海外攻略不会成功这个苦涩的事实。在地中海有利益冲突的这两个国家结怨已久。

人在威尼斯总督官邸的马可·丹多洛陷入深深的绝望。不仅是法国，西班牙和威尼斯说到底都是以本国利益为先的。但威尼斯面临的问题，事实上又不得不依赖其他国家的协助。

也许只有像古罗马帝国那样，将所有地方发生的问题都视为本国的问题，才能超越各国的国家利益优先主义。想到这一点，马可感到越发沮丧。尽管如此，他并没有彻底放弃还能为国家尽一己之力的念头。

登陆塞浦路斯岛的土耳其军队，迅速包围了首都尼科西亚。

尼科西亚的守军，加上克里特岛派来的援军，不过3000出头，是10万对3000的战力。而唯一能从塞浦路斯岛内输送援军的法马古斯塔，距离尼科西亚50千米。这样一个立于平原之中的城镇，被虎视眈眈的10万大军围住，后果可想而知。

尼科西亚守军的指挥是一位威尼斯贵族。他似乎采取了拖延的方式，尽可能拖延敌军集中精力去攻击防守牢固的法马古斯塔。如果法马古斯塔陷落，塞浦路斯岛就彻底完了。

正因为是匆忙集结的，这一年的联合舰队，连指挥系统也不明确。

科隆纳率领的教廷舰队、多利亚率领的西班牙舰队、扎内率领的威尼斯舰队，自顾自行动。

人在罗马的索兰佐也发现了这个问题。于是，他说服教皇下令至少让科隆纳和扎内共同行动。这件事算是成功了。

可是，扎内跟不上激变的形势。他率领的包括从海外基地集结的军力，总共130艘加莱战船、12艘加莱塞船，以及30艘帆船顺利抵达了克里特岛，所以"跟不上形势"是他个人的问题。

赶来和扎内率领的威尼斯舰队会合的，是科隆纳率领的寥寥几艘教廷舰船。理应率领西班牙舰队到达克里特岛的多利亚，已经到了西西里岛的墨西拿，但就是没有过来会合的动静，据称是没有接到西班牙国王发动的命令。

在专门赶到墨西拿的科隆纳的说服之下，他们终于来到克里特岛。可是多利亚率领的这支西班牙舰队相当名不副实，这位雇佣兵队长带来的是他自家的船、水手和士兵。

"联合舰队"好不容易集结，却没有立即赶往塞浦路斯岛救援。

在克里特岛上，接受国王腓力不打有利于威尼斯之仗的密令的多利亚，继续搞拖延战术。时时揣摩国王旨意的多利亚，弄得性格温和的科隆纳和扎内这两位绅士晕头转向。

多利亚说威尼斯的船缺少战士，还没等扎内开口，他边上的维涅尔厉声回应："在威尼斯船上，划桨手也参加战斗。"

多利亚无视维涅尔的反驳，转换话题："目前不是适合出海的季节。"

这句话不仅让维涅尔，也让在座的威尼斯其他指挥官忍不住笑出了声。眼下，8月尚未结束。

话说多利亚这里，拖延战术的借口也终于用尽，总算在9月18日决定先向东出发。

然而这一期间，在10万大军围攻和60门大炮的狂轰滥炸之下，尼科西亚陷落，3000名守军几乎被全歼。站在第一线战斗的威尼斯人全部战死。

攻下首都的土耳其军，随即掉头向东，对有塞浦路斯岛最强堡垒之称的海港城市法马古斯塔发动包围战。

联合舰队是在前往塞浦路斯的海上接到这个消息的。法马古斯塔建得再坚固，也是攻方10万人对守方5000人的悬殊兵力。面对10万人的这5000人，唯一的依靠是援军的到来。

尽管十分清楚形势紧急，但多利亚认为现在赶去已无济于事，主张返航。威尼斯的海将们当然是主张继续前行，科隆纳也表示应该前行。

就在双方争论不休之时，海上天气骤变，舰队遭遇暴风雨的猛烈袭击。多利亚因此越发强硬，没怎么见识过海上暴风雨的科隆纳，态度也变得暧昧起来。

发现状况有变的扎内提出了一个他自以为合适的妥协方案。

先放弃前往塞浦路斯岛，就此北上爱琴海，避开暴风圈，去攻打希腊的内格罗蓬特或者土耳其的君士坦丁堡。科隆纳对此模棱两可，多利亚当然是坚决反对。

在将军们的争吵中，为躲避暴风雨在克里特岛避难的船队，也因船身相互碰撞而发生损害。时间就这样一天天被浪费了。

总计有 190 艘战船的联合舰队最终还是决定向西返航。

坚决主张前往塞浦路斯岛、不肯退让的，是以维涅尔为首的威尼斯的指挥官们。但威尼斯海军总司令是扎内，他正是让方针一变再变的当事人。

扎内下令克里特岛所属的 10 艘战船载上 2500 名士兵前往塞浦路斯岛救援，他自己率领其余的船返回科孚岛。可是，10 艘战船实在是太少了。当他们接近塞浦路斯岛近海时，遇上海盗乌鲁奇·阿里船队的拦截，甚至没能踏上塞浦路斯岛的土地，就得掉头返航。

科隆纳和多利亚率领各自的舰队，回到土耳其海盗也绝对不会来袭的西西里岛的墨西拿。

就这样，1570年的联合舰队一仗未打便解散了。

回到科孚岛的扎内，一点没有在这座美丽的岛屿治愈疲劳的机会，等待他的是威尼斯十人委员会让他紧急回国的命令。

委员们对归国的海上总司令进行了集中质问。之后，又做出对他进行处分的决定，立刻将他关进监狱，罪状是不履行职务。扎内虽然躲过了死罪，但被判终身不得担任公职。

这个时期的威尼斯，对于能托付国家海军的总司令人选，没有犹豫的时间。委员会随即决定推举塞巴斯蒂亚诺·维涅尔。推举高位官职的人选是十人委员会的权限，但决定权还是在元老院。

"火"与"水"

不过，维涅尔也有负面因素。尽管他深受部下的敬慕，甚至被亲切地叫作"堡垒先生"，但他同时也是一位一旦动怒便不可收拾的男人。这就是前一年在选举总司令时，选票都集中投给了性格温和的扎内的原因。但不管怎么说，1571年，威尼斯必须扭转颓势，这是所有人共同的信念。

问题是已75岁高龄的维涅尔依然是一个"火之男"。鉴于前一年的经验，他很了解教廷方的科隆纳以及只顾着揣摩国王旨意的多利亚的性格，因此这团"火"是必需的。但如果这两个人时常动怒，冲突不断，那么联合舰队根本无法结成。何况，75岁的维涅尔也不是一个让他自我克制他就会乖乖听话的老人家。

于是，马可·丹多洛提议不妨让火与水组合。他推荐巴尔巴里戈作为维涅尔的副手，并列举了推荐的理由。

第一，阿戈斯蒂诺·巴尔巴里戈虽然似"水"，却是胸怀责任感、有着热切之心的"水"。

第二，根据他在短时间内成功地令国营造船厂转型为临战状态的实绩，可以判断他具备冷静看清事物本质的优秀洞察力，以及将目标付诸现实的行动力。

第三，如果是副手，就有资格和各国司令一起出席作战会议，因此他也适合担任在席上"控火"的角色。

第四条理由主要缘于威尼斯一方的忧心。

马可认为，如今是联合舰队的总司令不知何许人也的不明状态，所以必须事先考虑外行担当此任时的因应之策。如果真是那样，维涅尔就得在那位总司令身边加以调控，副手不得不担任威尼斯海军的总指挥。以土耳其海盗为对手的巴尔巴里戈是海战的老手，在这方面也可以充分发挥能力。

不过，十人委员会中的一位委员提出异议，强调巴尔巴里戈也不是没有弱点。

威尼斯是共和制国家，因此国家引以为傲的海军该托付给谁，是由元老院投票决定的。"海上总司令"如果发生问题，必须立即由他的副手替代，这同样也是由元老院投票决定的。维涅尔的知名度无须担心，但巴尔巴里戈能获得多数选票吗？这是那位委员提出的质疑。

巴尔巴里戈长年在海外基地勤务，而且这30年来，威尼斯海军也没有和土耳其打过动真格的海战，所以他没有那种一战成名的资本，在有约 200 位元老的元老院中没有什么知名度。

马可回答，正因如此，才让他和名气响亮的维涅尔搭配。不过，最好是明确解释这样组合的原因，这有助于元老们接受。他进一步指出，必须向元老院强调"火"与"水"理应成对。在元老院，谁都知道，维涅尔是团"火"。

就这样，被译为总司令副手或参谋长的"Provvenditore generale"这个威尼斯海军的新官职诞生了。这是鉴于需要"火"但仅此不够的考量而产生的职位。

在元老院做完所有决定后，马可把巴尔巴里戈从元老院会场叫到一楼的回廊，然后对他说："我们不得不奋起。但既然奋起，就必须取得绝对的胜利。那种小打小闹的赢毫无价值。若非压倒性的胜利，就没有意义。只有取得压倒性的胜利，威尼斯才能通向未来。"

阿戈斯蒂诺·巴尔巴里戈沉静的表情一如既往，只是用眼神回答了马可。

通往勒班陀之路　一

1571 年 1 月，巴尔巴里戈从圣马可的码头乘坐全船涂着"威尼斯正红"的旗舰，离开了祖国。非常状态时替代"海上总司令"指挥威尼斯海军的"Provvenditore generale"，也被承认具备乘坐旗舰的权利。

在出发前一日，圣马可大教堂举行了特别的弥撒。正红底色上用金线绣着狮子的威尼斯共和国的国旗，也将随军出征。旗舰用的国旗比普通的大，这面大型国旗在战场高高地悬挂于旗舰船尾的舰桥之上。

在实施共和国制的威尼斯，不允许舰队下各艘战船的指挥官悬挂舰长的纹章旗。如果是其他国家的船队，会看见上船指挥的贵族各家五彩缤纷的纹章旗，但威尼斯的船不属于个人，只属于威尼斯共和国。

除了这些国旗，总督亲手授予的元帅权杖也随船同时出发，这是要交给在科孚岛的维涅尔的。同行的另有一艘涂着正红色的旗舰，是总司令维涅尔的用船。

将50艘加莱战船和20艘大帆船带到科孚岛，也是巴尔巴里戈的任务。它们和元帅权杖、大国旗一起被交给总司令。从那一刻起，1571年的威尼斯海军进入战时体制。

抵达科孚岛的巴尔巴里戈，见到了从克里特岛近海匆匆赶回的维涅尔，完成了所有被托付的任务。

时隔一年再次见到巴尔巴里戈，让维涅尔非常高兴，打趣说，"担任监督真是辛苦你了"。说这话的如果是其他男人，会让人感觉是在挖苦讽刺，可是从维涅尔嘴里说出来却不一样。维涅尔深知自己性格上的缺陷，所以不在乎有没有人来管控他的脾气。

负责防守克里特岛的指挥官卡纳莱和奎里尼也来到了科孚岛。不过，以实际行动展现威尼斯海上力量的男人，并非只有海外经验丰富的他们。

在巴尔巴里戈率领下抵达科孚岛的50艘加莱战船中，有30艘是从本国来的由贵族担任舰长的船只，几乎都是在元老院议会场常见的面孔。最近刚进入十人委员会的两位年轻的委员，也在其中。

他们不是作为元老院元老，也不是作为十人委员会的委员，而是作为无论政治还是军事理应站在第一线的威尼斯贵

族来参战的。在 1571 年这一年，威尼斯共和国投入了全国
之力。

心怀"今年势必扭转颓势"这个信念的，还有正在罗马
执行外交战的大使索兰佐。他坚称无论如何都要在春天派出
一支有实际效力的联合舰队。这支舰队，按照教皇热切的希
望，被命名为"神圣同盟联合舰队"。

罗马教皇庇护五世虽然戒了肉食，但活力不见衰减，接
连不断地对自认"天主教国王"的西班牙国王腓力二世展开
说服战，或许应该说是暗示要把西班牙逐出教会的威胁战。

终于，西班牙国王同意坐上谈判桌，他的全权大使也来
到了罗马。而特使索兰佐也接到威尼斯十人委员会指定的妥
协的底线。

由教皇协调的谈判，先决定了以下事项：

第一，各国参战的加莱战船的数量。

西班牙——73 艘

（从西班牙港出发的 15 艘、从西班牙国王治下的那不勒
斯和西西里岛出发的 36 艘、雇佣兵队长多利亚私人所有的
22 艘）

教廷——12 艘（大部分由托斯卡纳大公美第奇提供）

费拉拉、曼托瓦、萨伏依、卢卡等意大利半岛的国家——

11 艘

圣约翰骑士团——3 艘

（6 年前的马耳他攻防战令骑士团人船殆尽。挺过那场壮绝之战的拉·瓦莱特也在三年前死去。尽管如此，骑士团还是保证由骑士团团长率领 3 艘船参战）

威尼斯——110 艘

总计：209 艘

以上这些战船不是各国按照决定必须负担的数目，而是根据自身的能力，各国"分担"的量。

而且它只是一个预定数，在盘点抵达集结地的船只之前，实际参战的船只还是未知数。

第二，战略目标。

缺少明确的目标正是导致前一年失败的主要原因，因此威尼斯十分较真，今年必须清晰。

威尼斯的真实意图是救援塞浦路斯岛。西班牙考虑的是将这支联合舰队带往西地中海，用于攻打北非。而对教皇而言，只要是打击穆斯林，在哪里开战都无所谓。但事实上，如今基督徒和穆斯林正发生战争的地方在塞浦路斯岛。所以，他也认为联合舰队理应前往东地中海。

但西班牙坚决反对在协约中写明是塞浦路斯岛，教皇也开始变得犹豫，威尼斯不得不妥协。最后决定，不论地中海的东或西，敌人在哪里就去哪里。

决议事项中还添加了以下一项：

神圣同盟联合舰队，从今往后每年3月完成准备，4月出征。

话虽如此，但1571年，过了3月，过了4月，仍然处于面对面坐在谈判桌上的状态。

不过，要论最大的难题，还数率领整个联合舰队的总司令的人选。对西班牙推荐的多利亚，威尼斯和前一年一样坚决反对。对威尼斯推荐的维涅尔，西班牙也绝不答应。对教皇提出的折中人选科隆纳，威尼斯不喜欢，西班牙也不高兴。谈判就因为这个问题而一度触礁。

然而，进入5月后，威尼斯对西班牙提出的第二人选唐·胡安做了让步，总算是解决了难题。威尼斯害怕再坚持下去，会让一切泡汤。

可是，这位人物是否有能力指挥联合舰队，没有一个人可以给出确切的答案，就连坐在罗马谈判桌上的那些人也不知道。

突如其来登上国际舞台，从此被称为"奥地利大公唐·胡安"的这位人物，这一年26岁，是西班牙国王腓力二世的异母弟弟。

不过，这位年轻人是先王查理五世和德意志贵妇人所生的孩子，不像嫡子腓力那样在王宫长大。不知何故，他被秘密抚养，直到14岁那年，查理五世去世、腓力即位后，才第一次被承认为王室的一员。

他唯一被人所知的战绩，是23岁时参加过西班牙攻打阿尔及尔的战役，以及第二年在清剿西班牙南部残余的穆斯林的战斗中，作为一队的指挥。在上述战役中，他姑且算是赢家，但毕竟那是陆战。至于海战，他非但没有实绩，连经验也没有。这样一位人物，何况还是年轻的贵公子，能胜任由200艘船组成的大舰队的指挥吗？威尼斯的海将们除了不安，还是不安。尽可能消除威尼斯方面的忧虑，也成了特使索兰佐的任务。

不管怎么说，唐·胡安也是亲王。虽然不是国王亲征，但派来自己的弟弟，至少可以证明西班牙对联合舰队的态度还是积极的。

特使索兰佐正是以此为由同意了唐·胡安担任联合舰队总司令，但他真正的意图当然是断绝雇佣兵队长多利亚当总司令的可能性。

可是，"不安"仍未消除。作为同意唐·胡安就任的条件，索兰佐要求将以下这条要求写进协议。

就任联合舰队总司令的唐·胡安，凡事必须与威尼斯舰队指挥官维涅尔和教廷舰队指挥官科隆纳商量。所有命令必须三人同意。

以唐·胡安的经历及年龄，索兰佐的这个要求显然各方都觉得合理，教皇和西班牙国王均表示接受。

由于上述决定，海战时基督教一方的阵容也就随之而定。

海上战斗时，阵型的中央是总司令乘坐的旗舰。维涅尔乘坐的威尼斯旗舰和科隆纳乘坐的教廷旗舰一左一右，将唐·胡安夹在中间。然后，以这三艘旗舰为中心，对大部队进行编队。

人数上占有优势的多利亚率领的西班牙舰队和投入最多战船的威尼斯舰队，自然会被编在右翼或左翼。具体在哪一侧，届时视战场情况而定，但不管怎么样，以最多数量的船参战的威尼斯海军的实际指挥官，将是巴尔巴里戈。

全军的集结地也定了下来，是面向意大利半岛和西西里岛之间那条狭窄海峡的墨西拿。不过，它也属于妥协的产物。虽然说墨西拿自古以来便是知名的军港，适合大舰队集结，但其实是因为它位于地中海的中央，也就是说既不偏东也不偏西，这才是西班牙点头答应的真正原因。

集结的日期无法决定。因为除了威尼斯，其他国家都不习惯这样的事态，在各个停靠港召集船只和人员以此形成战斗力，是这个时代的海军的实际状态。

但不管怎么说，1571年5月20日，神圣同盟联合舰队总算是签署了盟约。

在罗马圣彼得大教堂举行的特别弥撒由教皇亲自主持，并赐予神圣同盟旗，它将被高高悬挂在唐·胡安乘坐的旗舰的桅杆上。

联合舰队宛如难产出生的孩子，想要顺利成长，还得经过几个月的时间。

6月18日，在土耳其首都君士坦丁堡的威尼斯大使巴尔巴罗收到本国发来的密令，上面写着：即使在高度保密情况下进行的与土耳其之间的和平尝试，也请立即中止。

威尼斯共和国至此只有战争一条路了。

在大使用暗号写的回信中，除了表示收到命令之外，还告知阿里帕夏率领的土耳其大舰队已从君士坦丁堡出港。

通往勒班陀之路　二

　　神圣同盟启动之后，除了早已做好万全准备的威尼斯，按部就班开始活动的，还有率领教廷舰队的马尔坎托尼奥·科隆纳。

　　6月15日，在盛大的欢送仪式中，教廷舰队离开了罗马。在属于教廷领地的重要港口奇维塔韦基亚，包括现任教皇侄子在内的罗马贵族身着华丽的军装，等待舰队的到来。其中有25位步兵是教皇借出的瑞士卫兵，他们都将登上科隆纳乘坐的旗舰。

　　托斯卡纳大公提供的12艘加莱战船也在港口待命，站在船上列队欢迎的，是同样穿着华丽军服的佛罗伦萨的贵族们。

　　6月24日，13艘战船组成的教廷舰队进入那不勒斯港口。他们预定在这里等待唐·胡安，然后共同前往墨西拿。

　　科隆纳把本应由教皇亲手授予唐·胡安的、接受过祈祷的同盟旗带到了那不勒斯。唐·胡安只有接下这面旗帜，才能作为神圣同盟舰队的司令，正式开始履行职责。

可是，左等右等就是不见唐·胡安的身影。向西班牙国王委派的那不勒斯的总督询问，对方也说不知道。

作为指挥官的能力姑且不论，但为人诚实的科隆纳决定自己先带舰队前往墨西拿。舰队自罗马出发加上在那不勒斯的等待，用了三周时间。当他们沿第勒尼安海一路南下抵达墨西拿时，已经是 7 月 30 日。

在墨西拿的港口，停靠着一周前已经抵达的威尼斯舰队，共计 58 艘加莱战船和 6 艘加莱塞船。它们只是威尼斯舰队船只的一半，从克里特岛出发的 60 艘船尚未到达。

就算有船，也没有足够的人手，可以说这是长年困扰威尼斯海军的问题。所以，只能借用海外基地的力量弥补不足。但这也是一个困难的选择。克里特岛的舰队因遭遇海盗乌鲁奇·阿里率领的土耳其海军前卫部队的游击战，迟迟不能赶来与维涅尔率领的大部队会合。再说，抽调基地的战船，会削弱基地的防卫。

但维涅尔下定了决心。哪怕牺牲海外基地的防卫，也要把所有可用的战力集合到墨西拿。

在科隆纳到达之前，克里特岛舰队的迟到，已经让维涅尔憋了一肚子火。就在这时出现的科隆纳，用他一贯彬彬有礼的口吻表示，迟到的原因是等不到唐·胡安，甚至没有他的任何消息。维涅尔的怒火顿时爆发。

相较于武将，更像宫廷官吏的科隆纳身材瘦小，年纪轻轻已经秃顶，只有一双眼睛异常大，如同一个虚弱儿无端长成了大人。

这个36岁的男人面前站着的，是人高马大、虎背熊腰、一头白发竖立的75岁老将。就算维涅尔不发火，看上去也像老鹰在恫吓小鸽子。

不过，这个小个子男人不仅是来自罗马数一数二的豪门贵族，是深受教皇信赖的家臣，还是一个和西班牙国王渊源很深的男人。对威尼斯而言，他可不是一个可以随便恫吓的对手。同席的巴尔巴里戈通过改变话题使得气氛缓和了下来。

巴尔巴里戈问科隆纳，指挥西班牙舰队的多利亚何时能抵达墨西拿。

尽管表情显得轻松了一些，但科隆纳也没有答案，只能对巴尔巴里戈说，多利亚不仅带自家的船队，还需要从各国召集船只，不知什么时候可以到。最终，维涅尔、巴尔巴里戈和科隆纳三人都未说出口，但他们心里都很清楚：所有事情都要等唐·胡安抵达后才能见分晓。

话说唐·胡安其实在6月6日就离开了马德里，前往巴塞罗那。在巴塞罗那，随他出征的舰队已准备就绪，处于任何时候都能出港的状态。

然而，出港日期几乎以几天为间隔，一拖再拖。原来唐·胡安奉命把两位结束对西班牙哈布斯堡家族的访问，准备回国的哈布斯堡家族的公子送到热那亚，可是那两位公子迟迟没有做好出发的准备。

唐·胡安在夏天的巴塞罗那一等再等，总算等到两位公子从马德里姗姗而来。7月20日，船队出港，从唐·胡安抵达巴塞罗那起计算，已过去了43天。

一行人抵达热那亚是7月26日，但船队不能立刻出发。

首先，两位公子的欢迎宴就耗费了3天。其次，要在西班牙国王治下的热那亚召集6000名德意志兵和3000名意大利兵，以及1500名西班牙士兵登船。等办完所有事情，离开热那亚，已经是8月5日。

8月9日，唐·胡安一行进入那不勒斯港。当地举行了接受教皇赐予的基督教大军旗和元帅权杖等仪式，又用去10天。

唐·胡安率领的舰队出现在墨西拿海面，是在8月23日傍晚。

这位终于到来的年轻贵公子，事先没有派船通报，就这么突如其来地将船开进了墨西拿港。

正是夕阳在对岸的山峦上投射出最后一缕阳光的时刻，狭窄的海峡风平浪静。在金光闪耀的海面上，唐·胡安出现了。

他没有给科隆纳和维涅尔列队迎接的时间。不过，陆地上还是传来了隆隆礼炮声。匆匆乘船出去迎接的人们，目光全集中在渐渐驶来的豪华战船上。伫立于船首的年轻人，一定是唐·胡安。

他身材高挑，白皙的脸被夕阳染成温暖的肤色，双眼碧绿，耀眼的金发在风中飘起。光凭站姿，就能推想这是一个举止优雅的青年。

确认过以左右并列的方式迎接的科隆纳和维涅尔之后，这位 26 岁的年轻人第一次露出微笑。这是只有完全清楚自己立场的人才有的笑容，自信、从容而温柔。

无论是塞满整个港口的船上，还是挤满等候的人们的码头，都发出西班牙语和意大利语交错的欢呼声："唐·胡安！""唐·胡安！"欢呼声越过狭窄的海峡，直至对岸的意大利半岛。面对欢迎的人群，贵公子始终报以自然的微笑，举起手回应。

这是以共和政体为傲的威尼斯人怎么也得不到的东西。仅仅一个身影的出现便能挑动起人们的某种情感，在实行尊重多数人而不是一个人的制度的威尼斯，没有这样的存在。

见到等待已久的总司令，维涅尔和巴尔巴里戈在感到如释重负的同时，也不得不承认唐·胡安特殊的存在意义。

剩下的就是这位年轻人能否胜任总司令的问题。

但至少，朝气蓬勃的总司令的登场，的确唤起了水手和士兵们心中的希望。

当天晚上，科隆纳以和西班牙王家有深厚渊源为由，作为司令之一单独与唐·胡安共进晚餐。席间两人说了什么，没有人知道。但根据科隆纳后来写给教皇的信推测，其主要目的是向唐·胡安再次确认所有事情必须由三位司令共同决定。

作为宫廷官吏感觉敏锐的科隆纳，想来是对那位和年轻统帅形影不离的雷克森斯的存在有些在意。这位西班牙人名义上是唐·胡安的随军顾问，其实是腓力二世派来监视异母兄弟的。科隆纳单独与唐·胡安见面，应该是想在没有雷克森斯的情况下，了解年轻的统帅是否认可既定的条约。

通往勒班陀之路　三

第二天，8月24日，在总司令的旗舰上召开了第一次作战会议。

出席者分别是主持会议的唐·胡安、威尼斯方面的维涅尔和巴尔巴里戈、教廷方面的科隆纳和实际指挥战斗的科隆纳家族成员普罗斯佩罗，以及萨伏依、热那亚、马耳他等携船只和士兵参战的国家代表。此外，佛罗伦萨、卢卡、费拉拉、曼托瓦等只有人员参战的国家的代表也应邀出席。神圣同盟联合舰队，是一支多国籍军队。

其中，引起参会者注意的，是紧贴在唐·胡安背后纹丝不动的雷克森斯。这位在西班牙宫廷内也拥有很大权势的人物，接受了腓力二世的密令，尽可能推迟联合舰队的出征，实在不行也要让舰队转向北非。

首次作战会议，主要是确认战船和士兵的数量。不过西班牙方面的拖延战术，早早被威尼斯方面识破。会议结束后，在乘坐回自己旗舰的摆渡船上，维涅尔怒气冲冲地对巴尔巴里戈说道："没有人比马德里阴谋家更适合做他们的国王了。"

在第二次作战会议上，决定派船外出侦察。对有必要准确地掌握敌人的动态这一点，谁也没有异议。

但雷克森斯主张派西班牙的船只，维涅尔对此坚决反对，他的理由是威尼斯人更了解东地中海。

可西班牙方面不同意威尼斯船单独执行任务。结果科隆纳提出由西班牙人船长搭配威尼斯水手的折中方案，唐·胡安同意了这个组合。他们乘坐的，是后来成为"护卫舰"（frigate）的词源、叫作"fregata"的威尼斯船，是有 2 根桅杆、10 名船员和 30 名划桨手的小型快船。派遣侦察船一事算是落实了。

然而，在这种不协调的状态下，即使连日召开作战会议，进展也很缓慢。而且，暗地里监控唐·胡安的监军增加到两个人。除了雷克森斯，还有一位同样是奉国王之命而来的唐·胡安个人专用的告解神父。这两位时刻监视着年轻的亲王，不让他脱离其兄长国王的旨意。

不论是从好还是坏的一面来说，西班牙都是纯粹的天主教国家。告解神父的职责是在有权势的人身边倾听他们的忏悔，其影响力在那个国家不可小觑。

进入 9 月的第二天，奎里尼率领的来自威尼斯海外基地的 60 艘战船抵达墨西拿。

同一天傍晚，雇佣兵队长多利亚也带着自家的 22 艘船入港。

就这样，准备参战的所有船只全部到齐。在总司令的旗舰举行的会议上，又增添了奎里尼和多利亚两张在地中海连穆斯林海盗都认识的面孔。迎来两位练达的海将，作战会议理应就具体事项逐一做出决定。

但雷克森斯坚决主张一切要等侦察船回来再做决定。此话也不是没有道理，所以被众人接受，只不过又无所作为地过去了四天。

为了随时能够出港，在威尼斯舰队中，即使是指挥官级别，也不住在墨西拿市提供的住处，而是在停泊于港口的船上就寝。然而，这种连出港日都无法决定的状态，给他们带来了看不到尽头的煎熬。无论是被气得暴跳如雷的维涅尔，还是没有资格动怒的舰长们，都是同样的心情。

法马古斯塔不愧被称为塞浦路斯岛最强的堡垒，已经在敌军的包围中熬过了整整一年，如今仍在苦苦支撑。但要困守的军队继续抵抗，实在过于残酷。

将全部力量投入联合舰队的威尼斯，已没有能力向塞浦路斯岛输送援军和救援物资。

不过，还是有一件值得庆幸的事情。防守力量变薄弱的海外基地不再遭遇海盗的袭击。非但没有袭击，连海盗船也不见踪影。

在墨西拿接到这个消息的维涅尔对巴尔巴里戈说："海盗们应该是接到了土耳其海军总部发出的召集令，正在前往集结地。"巴尔巴里戈同意他的观点。

9月7日，翘首以盼的侦察船终于归来。根据威尼斯方面的要求，西班牙船长和威尼斯水手们分别做了汇报。

首先报告的西班牙船长只说了以下这件事：由200艘战船和100艘运输船组成的土耳其舰队正前往勒班陀。

在出席作战会议的人员中，那些对东地中海不甚了解的西班牙等国家的指挥官，第一次听到"勒班陀"这个地名。威尼斯一方不得不打开地图，向他们解释这个勒班陀究竟在哪里。

紧接着的威尼斯水手长的报告，内容更为详细。

状态良好的加莱战船有150艘，其他小型加莱船有100艘左右，运输用的帆船也接近100艘。

就大炮而言，总体显得贫弱，和威尼斯海军完全不是一个等级。

而正在和这支大部队会合的乌鲁齐·阿里率领的海盗船队的数量，则无法确认。此外，已经进入勒班陀港的先行舰队，由于潜伏在帕特雷湾中，因此也不清楚其规模。

两相对照，出席作战会议的大多数人，自然是更相信威尼斯水手长的报告。

于是，尽管有点儿临时起意，但还是决定先举行全舰队的阅舰式。

第二天，9月8日，泊满整个墨西拿港口的联合舰队所有船只参列的阅舰式开始。所有船只一字排开，整齐列队，以总司令为首的全体高官乘坐的大型加莱战船，从它们面前缓缓通过。

参加阅舰式的各艘船上的水手、划桨手以及士兵全体身穿军装，各种国旗和纹章旗在风中飘扬。从教皇的侄子到小卒，所有人都戴上坚硬的盔甲或胸甲，手持武器在甲板上列队。

当唐·胡安的旗舰经过时，这些人不约而同地发出了巨大的欢呼声。

被染成蓝色的南国天空下，是比蓝色更深、近似于藏青色的海水。这场以南海为舞台上演的盛大庆典，势必让所有参与者情绪高昂。尤其是年轻的统帅，这一天给他带来了强烈的冲击。

心境一直在细微变化的唐·胡安，以这一天为界，有了决定性的改变。而这一点，他的监军们并没有察觉，或许是因为他们对自己的影响力过于自信了。

但是，相较于在马德里被异母哥哥灌输、在前往墨西拿的航行中被两位监军不断说教的西班牙的国家利益，这位26岁的年轻人心中燃烧起的斗志，开始占据上风。

不过，代表国王意志的不仅有两位监军，而且有受雇于国王、担任西班牙舰队指挥官的热那亚海将多利亚。

这位有点儿肥胖的小个子男人，和他那位直到90岁仍被称为"海狼"的彪悍的伯父安德烈亚·多利亚没有一点相似之处。但在这位声名显赫的伯父死后，他继承海军雇佣兵队长的职位已经有12年，拥有自家的战船、水手以及士兵，受雇于没有海运国传统的西班牙，担任西班牙海军司令。

这位多利亚也被国王严格命令，必须避免对威尼斯有利的海战。在作战会议上，他的发言针对以下两点：

一、威尼斯船队的士兵人数极端不足，和土耳其对战几乎没有胜算。

二、时间已经是9月中旬，现在出海寻找敌人为时已晚。

船队士兵不足，是威尼斯方面也非常清楚的问题。前一年发生的疫情影响，以及因乌鲁奇·阿里巧妙的游击战术而有5000人被困在国内，是人手不足的直接原因。

相较于西班牙一艘船有200名士兵，威尼斯一艘船上只有80名士兵。

尽管威尼斯方面反驳称自己船上的划桨手都是自由人，

战斗时也会变成士兵，但对不习惯这种方式的西班牙人而言，这显然没有什么说服力。

心急如焚的威尼斯一方，甚至不想把时间浪费在这个议题上。虽然维涅尔万般不情愿，但不得不接受唐·胡安的建议，借一部分西班牙士兵给威尼斯船队。

这意味着，共同拥有对威尼斯共和国忠诚心的、由威尼斯贵族的指挥官、威尼斯公民的造船技师和水手，以及来自亚得里亚海东岸基地的划桨手组成的威尼斯船队，将混入异己分子。维涅尔之所以抵抗到最后，是因为这样的安排会影响士气的统一。然而，秋意越来越浓，不得不保全大局。

这个问题解决之后，多利亚仍旧不改为时已晚的主张。按捺不住心中怒火的维涅尔拍案而起。就算是王室用船的舰桥，高度也很有限，身高异于常人的维涅尔一起身感觉要捅破天花板。不管不顾的威尼斯老将以压倒一切的音量吼道："照你这么说，岂不是要从头来过！"

他完全不顾面前的唐·胡安，目光狠狠地扫视一圈之后，像揪着每个人的前襟一般咆哮："还有谁！还有哪个家伙想继续维持这种丢人现眼的状态！"

众人沉默不语。过了一会儿，科隆纳终于开口："维涅尔将军，发言是自由的，所以任何人都可以表达意见。但只要我们三人中的二人做出一致的决定，其余的一位就必须遵循。"

维涅尔随即回应："那么，多利亚没有资格。"

他继续强烈要求尽早出征。科隆纳仿佛被维涅尔牵着鼻子走，也表示同意出征。

所有人的目光同时转向坐在中央的唐·胡安。虽然就算他表示反对，也不能推翻二比一的出征决定，但纵观西班牙方面这一路的表现，恐怕他们会有不测的举动。

再说，如果唐·胡安反对，和西班牙王室渊源深厚的科隆纳甚至可能变卦，投向对方。每个人都目不转睛地看着年轻统帅的脸。

年轻人那张始终苍白的脸，刚才就开始一点点泛红，当他站起身的那一刻，宛如一团火焰。然后，他直截了当地说："出征！"

作战会议上的空气，因这一句话而骤然骚动。终于决定了！威尼斯一方的海将们心中感慨万分。

26岁的年轻人无法忘记，率领这支由200余艘船只组成的大舰队的是自己，或许在自己率领下的舰队可以消灭十多年来肆虐地中海的这股伊斯兰国家势力。这两种情感交织，燃起了年轻人心中的斗志。

第一次见识的名为"加莱塞船"的威尼斯新型战船，宛如浮于海上的要塞。如此威容，怎不令人热血沸腾。攥着由这些战船组成的庞大的舰队而不用，简直不可饶恕。

何况庶出王子的地位，未来并没有确切的保证。年轻人决定把一切赌在"就是此刻"。

至于那两位眼神如同异端审判所的法官严苛地盯着自己的监军，他已不再介意。当告解神父小声督促他做忏悔时，他也只是简短地回答"稍后"，而神父久久未等到这个"稍后"。

一旦决定出征，便能按部就班地决定具体的事项。

出征日也定了下来，在9月16日，因为对于基督徒来说，那一天是神圣的礼拜天。

从西西里岛的墨西拿港出征的联合舰队，规模如下：

加莱战船——204艘

加莱塞船——6艘

小型快船——50艘

大型帆船——30艘

大炮——1815门

船员——13000人

划桨手——44000人

战士——28000人

多数大炮，尤其是炮弹大的那种，被安装在别名为"浮动炮台"的加莱塞船上。以行动自由和速度见长的加莱战船不能装太重的东西。

仅仅是纯战力的加莱战船和加莱塞船,总共 210 艘中就有 118 艘来自威尼斯,占据了一半以上的战力。不过说到战士,来自西班牙国王领地的人员数量,是威尼斯的 3 倍以上。统治着辽阔疆土、方便征集人手的西班牙,和领土狭窄、人口稀少的威尼斯,差距显而易见。

专用于与敌军搏斗的战士总数达到了 2.8 万人。根据唐·胡安的提案,最终决定让西班牙士兵登上威尼斯战船,以弥补其人手的不足。可是,无论马耳他、萨伏依还是热那亚,部下们都想乘坐将军的船,因此,从每艘不足百人的威尼斯船到平均 150 人,甚至超过 180 人的西班牙船,各船的战士数量参差不齐。

连本国的加莱战船都不得不允许西班牙人登上的威尼斯,对掌握海战关键的主力船,坚持只有威尼斯人的一贯传统,6 艘加莱塞船也不让任何一个外国人登上。总司令维涅尔和参谋长巴尔巴里戈的旗舰自不待言,参谋奎里尼和卡纳莱的战船也贯彻纯血统主义。

在决定出港日之后,作战会议依然连日不断,决定了以下事项:

首先是决定预期在勒班陀近海展开的海战的阵型。

阵型分左、中、右三翼，再配备其他预备船队。

既然是基督教国家参加的联合舰队，接受罗马教皇赐予的军旗和权杖的唐·胡安乘坐的旗舰，位置从一开始就已决定，位于阵型的中央。

在这艘旗舰的左边是威尼斯海军总司令维涅尔的战船，右边则是教廷舰队科隆纳的战船。

西班牙方面最初以防止亲王不测为由，主张旗舰的左右两侧应该配备西班牙战船。维涅尔表示反对，强调不习惯海战的西班牙船护驾反而会让亲王面临更大的风险。结果科隆纳出面调停，让西班牙的船排在旗舰的后面。

中军组成的"主力"共拥有62艘加莱战船，除了西班牙、威尼斯、教廷最高位阶者所乘坐的旗舰集中在中央之外，参战各国的旗舰也鳞次栉比地组成队形。马耳他骑士团、热那亚共和国以及萨伏依公国的旗舰都被安排在中军麾下。

为了和其他编队区别，中军麾下的战船悬挂天蓝色军旗。顺便提一句，左翼是黄色旗，右翼是绿色旗，后卫的预备船队则是白色旗。

所有船的船首都悬挂黄色旗的左翼，由55艘加莱战船组成。这支编队的总指挥，交由威尼斯舰队参谋长巴尔巴里戈指挥。

但巴尔巴里戈乘坐的旗舰，位置并不在左翼的中央，而是在左翼的最左端。守住整个联合舰队最左翼，是他被赋予的重要任务。

在旗舰的右翼，是曾经长年负责克里特岛警备的巴尔巴里戈的好朋友、参谋卡纳莱的战船。而在左翼编队最右侧的，同样是长年驻守克里特岛对付海盗的老手、另一位参谋奎里尼。

不管是在中军还是左右两翼，部署的都不是单一国家的战船，而是采用各国船混编的方式。

这是以基督之名与异教徒战斗的神圣同盟联合舰队。因此，这是为了让所有参战者忘记自己所属的国家或骑士团，化为一体共同战斗。

不过，论船的数量，威尼斯共和国拥有压倒性的多数。因此，中军和右翼虽然实现了混编，但左翼实际上就是威尼斯的舰队。左翼的 55 艘战船，几乎全是威尼斯的战船。

另一侧由 57 艘加莱战船组成的右翼，指挥官是西班牙海军总司令多利亚。在这个编队中也有 25 艘威尼斯的战船。一旦战争打响，这些威尼斯官兵也必须服从他们向来鄙视的雇佣兵队长的命令。

不过，正因为以雇佣兵为业，即以战争承包商为生，所以多利亚是一位练达的海将，而且还是西班牙海军的总司令。他的旗舰也被安排在右翼的最右端，同样承担着巩固全军最右翼的责任。

作为预备队的后卫，由 30 艘加莱战船组成。指挥这支编队的是那不勒斯的贵族，同时也是西班牙国王家臣的圣克鲁斯侯爵。这里有 16 艘战船来自西班牙统治下的意大利南部，12 艘战船来自威尼斯。西班牙只有在后卫数量上超过了威尼斯。

仅看一下这个阵容，就能明白惯于海战的威尼斯人和热那亚人的船舰占据着阵容的关键位置。

基于同理，常年和土耳其交手的马耳他骑士团，被安排在中军的右端。

在唐·胡安旗舰周围的，是军备充实、船本身构造也坚固的大型旗舰群。联合舰队的最左翼和最右翼，交给威尼斯人巴尔巴里戈和热那亚人多利亚。这些安排明确显示出联合舰队与敌人交战的坚定意志。

通往勒班陀之路　四

对于大多数人来说，已决定的事情当然希望尽早付诸行动。除了西班牙国王的重臣们之外，9月16日是人们翘首以盼的出征日。

在守护港口的堡垒鸣放的礼炮声中，担任前卫的8艘加莱船首先出港，由6艘加莱战船和2艘小型快船组成。它们的任务是白天在30海里范围内侦查，夜晚和友军保持6海里的距离航行。一旦战斗打响，小型快船之外的6艘战船将回到中军规定的位置。

接着出港的是6艘加莱塞船。即使在清晨也无风，因此不用风帆，仅靠船桨划行。

这6艘"浮动炮台"在遭遇敌军时，必须承担站在最前线的义务，通过炮击搅乱敌人的阵型，让作为战力主体的加莱战船有时间做好战斗的准备。

在它们后面相隔6海里距离的，是多利亚的船带头的右翼。船首都挂着绿色旗帜的 57 艘战船，排成三列纵队离开了港口。

除去先发的 6 艘，由 56 艘战船组成的中军主力，不愧是集中了各国的旗舰，出港时的阵仗显得格外浩大。唐·胡安的旗舰与在其左右护航的维涅尔和科隆纳的旗舰一字排开，齐头并进。

唐·胡安旗舰的船桨是亮晶晶的白色，维涅尔船上的船桨则是正红一色。船首悬挂天蓝色旗帜的主力船队，乘风破浪驶出港口。

防守左翼的 55 艘船紧随其后。打头阵的是连船桨都涂成正红色的威尼斯海军的旗舰、左翼总指挥巴尔巴里戈乘坐的战船。在这 55 艘船中，最后出发的是参谋奎里尼的船。在海上遇到敌人，需要调整阵型时，巴尔巴里戈会停下等待，奎里尼从右侧包抄，这两艘船舰压住两侧阵脚，保证左翼整体的队形不溃散。各艘船舰的船头都飘扬着黄色的旗帜。

圣克鲁斯侯爵率领的后卫出港，已临近正午。飘扬着白色旗帜的 30 艘战船恰逢风起，全速全力追赶先行的友军。

达瓦罗斯侯爵率领的 30 艘大型帆船也充分享受海风的恩惠，无须加莱船拖曳，张开大大的风帆，宛如一群飞向远方的白色水鸟，优美地从墨西拿港出征。

被出乎意料的进展激怒的西班牙国王腓力二世，给唐·胡安发去了令他即刻回国的信。可是，这封信抵达墨西拿时，已是舰队出港 5 天之后。以为比自己小 18 岁的异母弟弟容易操控的腓力二世的算盘，彻底被打翻。

9 月 18 日，从墨西拿出港两天后，舰队绕过长靴形意大利半岛似脚尖的南端，进入伊奥尼亚海。

天气依然晴朗。超过 200 艘船集结航行的景象，除了壮观，找不到其他可以形容的词语。可是，海岸边并没有看热闹的人。由于常年遭受穆斯林海盗的袭击，当地居民早已逃进了安全的山间地区。

为土耳其海军创下辉煌战果的乌鲁奇·阿里也出生在这附近的渔村，他少年时曾被海盗绑架，沦为奴隶。尽管意大利半岛正值文艺复兴盛期，但在南意大利，几乎没有不受到穆斯林海盗祸害的地方。

联合舰队从"鞋尖"向"脚心"移动，沿意大利南部海岸向东北方向航行。9 月 20 日，自墨西拿出发已经是第四天，来到了被水手们称为"圆柱角"的海域。到目前为止，航行非常顺利。

或许是一路畅通有了充裕感，唐·胡安下令舰队全体在此休息。

　　　　　　　　　重返威尼斯

熟知海上情况的男人感觉天空有异，表示反对，但 26 岁的统帅不为所动。于是，全体舰队在山阴处下锚休息。

唐·胡安派人给维涅尔传令，建议他召集驻扎在附近城镇克罗托内的 600 名士兵，以补充威尼斯船上的战斗力。

维涅尔没有和副手巴尔巴里戈商量，便当场拒绝。在他看来，组织 600 名士兵登船的时间都是一种浪费。

一刻也不想耽误，希望尽快赶往塞浦路斯岛的维涅尔，没有接受唐·胡安的传令，相反给了他一个建议：马上从这里出发，一鼓作气横渡伊奥尼亚海，向扎金索斯岛进发。但在收到 26 岁年轻人的答复之前，海上天气骤变。

这一天晚上，暴风雨猛烈来袭。从北方吹来的强风掀起巨浪，船只几乎被海浪吞没，海水不断渗入船底。如此遭遇，让在陆地上所向披靡的贵族和骑士们完全丧失了斗志，被恐怖的大海彻底击倒。

到第二天，大海依然没有收敛。众人忙着用铁链把船只锁在一起，以免它们被大浪卷走。

直到半夜，大海总算安静下来。然而，这场暴风雨彻底摧毁了维涅尔的计划。他原本是希望从这里出发驶入没有停靠港的茫茫大海，一鼓作气横渡伊奥尼亚海的。

贵族和骑士们异口同声地向总司令呼吁沿着陆地航行，大海也恢复到适合扬帆航行程度的平静。

9 月 23 日，舰队来到能望见圣玛丽亚－迪莱乌卡角的地方。从这里开始，再害怕大海的人也不能吵着说要看着陆地航行。从这片属于亚得里亚海出海口的海域前往科孚岛，只有在无边无际的大海中向东前行。

9 月 24 日早晨，海平面上出现了科孚岛的影子，舰队渡过伊奥尼亚海，到达希腊一侧。

科孚岛的近海散落着数个岛屿。舰队决定在其中的一个岛附近等待迟到的友军，然后进入科孚岛。

只有维涅尔的船先行一步。科孚岛是威尼斯共和国最重要的基地，所以威尼斯必须以最高礼节迎接总司令唐·胡安。维涅尔提前出发，正是为此做准备。

可是，全舰队在这座岛近海的集合并不顺畅。大海再次变得波涛汹涌。西北风强劲，在海水较浅的这一带，海浪随时受风力的影响。结果，一直到 9 月 26 日，全舰队才算进入科孚岛。

耸立在港口的城堡中传来阵阵礼炮声。在礼炮声中，联合舰队的战船鱼贯而入。科孚岛为迎接这支庞大的舰队，甚至开放了商用港。

不愧是为威尼斯共和国把守被称为"威尼斯海湾"的亚得里亚海出海口的基地，耸立在海岬上的要塞的雄姿，足以让不了解海上防御的人惊叹不已。

而且，从科孚岛可以望到对岸的陆地，紫色的云雾仿佛就在眼前。那里已经是奥斯曼土耳其帝国的领土。

更何况，在科孚岛能接触到有关土耳其舰队的最新且准确的情报。

根据报告，阿里帕夏率领的土耳其大舰队仍然停留在帕特雷湾中。舰队拥有近 300 艘战船，乌鲁奇·阿里的舰队似乎已经和主力会合。科孚岛和位于帕特雷湾内的勒班陀港，不过是数日航程的距离。众人突然有了一种敌人近在咫尺的感觉。

在科孚岛举行的作战会议上，西班牙方面提出了新的方案，土耳其舰队的规模是己方的二倍，即使是海战，己方的胜算也不大，不如去攻占希腊的内格罗蓬特。

这个提案又使得维涅尔咆哮不止。置眼前的敌人于不顾，居然跑去爱琴海，这荒谬至极。西班牙和威尼斯人的关系变得越来越恶劣。

会议最后还是决定，前往科孚岛对岸的港口伊古迈尼察，实现了从科孚岛出发的目标。9 月已结束，进入了 10 月。

事件是在舰队离开伊古迈尼察，经帕克索斯岛南下前往圣莫拉岛途中的某一天发生的。

长官们关系恶劣，这种气氛势必传染给手下的士兵。或者说，是让平时就感到不满的士兵们找到了理由，用拳头来表达将军们口中的怨气。

从墨西拿集结时开始，西班牙人和威尼斯人就有摩擦。特别是在唐·胡安的建议下，西班牙士兵被分派到战斗力不足的威尼斯船上之后，双方对立的情绪表现得越发露骨。

在地中海世界，西班牙虽然是大国，但是一个新兴的国家。而另一方的威尼斯，曾经是大国，但大势已去。正如全力投入这支联合舰队的事实所显示的，赌上国家存亡的是威尼斯，而不是西班牙。

另外，新兴国的人们往往以傲慢的态度对待曾经辉煌过的他国民众，尤其是在确定自己的存在对对方是必要的情况下，常常会表现出令对方难以忍受的行为。威尼斯的一艘船上发生的就是此类事件。

船在航行时，操纵船的船员们就成了最重要的人物。每当风向和强度发生变化时，三角帆的加莱船就得降下帆桁，改装适合相应风向的帆桁，或换上别的船帆，然后再沿着桅杆把又长又重的帆桁升上去，这样的作业一刻也不能耽误。每当此时，沿着两侧船舷排列的划桨手队列的通道，就变成了快速、灵活地完成这项作业的战场。

当然，船员的操作都很娴熟，被派在战船上的船员，技能尤其优秀。可是，宽幅不到 1 米的中央通道，被无所事事的人占据，纯粹是添堵。没有海运传统的西班牙人对此一无所知。

而且在航行的战船上，没有比士兵更清闲的人。他们的工作是从接近敌船时才开始的。将军们或许可以趁机研究战术，但他们手下的士兵们要打发时间并不容易，顺风顺水航行时更是如此。

在威尼斯船上，即使是战士，大多数也惯于帮助船员。以他们过往丰富的经验，不少人随时都能转行做船员。

但既不是海运国，又以使用武器为傲的西班牙人，从来没想过帮船员做事。再说，让生手帮忙反而会更乱。因此，在威尼斯船上的西班牙士兵，从船头到船尾走过来晃过去，导致船上的中央通道混乱不堪。

光这一点就让威尼斯人相当恼火，再加上自墨西拿出港以来，他们一直忍受着西班牙士兵蛮横的态度。在忍无可忍的情况下，一名船员对着不顾忙碌的作业悠悠然在通道上漫步的西班牙士兵破口大骂。

誓不罢休的士兵伙同三位同袍，随即将他团团围住。待他们散开时，甲板上躺着船员的尸体。

这下，不仅是其他船员，连划桨手们都一片哗然，同船的威尼斯士兵也奔来助阵。维涅尔闻讯后乘坐小船赶到现场。

听完舰长的报告，维涅尔下令把四个西班牙士兵押到他的面前，随即向他们宣判了死刑。

只要在威尼斯船上，哪怕外国人，同样处于威尼斯海军总司令的监管之下。而死刑也是对战斗中扰乱秩序的人的处罚，在理论上是合法的。

划桨手们迫不及待地执行了维涅尔的判决。四名西班牙士兵被并排吊死在帆桁上。

然而，得知此事的唐·胡安震怒不已。

这位西班牙的贵公子，对自己身为联合舰队总司令的地位有越来越强烈的意识。正因如此，他明知兄长不乐意，也不顾国王指派的顾问的反对，为寻求与敌人作战而坚持出征。

那个维涅尔居然不向自己通报，擅自处死了西班牙人。唐·胡安甚至认为维涅尔的这种做法是远超越权行为的严重渎职。

唐·胡安没有去质问维涅尔，而是叫来了巴尔巴里戈。被气得脸色煞白的 26 岁的司令，给巴尔巴里戈扔下一句话："维涅尔得像帆桁上的四个人一样被绞死。"

巴尔巴里戈以他一贯平静的口吻，却又非常坚决地答道："殿下，如果真发生那样的事情，威尼斯所有的船，今后将不得不单独行动。"

这句话足以堵上唐·胡安的嘴。同席的科隆纳也派上了用场，他建议以后不让维涅尔出席作战会议。

唐·胡安沉思片刻后点头同意，巴尔巴里戈也表示接受。从今往后，在作战会议上，威尼斯方面的首席，就由巴尔巴里戈担任。

听到这个决定，维涅尔只是"哼"了一声。这一路走来，他与巴尔巴里戈之间的信任是牢不可破的。

联合舰队再次南下。

两天后传来的一个消息，让即将分崩离析的联合舰队再次统合。这个消息是一艘从塞浦路斯岛前往威尼斯本国途中的小型加莱船带来的。

"法马古斯塔陷落"，这令整个舰队充满惊愕和愤怒。

法马古斯塔的陷落，其实早在 8 月 24 日，唐·胡安抵达墨西拿的第二天已经发生。

消息之所以来得这么晚，是因为被困的守军全体被杀，以至于没有人能向本国传递情报。

自从攻防战变得激烈的 5 月以后，由于土耳其海军实施了封锁战，哪怕是从克里特岛，也没有一艘船能够靠近法马古斯塔的近海。不过，还是有几名住在克里特岛的威尼斯人，从和法马古斯塔相反方向的塞浦路斯岛南岸潜入岛上，至少是成功地获取了情报。在历经一年的攻防战中，法马古斯塔最终陷落的消息，也是由他们带出来的。他们中间甚至有人乔装成希腊农民，混进刚陷落不久的法马古斯塔城。

土耳其军总司令穆斯塔法帕夏，向困守长达一年之久，已弹尽粮绝，又等不到援军的守军提出条件，只要打开城门，就保证他们安全撤离塞浦路斯岛。

率领守军的布拉加丁，在见到土耳其人以真主之名保证威尼斯人甚至全体希腊人的人身安全的誓约之后，最终答应开城。

可是，穆斯塔法帕夏收到了来自苏丹塞利姆的密令。而那位塞利姆并不是苏莱曼。

土耳其人背弃了承诺。开城后，首先是威尼斯人，无论贵族、商人还是农园经营者，都在遭受残忍的折磨后被斩首。加入守军的希腊人，老人和孩子统统被杀，剩下的人全部被卖作奴隶。

土耳其人为被迫目睹这些情景的布拉加丁准备了一个特别的死法，作为他一年多来抵抗土耳其军队的惩罚。

这位威尼斯的武将首先被活活地剥掉皮肤，然后被反复浸到海中。一息尚存的布拉加丁最终得到解脱，是在他被斩首的那一刻。

土耳其人把剥下的皮缝合起来，里面塞进稻草，再把砍下的脑袋缝上去。这个披着人皮的稻草人被送到奥斯曼土耳其帝国的首都君士坦丁堡，在广场示众之后，又在辽阔的奥斯曼土耳其帝国各地巡游，供人耻笑。

这一刻，已经没有西班牙人和威尼斯人之分。所有人的脸上都露出悲痛的神情，对异教徒土耳其人的野蛮行径满腔怒火，立下复仇的誓言。

但不管怎么说，威尼斯船上的悲愤气氛更强烈，也更深沉。甚至那些因盗窃罪入狱，获得以参加海战换取自由身承诺的划桨手们，也用拳头捶打胸口，咬牙切齿地发出愤怒的吼声，每个人心中都燃烧着对土耳其的仇恨。

再也没有一个人说要返航。

全舰队以非常高效的作业方式检查完毕，决定了炮兵的位置，完成了石弓兵的配置，再次梳理了各艘船的航行顺序。舰队以无论何时与敌人相遇都能开战的状态，再次起航南下。

勒班陀的海

风很弱,大多数船只能靠船桨滑行。即使在夜间,也没有下达停止航行的命令。人们似乎刚刚发现天空中闪烁着美丽的星星,海上平静得让人可以悠然观星。不过,对夜间航行者而言,这些星星并不是观赏的对象。船员们仰望星空,认真计算角度,以各艘船上悬挂于船首和船尾的油灯为标志,控制着和友船之间的距离。

舰队通过普雷韦扎湾,沿圣莫拉岛西岸南下,不用多久便能望见以古代英雄奥德赛的领地而知名的意大利岛屿。

这一带至今仍是威尼斯共和国的领土。而且,从科孚岛至凯法罗尼亚的这些岛屿,连接着如今属于土耳其领土的希腊陆地,因此也是威尼斯最前线的基地。进入这片海域,就得时刻留意躲在岛屿暗处的土耳其的侦察船。

全船接到肃静令,静悄悄的海上只有划桨时发出的吱吱声和船头划过波浪的声音。平时亮堂堂的舰桥，为防止多余的光亮混淆船只之间的距离，也熄灭了灯火。

但毕竟是 200 艘以上的大船队，仅是船首和船尾的油灯，就足以照亮四周的海域。这支悄无声息渐渐靠近的大舰队，给土耳其的侦察船带来了远超实际规模的威慑力。

勒班陀在希腊语中叫纳乌帕克托斯。勒班陀是西欧人的叫法，在被土耳其占领之前，它曾经长年属于威尼斯的领土，用于船只的避难。

勒班陀港位于希腊本土和伯罗奔尼撒半岛之间的帕特雷湾中，再往东就是科林斯。正因为曾经是威尼斯的避风港，所以它十分安全。船队一旦入港，再想把它们引往西面的伊奥尼亚海上，几乎是不可能的。

何况，季节已是 10 月。不要说海战，即使通常的航海，也差不多到了返航越冬的时期。如果是勒班陀及其周边的海域，哪怕 300 艘船在此越冬也完全没有问题。这就是和穆斯林海盗同样熟悉这片海域的威尼斯海将们唯一担心的事情。

事实上，在勒班陀港内，土耳其的将军们也产生了意见分歧。

根据派出去的侦察船的报告，正在逐渐逼近的基督教诸国的舰队，是一支和自己规模相当，甚至超过己方的庞大舰队。

因此，不少人认为留在勒班陀港内避开今秋对决才是上策，尤其是海盗们大多主张延期。他们在参战的船只数量上属于少数派，但精湛的航海技术和战斗力使他们成为土耳其海军的核心。

土耳其方面知道西欧诸国的不合。前一年发生的问题就是最好的例子。今年貌似达成了一致，但谁知明年又会有什么变化。在这个秋意渐浓的时期，完全没必要去打一仗，延期派就是这样看待局势的。

认为最好原地不动的不仅是海盗头目，和总司令阿里帕夏随行的土耳其宫廷的高官们，也和海盗头目夏鲁克、乌鲁奇·阿里持相同的意见。

这些人大多是自先君苏莱曼时代至今的老臣，在土耳其宫廷内，属于以宰相索科里为代表的对基督教的谨慎派。在他们看来，攻下塞浦路斯岛已达成战略目标，这一次没必要理会基督徒发出的挑战。

但总司令阿里帕夏并不同意。这个男人，其实是土耳其宫廷内少数血统纯正的土耳其人。在土耳其，往往是令治下的基督教国家提供优秀的少年，头脑聪慧的培养成官僚，身体健壮的则加入耶尼切里军团，成为近卫军。

因此有很多高官原本都是基督徒，海盗夏鲁克是被土耳其征服的希腊人，乌鲁奇·阿里是被绑架的意大利人。也就是说，在正宗的土耳其人眼中，他们是低等人种，和自己流的不是一样的血液。

正因为血统纯正，阿里帕夏对伊斯兰教信仰深厚。出征前由苏丹塞利姆授予的、在圣地麦加祝圣过的、绣着《古兰经》经文的大军旗，一直萦绕在他的脑海里。

这面圣旗，只有在他率领大舰队出征时，才会飘扬在他乘坐的旗舰的桅杆之上。没有让圣旗在风中飘扬便打道回府，对这位血统纯正的土耳其人而言，简直就是屈辱。更何况，苏丹塞利姆下了严令，无论发生何事都要痛击基督徒。

阿里帕夏召集所有的重臣和海盗头目，告诉他们根据侦察船的报告，敌舰的总数包括运输用的帆船在内不超过250艘，己方处于优势。

乌鲁奇·阿里表示反对。他说优势与否不在于船的数量，装备的水准也不可忽视。土耳其的船总体都属于小型船，大炮等武器无疑劣于敌方，尤其是那6艘怪物。如果把那6艘当作普通的加莱战船，会犯下致命的错误。

再说，率领威尼斯海军的是塞巴斯蒂亚诺·维涅尔。那个男人指挥下的威尼斯的舰队如果见到土耳其人，一定会全力以赴决战到底。这是乌鲁奇·阿里反对立即开战的理由。

阿里帕夏用轻蔑的眼光看了一眼这个和自己年龄相仿的意大利出生的海盗，严厉地反驳道："你们前一代的海盗巴巴罗萨曾经被当时的西班牙国王查理五世收买。据说如今的西班牙国王腓力也在劝诱前基督徒的海盗回归基督教，但愿你的谨慎不是证据。"

乌鲁奇·阿里闭上嘴，不再说话。或许是觉得占了上风，土耳其舰队的总司令像致命一击似的最后来了一句："率领基督教诸国舰队的，是西班牙国王的弟弟。亲王亲自出马，我们岂能偃旗息鼓。只有堂堂正正对决，方显奥斯曼土耳其帝国的本色。"

对于阿里帕夏的慷慨陈词，已没有人站出来反对。土耳其舰队也做出了决定，离开勒班陀港，出海去和正在逼近的基督徒舰队对决。

这同样是一场会战，不过是地点从陆地换到了海上而已。土耳其舰队在决定会战之后也部署了阵型。

西班牙亲王率领的中军主力，由阿里帕夏亲自指挥的土耳其舰队的主力迎战。主力舰队由 96 艘加莱战船组成，阿里帕夏乘坐的旗舰上有 400 名耶尼切里军团的精锐士兵。旗舰的左右是重臣们乘坐的船。

势必要和基督教舰队左翼对决的右翼，有 57 艘加莱战船，指挥官是埃及亚历山大的总督夏鲁克。这位海盗头目有一个更出名的绰号"西洛科"，在地中海世界意为东南风。

迎战敌军右翼的左翼，由94艘加莱战船组成，指挥交给官方身份是阿尔及尔总督的乌鲁奇·阿里负责。

西洛科和乌鲁奇·阿里乘坐的船，分别被安排在整个阵型的最右和最左侧。土耳其方面，同样是将固守全军位置的左右侧，交给身经百战的老将。

后卫配备了36艘战船，由6年前在马耳他攻防战中战死的曾经大名鼎鼎的海盗图尔古特的儿子指挥。

10月7日清晨，总司令阿里帕夏正式宣告全舰队将离开勒班陀，驶出帕特雷湾，在海上迎战敌军。两天之后，舰队出征。

伊萨卡和凯法罗尼亚，在远古时代可能是同一个岛屿，两岛的边缘地形吻合，可以拼接在一起。如今，一道不到300米宽的狭窄海峡将它们隔开了。

伊萨卡海峡一侧悬崖陡峭，船只难以靠近，不禁令人想起荷马在《奥德赛》中形容伊萨卡"岩石何其多"。而这条狭窄的海峡上的强风，又让人联想到荷马对伊萨卡的描述"海风何其劲"。

威尼斯船员们不知何故称它为"亚历山大的峡谷"。联合舰队在进入这个"峡谷"前的海上，等待在他们看来是最后一次派出的侦察船的返航。

返航的侦察船带回的情报是，密集在勒班陀前的敌人舰队，似乎正在加紧部署阵型。

"敌人倾巢出动。"

唯一担心的事情已不存在，作战会议席上的所有人似乎都松了口气。剩下要做的，就是迎头抗击。

"亚历山大的峡谷"在别处没有风时也会刮风。如果邻近海面吹微风，到了这条狭窄的海峡就变成了强风。不过，它也有好处。伊萨卡和凯法罗尼亚都是威尼斯的领地，凯法罗尼亚一侧是可以避难的优良港口。而这一年的 10 月 6 日，海峡上只有微风轻拂。

加莱战船和加莱塞船都卷起风帆，用船桨划行开始南下，帆船也被加莱船牵引着。这一天，所有的船都通过了海峡。穿过"亚历山大的峡谷"，海面上吹起了东风。

黑夜像被风吹散，东方开始露出曙光。

公元 1571 年 10 月 7 日正一步步走近。

在船上小睡的人们，睁开睡眼的那一刻将视线投向东方，在黎明的寒气中颤抖着坐起身。

最大且最后的大海战

因为是在帕特雷湾的出口候敌，所以必须组成弓形的阵容。不断在东面海上聚集的，一定是土耳其的舰队。基督教方面也开始行动。

首先，是运输用的 30 艘大型帆船向西移动，前往凯法罗尼亚港待命。之后，左翼、中军、右翼，从北向南按顺序一一通过"亚历山大的峡谷"，但因逆风的缘故，航行并不顺利。

不过，为了通过帕特雷湾狭窄的出口，土耳其舰队也费了一番功夫。

他们在顺风眷顾之下，可以扬帆航行，但毕竟是近 300 艘的大舰队。何况，基督教阵营在正西方向，在东方的天空逐渐变亮的这个时刻，伊斯兰教阵营看不清楚位于西面的敌方舰队的身影。由此产生的不安，以及大量友船同时往一个方向前进引起的混乱，使得伊斯兰教舰队一边辛苦地调整队形，一边继续驶出海湾。

而另一方的基督教舰队，很快就发现了敌船。开始变亮的东方天空下，升起风帆的船像剪影一般渐渐靠近。但不知为何，最初进入视野的只有1艘船，但很快就分成1艘、2艘、接着4艘，然后目之所及皆是船。

在海军史上，作为加莱战船之间的海战，规模最大，也是最后一场海战的"勒班陀海战"，也像陆地或海上大会战时常常发生的一样，不是一旦发现敌人，就能立即开战。

基督教阵营战船210艘、伊斯兰教阵营战船276艘，两军合计接近500艘战船、17万人的正面冲突，光是整列队形就不容易。

太阳出来了，是万里无云的晴天，海上吹起叫作"莱万特"的东风。土耳其的船舰也终于陆续驶出了帕特雷湾。

在联合舰队严阵以待的这片海域，北面被浅滩封闭，南面是沿伯罗奔尼撒半岛西端的开阔的大海。

这片开阔的海域，归受命掌管联合舰队右翼的雇佣兵队长多利亚负责。

数量逐渐增加、阵仗越来越大的土耳其舰队左翼的前锋，有一艘船挂着多利亚熟悉的旗帜。那是名字比阿尔及尔总督这个身份更响亮的海盗乌鲁奇·阿里的船舰。多利亚这时候才知道自己将要对战的敌人，想必海盗那一边也看清楚了对手。

多利亚将负责防守全军最右翼的自己的船舰，逐渐往南面移动。海面非常开阔，何况对手是乌鲁奇·阿里。多利亚打算从右侧包抄对手。

由于司令多利亚的船移动，其麾下的 57 艘船也因此跟着往右侧移动，结果，基督教舰队的右翼和中军之间拉开了很大间距。而且，左、中、右三翼各配备了两艘加莱塞船，不像一般加莱船那样灵活移动，所以停在了右翼与中军之间的海面，没有被部署在右翼的前线。

因为阵型呈弓形，中军的位置比左右两翼稍稍靠后。中军的 62 艘船也正在整备队形。

唐·胡安的旗舰居中，左面是维涅尔乘坐的威尼斯舰队的旗舰，右面是科隆纳乘坐的教廷的旗舰。集中了萨伏依、热那亚等国旗舰的中军，压阵两端的也是旗舰。右端是来自马耳他的由圣约翰骑士团团长亲自指挥的旗舰，左端则是交给来自热那亚的贵族斯宾诺莎指挥的旗舰。

安排老练的海将固守整个阵型的最左和最右翼，在这一点上，基督教舰队和伊斯兰教舰队的策略相同。不同的是，基督教阵营在左、中、右三翼的两端，也部署了熟知大海的海将们的船舰。勒班陀海战，是意大利海军和穆斯林海盗的对决。

在唐·胡安船舰的船尾，像头尾相连一样，西班牙国王亲信所乘的两艘船舰守着后侧。

圣克鲁斯侯爵率领的后卫像救援中军的专用舰队一样紧跟其后。事实上，这位同时也是西班牙国王家臣的那不勒斯贵族，脑子想的只有保护唐·胡安这一件事。

在中军的前面，2艘加莱塞船已经就位。其中1艘乘坐着6艘加莱塞船的总指挥狄多。让相当于机械部队的加莱塞船充分发挥效力的任务，交给了隶属威尼斯中产阶级的男人们。他们和海战时加莱战船上必配一名的造船技师一起，代表着威尼斯共和国的工程师阶级。

从左侧看得见浅滩的海域上，左翼正在整队。最左端是正红色的巴尔巴里戈的旗舰，它的右边是久经沙场的海将卡纳莱。压阵左翼舰队右端的，同样是连土耳其人都无人不晓的奎里尼乘坐的船。

由威尼斯势力武装的这个左翼，从逐渐逼近的船舰的旗帜得知，对手是海盗"西洛科"。

对巴尔巴里戈而言，西洛科是他驻守塞浦路斯岛两年期间，几度在海上对峙的老相识。虽然意味着海战的"船桨交错"未曾发生，但常常有保持距离的对峙。长年驻守克里特岛的卡纳莱和奎里尼，同样深受这位绰号为"西洛科"的著名海盗头目夏鲁克的骚扰。为保护右端而远离中心的奎里尼站在船上，对着停泊在左端防守的巴尔巴里戈，用威尼斯方言大声叫道：

"拿下仇敌！"

巴尔巴里戈挥手回应。

此时，在巴尔巴里戈的脑海里，一个战术已然成形。

战场就是浅海，对手是海盗。海盗对自己和手下船只的损伤有本能的排斥。这里潜藏着胜利的机会。

基督教阵营在排兵布阵上花了不少心思，但这也在意料之中。

太阳从东面升起。这意味着在西面布阵的联合舰队正对着阳光，而且刮的是东风。同时，直面阳光和海风当然很不利。土耳其一方虽然有顺风眷顾，但在调整队形上费尽周折，无法立刻投入战斗，这一点挽救了基督教一方的不利。更大的利好是，正午即将来临。

就在太阳到达头顶的那一刻，不知为何，风突然停止了。土耳其船桅杆上高高悬挂的风帆，齐刷刷地耷拉了下来。在联合舰队船上，几乎所有人都感觉到，从现在开始，条件对己方有利。

阵型已摆好，所有船的船首排成一列。总司令唐·胡安乘坐的小型快船从舰队前面通过。与其说这位 26 岁的年轻人是在做最后的检查巡视，不如说更想激励战士们的斗志。

身穿银光闪闪的铠甲的总司令，本应持元帅权杖的右手擎着银色的十字架。年轻的总司令保持着这个姿势，高声鼓励着士兵们。船上列队的贵族、骑士、士兵们，甚至是划桨手队列，发出响亮的欢呼声。那股欢呼的浪潮，从左翼依次流向右翼。

当唐·胡安经过维涅尔的船前，看见老将的身影时，似乎完全忘记了自己曾经说过不想见到那张脸，用意大利语叫着：

"为何而战 ?!"

穿着铠甲但没有戴头盔的维涅尔，左手拿着一把大石弓，白发在风中飘起，也大声地回答：

"因为必须，殿下！除了拼死一战，别无他路！"

在巡视完全舰队之后，唐·胡安下令各船降下悬挂的各自的国旗或贵族们的纹章旗。总司令旗舰的桅杆上，升起了获得祝圣的同盟旗。天蓝色绸缎的中央用银线绣着耶稣的受难像，在他的脚下是神圣同盟主要参战国西班牙王国、教廷和威尼斯共和国的纹章。高高飘扬在总司令旗舰的桅杆上的这面大军旗，在战场的任何位置都能够看到。

船舰上身着华丽军装的显赫的贵族、骑士们，手持石弓、火枪的战士们，掌舵的水手和暂时将船桨固定的划桨手们，一齐跪下向上帝祈祷。

这就是一支十字军，为主耶稣的圣名而战。所有人心中曾经的种种杂念都消失了，只剩下冲向敌人的意志。

然后，男人们回到了各自的位置上。划桨手们操起了桨，船员们回到卷起船帆的桅杆下面和船尾掌舵的地方，炮手回到大炮的周围，步枪兵和石弓手排列在右舷和左舷，手持剑和枪的骑士们也在中央的通道上列队。

在威尼斯船舰上，指挥官同时是舰长，他们站在船首的甲板上，准备好在阵前指挥。在其他国家的船舰上，指挥官通常站在船尾的舰桥前，离舵手很近。在离舵手较远的地方，指挥的威尼斯舰长们则安排传令兵顺着中央通道，给船尾传令。

全员祈祷结束后，各船被允许再次在舰桥挂上国旗或纹章旗，但中央桅杆上高悬的只有银色的十字架。船首飘扬着区分各队的黄色、天蓝色、绿色的三角旗，这也是为了让所有参战的人忘记所属国家，只意识到自己是个基督徒。

一切准备就绪。基督教阵营的男人等待着战斗打响的号令。

与此同时，伊斯兰教舰队也准备完毕。

这边也是让人联想到新月的弓形阵型。希腊、叙利亚、埃及甚至北非都有参战，但它们如今都属于土耳其的领地，所以这里的军旗没有国家之分。所有旗帜都是红、白、绿的底色染着白、红、白新月的标识。除此之外，就是海盗头目们的旗帜。

总司令阿里帕夏旗舰的桅杆上高高地飘扬着白色丝绸上用金线绣着《古兰经》经文的大军旗。为了这个时刻特地从圣地麦加请来的圣旗上写的是这样一句话：

"把真主的吉兆和伊斯兰教的荣光，赠予献身真主和先知穆罕默德，参与这一伟业的信徒们。"

对穆斯林来说，这也是圣战，是210艘的"十字"与276艘的"新月"激烈冲突的神圣之战。

正午稍过，阿里帕夏的旗舰上响起了炮声。随即，唐·胡安的船舰也以炮声回应。这是两军开战的信号。

部署在最前线的6艘加莱塞船几乎同时开火，发出雷霆一般的炮声。炮弹直接落在划桨向前的土耳其的队列里。

6艘"浮动炮台"在第一波发射后没有停止炮击。又有几艘敌船中弹倾斜，还有的船燃烧起来。半月形的阵型多处被切断，纵列向前推进的土耳其军的队列开始混乱，在加莱塞船后方待命的联合舰队士气高涨。

土耳其舰队似乎想尽快摆脱这个怪物。想必在船舰的甲板下，奴隶主疯狂地挥动鞭子抽打着用锁链拴在一起的基督徒划桨手。

全速前进的土耳其船像雪崩似的，想穿过加莱塞船的两侧。但是，"浮动炮台"在左舷和右舷都张开了炮口。虽然船本身的动作迟缓，但这些炮口没有沉默。

土耳其舰队的阵型完全被打乱。但他们的船相对小型，或许可以因此逃过大炮的轰击。穿过加莱塞船的船舰抱成一团，向着也在前进中的联合舰队冲去。

要继续攻击越过船头的敌舰，加莱塞船需要时间掉转方向。在这个时候，突击战开始了。加莱战船成为战场的主角。

与其说这是海战，不如说更接近陆地上的战斗。

在中军，阿里帕夏的旗舰向唐·胡安的船冲过来。船首聚集的以勇猛果断著称的苏丹近卫军耶尼切里的 400 名士兵，正准备跳到对面的船上。

两船船头正面撞击的沉重声，压倒了周围的其他声响。双方总司令的旗舰不顾船头断裂，激烈冲撞。

看到这一幕的船舰，驶近在阿里帕夏旗舰的右侧向前的一艘土耳其船，故意去拍打咬住它的船桨。被维涅尔推着，这艘土耳其船的船桨和阿里帕夏旗舰的船桨，牢牢地交缠在一起。

土耳其总司令的旗舰，就这样与友船一起陷入无法动弹的状态。

但这也没有削弱耶尼切里士兵的斗志，反而让这些不被允许娶妻的纯粹的战士更加斗志昂扬。

相似的情况，也出现在中军的各艘船舰上。维涅尔的1艘船对付着3艘敌舰。在科隆纳的船上，罗马贵族们也显示出惊人的勇气。战线完全崩溃，在几片海域上，两军陷入了旋涡般的激战。

左翼的战况更惨烈。

一出帕特雷湾，海水深度就有40米到50米。但巴尔巴里戈的左翼布阵的海域，只有很少一部分深度在20米到30米，再往左，则不到15米。而且有的地方离海底不过3米左右，就算是老练的水手也会胆战心惊。再往左侧走，就是水深不足1米的浅滩。

阿戈斯蒂诺·巴尔巴里戈决心什么也不想，一心一意执行前一夜制定的战术，从右侧包抄，把敌人赶上浅滩。但指挥敌舰的是海盗西洛科。

如果说威尼斯的海将们熟悉这片海域的特色，那么，同样把海洋当作职场的海盗头目也不会不知道。西洛科怎么可能轻易上当？

但要想取胜，只有把敌人赶到浅滩上。如果失败，反而会把自己人逼入绝境。

巴尔巴里戈下了决心，此时此刻，只能让自己的肉体撞向敌人。不必顾及自己船舰的损伤，也不畏惧殃及友船，大家同心协力冲向敌人。海盗，有着首先想到自己船舰安全的本能。而威尼斯的船舰，只想为了威尼斯共和国而战。

就在战斗打响的那一刻，巴尔巴里戈左翼的两艘加莱塞船的炮口同时喷射出火焰，眼看着西洛科的右翼被纷纷落下的炮弹打乱了阵型。

但即使在这片海域，土耳其军也没用很长时间就从初战的不利中恢复过来。从两艘加莱塞船两侧穿过的土耳其右翼，向前进中的联合舰队的左翼全速冲来。

事先知道巴尔巴里戈计策的奎里尼，貌似放过土耳其船绕向右方。左翼的一半的船舰都随之移动。

这个战术十分成功。正如一般人的心理，敌人的注意力自然集中于涂成正红色的巴尔巴里戈的旗舰，而那艘旗舰纹丝不动。就在这时，右边的奎里尼的船舰迂回到敌人舰队的背后。

由奎里尼的船和巴尔巴里戈的船固守两端的左翼舰队，就这样成功地形成一个半月形包围圈。之后要做的就是缩小这个包围圈。

把敌人赶到浅滩的目的是让敌船动弹不得。但拉开距离的驱赶，不是轻而易举就能围堵海盗船居多的土耳其右翼。如果没有牺牲自己船舰行动自由的决心，就不可能成功。对于这一点，无论是巴尔巴里戈、指挥右侧船舰的卡纳莱，还是指挥最右端船舰的奎里尼，都没有犹豫。

初战后让出主角宝座的加莱塞船，为掩护加莱船舰队，又开始发射炮弹，特别是6艘中位于最左侧、由安布罗奇·布拉加丁指挥的加莱塞船，再次发挥了"浮动炮台"的威力。安布罗奇是在塞浦路斯岛被活剥皮后惨遭杀害的安东尼奥·布拉加丁的弟弟。他指挥的船，比其他加莱塞船更迅速地掉转了方向，瞄准敌人右翼，发射炮弹。

这对准备迎战正在缩小包围圈的威尼斯舰队的土耳其一方来说，无论在肉体还是精神上都是沉重的打击。土耳其军在陆地上或许还有些经验，但对海上的炮击手足无措。桅杆被轰断，甲板被炸出大洞，根本不知道炮弹会从何方，在何时落下。敌人明显变得胆怯起来。

但来自友船的掩护射击，不只给敌方带来了损害。由于射程判断并不那么准确，而且正在缩小包围圈的威尼斯船也在移动，因此炮弹有时也会落到威尼斯船舰上。布拉加丁明知这一点，也没有停止炮击。

海水深度小于 5 米的话，加莱船便会搁浅。就在这时，正红色的巴尔巴里戈的旗舰突然放弃之前左端的位置，冲进了半圆的正中。卡纳莱的船舰紧随其后。两艘船迅速用铁链将彼此的船腹连在一起，冲进土耳其的舰群。紧接着，用铁链相连的左翼所有船舰一起冲撞过去。

双方都失去行动自由的船舰的船桨牢牢地交缠在一起，在海上形成了一个固定的战场。如果距离太远跳不过去，就顺着咬合的船桨滑下去，再攀上敌船。威尼斯船上的划桨手也丢弃了船桨，只穿着平时的胸甲，拿着尖端带着铁钉的棍子加入战斗。

基督徒士兵和穆斯林士兵，在混战中也很容易分辨。因为穆斯林都裹着颜色各异的头巾，手持闪着幽光的半月刀。

在这种情形下，打的就是白刃战。巴尔巴里戈纹丝不动地站在他那艘插入敌人船队正中央的旗舰的船头。他身穿铁制的盔甲，左手握着已出鞘的利剑，右手挥舞指挥仗，发出指令。

突然间，他的脑海里闪过一丝不安，担心戴着头盔，声音会不会传不出去。这位威尼斯海将没有犹豫，随即扔掉了头盔。

巴尔巴里戈的眼角扫到指挥着邻舰的卡纳莱倒在船上，身上那件独特的白熊似的战斗服插满了箭。时间，已经过了下午 3 点。

最大且最后的大海战

在和左翼相距甚远的右翼，正面临着完全不同的战况。

海盗乌鲁奇·阿里和雇佣兵队长多利亚正展开精湛的技艺较量。多利亚虽然是西班牙海军的司令，但实际上他的主要任务是保护运载新大陆金银的西班牙船队从直布罗陀海峡进入地中海时，不受穆斯林海盗的袭击。因此，他和以阿尔及尔为根据地的海盗头目乌鲁奇·阿里常常在海上交手。

但是，堪称专家中的专家的多利亚的失误，是忘了自己指挥下的 57 艘战船中有 25 艘威尼斯船。尽管威尼斯人是技术能手，但是他们为祖国而战的意识先行，在某种意义上属于一群外行。

相反，乌鲁奇·阿里除了手下的海盗船之外，还率领着在技能上堪称外行的土耳其船队。也就是说，不管是否乐意，他率领的是一支听从他指挥的船队。

在这片海深 50 米的广阔海域上，风力不强，但仍在吹，是西北风，对多利亚不利。

在双方开战之前，面对乌鲁奇·阿里率领的土耳其左翼，多利亚率领的联合舰队右翼，阵型比预定的向南做了移动，因为他打算从右面包抄乌鲁奇·阿里。然而，部署在右翼的两艘加莱塞船，跟不上多利亚突然下达的移动指令，只能停留在介于右翼和中军之间的位置。

这样一来，两艘"浮动炮台"的威力，不是针对敌军的左翼，而是朝向敌人的中军。换言之，乌鲁奇·阿里率领的左翼的 94 艘船在相当程度上躲过了加莱塞船的炮击。

眼看着乌鲁奇·阿里的船队几乎毫发无损地向前突进，多利亚将自己的船继续往南移动。他所率领的右翼舰队各船间的距离，由于多次临时移动而变得越来越大。

等他发现乌鲁奇·阿里改变了战术时，阵型已经几乎不可能恢复原状，变得像一条细长的线。

其实，乌鲁奇·阿里并没有改变战术。他一开始就打算从左边绕过多利亚船队的侧翼，从背后攻击唐·胡安的中军。

察觉到对手意图的多利亚移动船队试图阻止。但乌鲁奇·阿里这个少年时期在意大利南部渔港生活的海盗，不会愚蠢到和多利亚发生正面冲突。

他灵巧地操纵着船，将原本朝西南的船头转向西北。他瞄准了多利亚南移造成的右翼和唐·胡安的中军之间产生的缺口，穿过那个缺口，可以从背后向唐·胡安的中军发起攻击。这就是看似在不断变化但本质却没变的乌鲁奇·阿里的战术。

最早识破乌鲁奇·阿里计策的，是被安排在多利亚率领的右翼的 25 艘威尼斯船。他们停止了跟随多利亚往南移动。

看着从自己眼前开过去的乌鲁奇·阿里的船队，25 艘中的 15 艘抱成一团，撞了过去。没有谁下达命令，几乎条件反射似的，威尼斯船队冲进敌群。

然而，乌鲁奇·阿里率领的土耳其左翼，虽然多为小型船，但毕竟数量有94艘。就算冲进纵队前行的敌群中，对方受创的数量也有限。转眼之间，威尼斯的15艘船，便陷入了1艘对6艘以上的困境。

这已经不再是海战，而是海上的杀戮。就像成群结队的食人鱼不停地吞噬着一条大鱼。尽管如此，大鱼在死前也杀死了相当数量的食人鱼。然而，敌人还是不断地涌来。

威尼斯一艘船的舰长贝内代托·索兰佐发现自己船上的人大半已不会动弹。与此同时，四面八方涌上来的土耳其士兵，正准备登上他的船。而周围看不见一条友军的船，只有6艘围着他的土耳其船。

这位威尼斯的贵族命令仅存的划桨手跳海逃生，然后下到船舱，点燃火药，与6艘敌船同归于尽。

这位舰长是在罗马和教皇展开艰苦外交的大使索兰佐的弟弟，他的遗体在战争结束后也没找到。

即使没有自爆，威尼斯船队在这片海域的死伤也相当惨重。舰长阵亡的人数与正在进行白刃战的左翼相匹敌。

用威尼斯船队的血祭旗的乌鲁奇·阿里，在多利亚尚未调整好方向时，已经到达了唐·胡安中军的右端。他巧妙的操船术令人惊叹。

当敌我双方的加莱战船的船桨盘互交错，便出现一个固定的战场。在这个战场发生的只有白刃战。

到了这个阶段，"浮动炮台"就无用武之地了。虽然说可以击落敌船的桅杆，但落下的桅杆和帆桁也会伤及在甲板上战斗的友军。

因此，当战斗进入中盘指挥，加莱塞船就无奈地成了观战的最佳场所。由6艘加莱塞船组成的船队总指挥狄多舰长，在写给政府的报告中有以下一段描述：

> 不管是基督徒还是穆斯林，都宛如狩猎场上的猎人。在狩猎场上常常会出现的是，热衷于狩猎的猎人无法关心狩猎场以外发生了什么，因为他们的全部注意力都集中于眼前的猎物。同样的情况也在勒班陀海上发生了。

被称为土耳其陆军脊梁骨的耶尼切里军团的勇猛，在进入混战后发挥得淋漓尽致。这些以天下无敌为傲的战士被部署在阿里帕夏的中军。基督教阵营的中军集中了各国的旗舰，伊斯兰教阵营也是将土耳其治下的各地方势力的船只集中在中军，保卫阿里帕夏的旗舰。当然，这些船上配备的，都是以耶尼切里军团为首的陆军国土耳其的精锐。这些战士如乌云压顶一般，向基督教阵营袭来。

然而，以唐·胡安、维涅尔、科隆纳旗舰为中心的联合舰队中军的战士们，论勇敢毫不逊色。枪声震耳欲聋，弓射出的石箭冰冷地划过空气。不断传来的嘶吼声，已分不清是敌是我。在摇晃的海上手足无措的西班牙骑士们，一旦站稳了脚跟，便无所畏惧。

不管是总司令唐·胡安，还是副司令科隆纳，虽然周围有士兵保护，但他们始终站在舰桥上，没有后退一步。

维涅尔更是连自己人都靠近不得。75 岁的"堡垒先生"除了扯着嗓子大声指挥，一反年老行动迟缓的劣势，不用枪或剑，而是手持弓弩快速地射倒一个又一个敌人。

维涅尔的身边带着两个士兵。将军刚放出箭，士兵立刻递上另一把搭上石箭的弓弩。

这位老将从战斗开始就没戴过头盔。随风飘动的白发，宛如狂怒的烈马竖起的鬃毛。不知从哪里射来的敌箭射中了他的大腿，但"堡垒先生"并没有因此被摧毁。他自己用手拔出带着血肉的箭头，若无其事地继续放箭。

耶尼切里军团的士兵涌向唐·胡安的旗舰。但负责保卫这艘船的来自撒丁岛的士兵们非常英勇。火枪不能用了，就手持匕首刺向敌人。前面倒下，后续的船再注入新的血液。

基督教阵营后卫的 30 艘船，全船投入中军。其中有两艘威尼斯的船，发现唐·胡安的旗舰危险，便绕到它前面，挡住耶尼切里军团的攻击。激烈的战斗，在这两艘船的舰长战死后也没有停止。

然而，战况虽然一小步一小步，但确实朝对基督教阵营有利的方向展开。

开战之初的炮击果然给了敌人非同小可的打击。

此外，一旦占领土耳其的船，便立刻解放带着锁链的基督徒奴隶，这个做法也非常见效。那些恢复了自由的人从背后痛击穆斯林士兵。

在巴尔巴里戈指挥的左翼，基督教阵营也很明显地正逐渐占据优势。

在这片战区的敌人，是不折不扣的海盗集团。如果说耶尼切里军团是土耳其陆军的脊梁骨，那么穆斯林海盗就是土耳其海军的实力军，在久经沙场这一点上毫不逊色。

但左翼的 55 艘几乎全是威尼斯战船。他们对长久以来的敌人忍无可忍，更何况就在不久前，塞浦路斯岛被抢占，大量同胞被残忍地杀害。

这些威尼斯战士的战法，已不能被称作战法。与其说是用武器杀敌，不如说是徒手搏斗。

不过，他们的牺牲也很大。绰号"克里特岛海狼"的安东尼奥·达·卡纳莱倒在自己船舰的船头，那件独特的白色绗缝战斗服已被染成朱红色。接替这位战死的舰长指挥的是他的副手。

可不管怎么说，在这条左翼战线上牺牲最大的，还是巴尔巴里戈的战船。为执行驱赶敌人去浅滩的战术，这艘旗舰始终冲在最前线。它和其他加莱船用铁锁相连，撞向敌人的船队。

尤其是巴尔巴里戈的船，由于是全船被涂成正红色的旗舰，所以格外引起敌人的注意力。仅仅这 1 艘船就面对 8 艘敌船作战。被敌箭射中的船帆烧到桅杆和帆桁，变成一团火球，正红色的船桨也大半被折断或被冲走。

可是，没有一个人弃船。连造船技师和厨子也加入了战斗。这里同样是一占领敌船就打开基督徒奴隶的锁链，被解放的人们从背后向敌人袭击。

巴尔巴里戈发现敌人逐渐处于劣势，意识到此刻正是掌握胜机之时。他站在船首的顶层，更大声地激励手下的战士。

就在这时，敌方放出的炮弹射中了他的右眼，他的整个头像被一个大铁球砸中，他拼命撑着，勉强立住脚跟。

在他的面前，激战中的敌将西洛科的船，正在渐渐往泥水中下沉。他也看见负伤的西洛科跳进海中，但很快就被为救助友军而放下的威尼斯小船从泥海中打捞上来。大名夏鲁克的埃及亚历山大总督、海盗头目，两天后因重伤死亡。

目睹敌将从战线上被淘汰后，巴尔巴里戈这才感觉双脚发软，身体慢慢地倒在了甲板上。副官纳尼即刻接过指挥权。

巴尔巴里戈被抬到甲板下的船舱。他本该被抬去位于舰桥附近的舰长专用船舱，但船尾已燃烧殆尽。

根据赶来的医生的检查，巴尔巴里戈伤的不只是右眼，还有一只箭头从甲片的接缝中深深扎进了他的身体。箭虽然被拔出，但是从伤口流出的血黏糊糊地凝固在铠甲内侧，可见流了相当多的血。

而且，已不成形的右眼仍在不断流血，医生一筹莫展，找不到止血的方法。巴尔巴里戈的脸迅速失去血色，速度快到令身边的人惊慌失色。

这时，传来跑下木楼梯的急促的脚步声。

传令兵报告，敌舰或沉没或被烧毁，剩下的船舰全部被俘获，被彻底歼灭。在左翼，宣告胜利的旗帜已经升起。

巴尔巴里戈苍白的脸上，这一天第一次露出畅快的笑容。

胜利的旗帜在左翼升起之后，随即也在中军升起。

惨烈的战斗终于决出胜负。阿里帕夏的旗舰在失去防备的状态下，被拖到唐·胡安的面前。设在船尾、有着豪华内装的船室中，横躺着胸口上深深插着箭的阿里帕夏的尸体。他带来的两个儿子，也在各自所在的船上被俘。

按照唐·胡安的命令，土耳其总司令的头被割了下来。

刺在枪尖上的首级高悬在基督教舰队总司令旗舰的桅杆上。

中军和巴尔巴里戈的左翼一样，没有让一艘敌船从战场上溜走。

而另一方，在基督教舰队右翼和伊斯兰教舰队左翼对决的海域，战况正朝着完全相反的方向准备结束。

虽然拉开距离对峙的多利亚和乌鲁奇·阿里的船都站在第一线，但从头到尾，双方的船桨没有互相交错拍打过。对只观察对方的动静却不想冲撞上去的多利亚举起反旗的，是受命听从这个人指挥的威尼斯船队。他们在没有接到指令的情况下，向乌鲁奇·阿里率领的敌舰发起挑战。在索兰佐的船自爆之后，壮绝的战斗也没有停止。

在右翼的 25 位威尼斯舰长中，战死的高达 6 人，逼近巴尔巴里戈左翼的比例。即使在这片海域，也并非没有发生激战。

但如果追踪两军指挥官的行动，这个右翼的战斗会让人联想到后来特拉法尔加海战中的纳尔逊，或者是再后来的对马海战中的东乡平八郎，说这里进行的是具有近代性质的海战也不为过。

对冲过来的威尼斯船队，能打则打，能避则避，不断向前的乌鲁奇·阿里率领的土耳其右翼，前进到多利亚想追也不能轻易追上的海域，成功地接近唐·胡安的中军。

重返威尼斯

固守中军右端的，是以马耳他岛为根据地的圣约翰骑士团的 3 艘战船，在最右边的是团长乘坐的骑士团旗舰。不用说，献身于上帝、只为打击异教徒而生的骑士们，大多在这艘船上。按照骑士团的规定，他们都是来自欧洲名门的贵族子弟。

对前基督徒，如今是穆斯林海盗的乌鲁奇·阿里而言，没有比骑士团更能燃起他斗志的对手。何况他现在还被苏丹封为阿尔及尔的总督。把阿尔及尔作为大本营的他，和以马耳他岛为堡垒的骑士团，可以说是宿敌。乌鲁奇·阿里向那 3 艘马耳他船发起了猛烈的攻击。

参加了中军战斗的马耳他的 3 艘船，像冷不防从背后遭到袭击。尽管旗舰上的骑士们奋勇搏斗，但倒下的不是包着头巾、手持半月刀的海盗，更多是身穿华丽盔甲的骑士。

悬挂在舰桥的骑士团旗帜首先被抢走，接着，连同还在打斗的团长和骑士们一起，整个旗舰被捕获。

不过，乌鲁奇·阿里不是狩猎场的猎人。他已经发现，先是左翼，紧接着是中军，对手已升起胜利的旗帜。

前基督徒的海盗改变了船的方向。这次他 180 度转向，再次采用躲避多利亚船头的战术，一边还拖着马耳他骑士团的旗舰。

但是，在多利亚指挥下的威尼斯船队，这次也没有放过明显想逃离战场的乌鲁奇·阿里。没有自爆和被击沉的威尼斯船舰抱成一团，向着正横向驶过他们眼前海域的土耳其左翼冲去。

被安排在右翼的其他国家的船也没放过这个机会。来自南、北意大利的战船都加入了战线。指挥官多利亚也不能坐视马耳他旗舰被拖走而置之不理。

右翼的所有战船都向敌人撞去，土耳其的船眼看着血流成河。马耳他的旗舰被救了下来，但骑士团的旗帜依然落在海盗的手里。海战开始以来的第一次全面战斗，终于在右翼打响。

最终，虽说只有 4 艘船，但还是让乌鲁奇·阿里逃走了。

逃脱的海盗带上停靠在伯罗奔尼撒半岛南端的 27 艘船，成功逃向首都君士坦丁堡。最可怜的应该是那些船上的基督徒，眼看着同胞被解放，自己却只能在鞭子的抽打下继续划桨。乌鲁奇·阿里在逃跑 40 多天后，在海面上拖着夺来的骑士团的旗帜，进入了金角湾港口。

话说回来。逃脱的敌船只有 4 艘，总共 276 艘中的 4 艘而已。

勒班陀海战，以基督教联合舰队压倒性的胜利结束。

勒班陀的海面上飘满了双方士兵的尸体。四处燃烧的船只，无声地指向刚才发生激战的海域。在倾倒的船之间挣扎

保罗·委罗内塞,《圣母马利亚在天上迎接战死的海将巴尔巴里戈》

1.7 米 ×1.3 米

学院美术馆收藏（威尼斯）

逃命的土耳其士兵，是唯一活动的物体。

幽蓝色的海水，因无数男人的血而变色，仿佛注入了红色的葡萄酒。夕阳正从西边把血红色的海一点点染成金色。

胜利者们甚至忘记了欢呼。不可思议的寂静，笼罩着刚结束世纪海战的大海。

当夜幕渐渐降临海上，风开始变强，浪也越来越高。可以预计随着夜晚的到来，风浪会越来越大，继续停留在海上是危险的。

往西北方向航行 6 海里左右的地方，有一个名叫派塔拉斯的小岛。虽然位置接近希腊本土，但只有这座小岛尚未落入土耳其人的手中。舰队决定先去那里过夜。

能够使用的敌船被用绳索拖着带走。海面上，就剩下尸体和只能丢弃的烧毁的船只。

抵达派塔拉斯岛之后，司令们纷纷登上唐·胡安的旗舰，向他表示祝贺。

26 岁的总司令，为平生第一次巨大胜利而兴奋不已。当他看见绷带上渗着血但仍然精神抖擞的维涅尔，立刻跑过去紧紧地拥抱他。那些频频发生的争执似乎被他忘得一干二净。威尼斯的老将也像和儿子分享胜利的喜悦那样，给了他温暖的回应。

科隆纳也领着教皇的侄子、罗马的贵族们一起出现。欢呼雀跃的祝贺声在狭小的船室内回荡。

可是，当右翼的司令多利亚进入船室时，欢乐的气氛仿佛被一股冷气吹散，四周顿时变得寂静。所有人都用异样的眼光打量着他那没有溅到一滴血的盔甲。就算不至于像维涅尔那样全身被血染红，唐·胡安和科隆纳的军服上也是斑斑血迹。

走到唐·胡安面前的多利亚，仿佛事不关己般用冷静的声音表示祝贺。对这位右翼的负责人，总司令以极其冷淡的语气简短回应。威尼斯的海将们努力克制住想痛揍他的冲动，愤怒地盯着这个热那亚人。

这个时候，大家都已经知道，右翼在多利亚指挥下经历了怎样的过程，导致了怎样的结果。教皇庇护五世后来说的一句话，也许表达了当时在场的人们的内心感受。

"上帝啊，请怜悯他吧，怜悯那个终究是个雇佣兵而非海将的男人！"

这对多利亚来说也许是过于严厉的谴责。但是，在勒班陀进行的海战是加莱战船之间的角力，而不是特拉法尔加那样的大帆船之间的海战。

无论如何，胜利还是让人们欣喜若狂。

曾经以为天下无敌的土耳其军队，现在被证明并非无敌。

这也是自 1453 年君士坦丁堡陷落以来，面对土耳其发起的一次又一次攻势，几乎从来没有全力反击的基督教势力，暌违 118 年取得的真正胜利。

而且是以 210 艘对 276 艘，以弱胜强。尽管让乌鲁奇·阿里带着 4 艘船逃之夭夭，但那不过是 276 艘中的 4 艘而已，可以说是大获全胜。这是所有参战的人共同感受。

26 岁的胜利者只想和所有人分享这份喜悦，对多利亚也没有说一句重话。

这位年轻公子的脑海里浮现出一张脸。那个一直以来都是首脑会议的常客，却是今夜欢乐的场合上唯一的缺席者。待众人散去，只剩下科隆纳和维涅尔二人时，唐·胡安走出船室，下令让小船靠过来。

两位副司令在侧，在甲板上等待小船的年轻总司令的身影，很快被周围船上的人们发现，沸腾的欢呼声顿时将他包围。

骑士、石弓兵、炮兵，还有船员和划桨手，都加入欢呼的行列。尤其是从伊斯兰教舰队的锁链中解放出来的人们，声音格外响亮。

已不必再在意敌人的视线，纵情燃烧着的火把，用白昼般的光明照亮了布满整个小海湾的庞大船队。

三位司令乘坐的小船，停靠在由于损伤过于严重，无法自行航行，靠友船拖到这个海湾的巴尔巴里戈的旗舰边上。涂成正红色的桅杆折成两段，帆桁被烧落，同样是正红色的船桨剩下不到一半。登上船的三个人，走下甲板到巴尔巴里戈躺着的船舱里去。

　　在战斗结束的同时接到自己的副手身受重伤消息的维涅尔，火速乘着小船赶来。脸上已没有血色的巴尔巴里戈的身边，是和他一起战斗的参谋长奎里尼。尽管匆匆赶来，但两位威尼斯海将被医生告知，已无力回天。

　　过来探望的唐·胡安也已得知伤势，年轻的公子和科隆纳都没有说一句安慰的话。

　　认出总司令的巴尔巴里戈，想从躺着的担架上坐起身，但他连这一点力气都没有。唐·胡安在巴尔巴里戈的身边跪下，将自己的手轻轻地放在威尼斯海将冰冷的右手上，混杂着意大利语和西班牙语，轻声细语地说起胜利的事情。

　　从在墨西拿遇见开始，西班牙亲王就一直对这位威尼斯人抱有好感。哪怕是和维涅尔争得不可开交的时期，只要是巴尔巴里戈来访，他还是乐意与其相见。

　　巴尔巴里戈沉稳平静、不咄咄逼人的举止，必要时又绝不退让的姿态，甚至让这位亲王心生敬意。而如今，他成了基督教联合舰队首脑阵营中唯一的牺牲者，年轻的贵公子心中充满了悲哀。

但面对温柔和自己说话的总司令，巴尔巴里戈只能报以一丝微笑。唐·胡安再次拿起巴尔巴里戈的右手，这一次是用自己的双手紧紧握住后才站起身，和科隆纳一起走出了船舱。

船舱里只剩下维涅尔。75岁的老将站在刚才唐·胡安跪着的地方。他想跪下，却因为大腿受伤而无法弯曲。仰望着这位站立不动的上司，巴尔巴里戈再次露出淡淡的笑容。维涅尔注视着安静地闭着眼睛的部下的脸，看了好一会儿之后，也离开了船舱。

当然，随从进入船舱时，威尼斯的海将已经停止了呼吸。

在向政府发出的报告的结尾处，维涅尔添加了这样一句：

"参谋长阿戈斯蒂诺·巴尔巴里戈在最大的幸福中迎来了自己所期望的死亡。"

这份报告在元老院被宣读时，马可一边聆听一边在想，如果有"静静地将责任感化作血肉的男人"这样的形容，那就是当自己说"只有压倒性的胜利才有意义"时，用眼神回答他的巴尔巴里戈。

返回威尼斯领地的科孚岛之后，才算全面理清了联合舰队的战果。

捕获的敌船——137 艘

战斗中或战后烧毁沉没的敌船——135 艘

在乌鲁奇·阿里率领下逃走的船——4 艘

敌方的阵亡者——8000 人以上

俘虏——1 万人以上

阵亡者中除总司令阿里帕夏之外，还包括耶尼切里军团的团长，莱斯沃斯、希俄斯、内格罗蓬特、罗得岛等诸岛的总督。西洛科和乌鲁奇·阿里的前一代海盗巴巴罗萨的两个儿子，当然还有战败后两天死亡的西洛科，都名列阵亡者名单。除乌鲁奇·阿里之外，土耳其海军的主要战力全体战死于勒班陀。

在唐·胡安挑选的献给西班牙国王的俘虏中，有阿里帕夏的两位遗孤。此外，随军的土耳其宫廷的高官大多也成了俘虏。

被解放的基督徒奴隶——大约 1.5 万人。这些人被准许返回故里。

所有参战的国家都分到了战利品。

西班牙获得 57 艘加莱战船、3000 多名俘虏，以及土耳其船内发现的大半的贵金属。

威尼斯共和国也得到 43 艘加莱战船和 1162 名俘虏。连一艘自家战船都没有的教廷也变成了 17 艘船的拥有者,并且分到 541 名俘虏。

然而,基督教阵营的牺牲,也达到了谁都不敢说少的数量。

阵亡者——7500 人

负伤者——8000 人

如果以三个主要参战方的战死及负伤的人数划分,具体如下:

	阵亡者数	负伤者数
西班牙	2000	1200
教廷	800	2000
威尼斯	4836	4584

之所以只有威尼斯的数字如此精细,是因为威尼斯向来有重视准确统计的传统,也反映了视人力为资源的国民性。相反,西班牙和教廷从作为战力的士兵登船那一刻起,就没有准确的数字,战后点名没有应答的权当阵亡。

根据提供兵力的比例,可以清楚地看到威尼斯付出的牺牲多么巨大。

尤其是指挥官级别的阵亡数量令人触目惊心。如果算高阶武将的话，除了乘坐教廷旗舰的奥尔西尼家族的两人之外，战死的大半都是威尼斯贵族。

舰长一级的 18 位牺牲者，都是威尼斯共和国的市民。

巴尔巴里戈家族，包括 3 位舰长共 4 人；孔塔里尼家和丹多洛家族各 2 人；索兰佐、维涅尔家族仅牺牲的舰长就各有 1 人。

为威尼斯一千年历史添光溢彩的名门中的名门，又在勒班陀海战的牺牲者名单上增添了浓浓的一笔。

威尼斯共和国在勒班陀海上可谓全力以赴，按职能划分的牺牲者人数也充分显示了这一点。

	阵亡者数	负伤者数
舰长（贵族）	12	5
舰长（平民）	6	20
副舰长	6	4
士兵队长	5	20
战士	1333	1087
水手长	7	10
水手	124	118
划桨手长	921	681
划桨手	2272	2479
炮手	113	79
造船技师	32	78

厨子	5	3
总计	4836 人	4584 人

全力以赴、拼死搏斗的不仅是贵族，连厨子也不落人后。

阵亡者的家属获得了抚恤金。每年 25 达克特，是如果不考虑房租，勉强可以生活的很有限的数目。这个抚恤金制度自威尼斯成为地中海王者以来持续了 300 年。不过，贵族不享有这个权利，这也是传统。

维涅尔在抵达科孚岛的当天晚上便派出快船传送捷报。当快船的船尾拖着土耳其的军旗进入威尼斯港的那一天，威尼斯民众发出经久不息的欢呼声。

大家都知道付出了巨大的牺牲。但因失去亲人而哭泣的人们也都明白，这一次与之前的战争的不同之处。和那些只要在海平线上看到新月旗便逃之夭夭的国家不同，对威尼斯人而言，这 100 多年来，土耳其始终是他们脑海中挥之不去的阴影。

这个土耳其，如今被打得体无完肤。向来以性格冷静而闻名的威尼斯人，这一天也陷入了狂欢。即使夜深了，家家户户的窗口依然亮着灯光，广场上挤满了兴奋的民众，小酒馆敞开的门到天亮也没关上。

在总督官邸接到捷报的人们，喜极而泣的心情和广场上的民众并无二致。但他们还是冷静地接受了马可·丹多洛提出的一个建议。马可的建议是把住在市内的土耳其和阿拉伯商人集中隔离。为防止被胜利冲昏头脑的民众袭击，威尼斯政府决定将这些人统一收容在邻近犹太人居住区的一栋住宅里，并且立即行动。

接着，马可重新做回委员的十人委员会，又决定了另一事项。将发生勒班陀海战的 10 月 7 日定为国家节日，在以后每年的这一天举国同庆。

然而，即使在 1571 年的这个秋天，威尼斯也没有举行任何迎接凯旋将军之类的华丽庆典。

勒班陀海战赢了。但威尼斯共和国所面临的问题，并没有因此被全部解决。

不流血的战争　一

　　维涅尔希望马上返回地中海东侧。目前那里如无人之境。土耳其海军等于消亡，海盗头目们也几乎全死在勒班陀海上。如果是现在，有机会收复被土耳其抢占的曾经属于威尼斯的伯罗奔尼撒半岛的几个基地，甚至被土耳其攻占后占领体制还不完备的塞浦路斯岛，也有夺回的可能性。

　　联合舰队在科孚岛停留期间，维涅尔不断地劝说唐·胡安。

　　然而，年轻的胜利者沉醉于刚刚到手的巨大胜利之中。由于它不是经过长时间周密准备带来的结果，而是意料之外突如其来，也因此更令人如痴如醉。

　　勒班陀的胜利，与其说是他的能力，不如说是他的意志力起到了关键的作用。但他缺乏连续获胜所必备的沉着冷静。

　　而且，西班牙国王腓力并不希望这位异母弟弟再获得更高的名誉，绝不会给他第二次自作主张的机会。

接到国王旨意的西班牙顾问们，甚至告解神父，异口同声斥责称违反国王意志的行动就是违反神的意志。26岁的唐·胡安开始显露出年轻人的弱点。科隆纳也希望能早日返回罗马，向教皇报告。一想到即将获得庇护五世的嘉奖，他也失去了再次出海的动力。

维涅尔陷入了孤立之中。随着时间的流逝，唐·胡安似乎也渐渐忘记了刚结束战争时那份炙热的友情。岂止如此，他甚至对维涅尔没有得到他这个总司令的允许便自作主张派快船向本国送捷报一事暴跳如雷。

总司令和威尼斯舰队总司令之间的关系再次变得剑拔弩张。而在维护国家利益的同时又能化解唐·胡安焦虑的巴尔巴里戈已经不在了。

尽管如此，联合舰队还是决定在次年，即1572年再次集结。集结地不是西西里岛的墨西拿，而是科孚岛。

做出这个决定之后，唐·胡安率领麾下的舰队返回墨西拿。科隆纳也带着缴获的17艘船，前往位于亚得里亚海的教廷领地安科纳，从安科纳沿弗拉米尼亚大道走陆路回罗马。在罗马，迎接他的应该是教皇亲自主持的壮丽的凯旋仪式。其他国家的舰队陆续出发返回本国的港口，多利亚也扬帆起航，前往他的根据地热那亚。

唯有威尼斯的舰队留在了科孚岛。尽管靠他们自己无法远征东地中海，但坚守住亚得里亚海的要塞科孚岛以及浮于爱琴海上的"航空母舰"克里特岛，还是完全能做到的。更何况，次年春天联合舰队预定的集结地就在科孚岛。决定提前半年在集结地等候，也是威尼斯对联合舰队寄予厚望的最好证明。

唐·胡安进入墨西拿港，是在进入 11 月以后。他打算在西班牙的领地而且又是温暖南方的西西里岛享受胜利的美酒，和舰队一起越冬。

只有维涅尔在几周之后前往威尼斯。他不是去出席凯旋仪式，而是接到了政府的召回令。

其实在威尼斯，马可·丹多洛在十人委员会的议席上提出了一个建议。

他手里拿着刚收到的加密信件，是驻土耳其首都君士坦丁堡的威尼斯大使发来的急件。马可向委员们展示信件，并做出了说明。

11 月 18 日，乌鲁奇·阿里率领的 31 艘船回到了君士坦丁堡的金角湾。不过，其中的 27 艘船应该是他在沿途拼凑的，只有 4 艘是从勒班陀侥幸逃生的，因为船体的损伤一目了然。大使接着写道，宰相索科里提出会谈的申请，他准备接受这个邀约。

马可·丹多洛的提案是，重新开始与土耳其进行秘密的媾和谈判。他指出，眼下谈判形势对威尼斯有利。

但这个提案遭到以总督莫切尼戈为首的其他委员的反对。十人委员会的大多数人都寄望于次年春天，只有少数人赞同马可·丹多洛的意见。

而且，十人委员会的多数派不仅寄望于次年春天，甚至考虑了能落实希望的人选。

他们打算解除和唐·胡安关系不佳的维涅尔的职务，任命被公认是温良绅士的福斯卡里尼为率领威尼斯海军的"海上总司令"。要求维涅尔回国正是出于这个目的。虽然马可认为应该留下"火"，但他的反对最终无果。

对维涅尔，是以为了国家的名义劝退的。耸立于海上的"堡垒先生"，就此被搬上了陆地。

相较于国家与国家之间相互揣测真意，但同时又以事已至此退无可退的心态合作的 1571 年，接下来的 1572 年，按理说应该进展顺利。事实上，它已顺利地开始运作。

在因勒班陀海战的胜利而好转的形势下，谁都会想到应该继续讨伐追击，巩固胜利成果。

前一年的战果已经证明，神圣同盟联合舰队有西班牙、威尼斯、罗马教廷三方参战，力量足以对抗土耳其。

罗马教皇也不再考虑拉英国、法国、德意志的王侯们加入队伍。怀里揣着教皇亲笔信的特使们，不必再经历骑马走在早春的北欧泥泞小道上的辛苦。

再说，联合舰队总司令的人选已无须争议。没有任何国家考虑找其他人来取代唐·胡安，对于科隆纳担任副司令同样没有异议。

于是，威尼斯决定用福斯卡里尼取代被解职的维涅尔，正式上任。与此同时，战死的巴尔巴里戈的继任者，也决定由直到前一年为止在罗马负责外交的乔瓦尼·索兰佐担任。这多多少少有点让武将后退，把文官推到前面的意味。

有关经费的分摊，从一开始就不是问题。或许是因为各国都分到了缴获的土耳其战船以及俘虏，大家都变得宽宏大量，没有再出现像前一年那样对细小数额也斤斤计较的麻烦。

事实上，各国都忙着修理缴获的战船，既没有造新船的时间，也没有这个必要。前一年由于没有船队，不得不以承认托斯卡纳美第奇大公正式地位作为条件换来船只和人手的罗马教廷，也因为缴获的 17 艘土耳其船而勉强跻身海军国行列。

威尼斯共和国也不再为召集人手而辛苦。前一年，威尼斯因被疫病所困，以及召集的 5000 人滞留在国内而焦头烂额。今年，那 5000 人马上就可以派上用场。而且还有千人左右的土耳其战俘可以用作划船手，这是威尼斯获得的前所未有的好处。

用过戴着锁链的奴隶划桨手之后，威尼斯人发现他们的效率很高。

根据当时一位舰长的证言，最好的划桨手是来自亚得里亚海东岸一带以及威尼斯海外基地的志愿者，其次是沦为奴隶的俘虏。这些人比来自意大利北部山岳地带的不习水性的志愿兵好用很多。如果是志愿兵，战死的话必须向其家属发放抚恤金。而俘虏甚至不需要支付薪水，战死当然更没有什么抚恤金。尽管如此，威尼斯还是不能让这些人掌握全船的船桨。

威尼斯船的特色之一，是除加莱塞船之外，将划桨手的位置安排在甲板上。这是因为在普通的加莱战船之间进行的近距离战斗中，待战况进行到不再需要操纵船只，双方进入白刃战时，划桨手也可以作为战士使用。在人力资源匮乏的意大利海洋城邦国家，都采用这种方式。在大量战船常备化的威尼斯，这种方式实施得更彻底。

但是，在进入 1572 年之后，威尼斯犯了两个重大的错误。

第一，把维涅尔搬上陆地。在失去巴尔巴里戈、野战型指挥官仅剩下奎里尼一人的情况下，将威尼斯海军的总指挥权托付给只有性格温和这一个优点的福斯卡里尼。

第二，外交上的大失策。尽管以联合舰队成行为条件，但是向终究只是一个私生子的唐·胡安许诺了伯罗奔尼撒半岛南部的摩里亚的王位。尽管是秘密的，但这毕竟是一个约定。

这只能说是大失策。首先，许诺仍在敌人手里尚未被攻克的土地的王位，这本身就是带有欺骗性的行为。

其次是加深了腓力二世这位虽有政治能力但心胸并不开阔的君主对异母弟弟的猜疑心。

而唐·胡安本人，也不是能够面对掌握强大权力的异母哥哥的猜疑，予以正面反击的性格强硬的人物。

乍看之下风调雨顺的1572年的联合舰队，其实也埋下了不少类似的不安定的种子。

更糟糕的是，罗马教皇庇护五世在5月驾崩。新教皇格列高利十三世不像庇护五世那般狂热，因此对联合舰队也没有太大的热情。

5月中旬，威尼斯方面已经在科孚岛完成了超过百艘加莱战船和7艘加莱塞船的集结。他们甚至因为担心唐·胡安不能准时抵达科孚岛，专门派新任参谋长索兰佐率领25艘战船去墨西拿迎接总司令。

可是，当索兰佐到达墨西拿时，出现了意想不到的问题。

在墨西拿越冬后理应前往规定的集结地科孚岛的西班牙海军军中，今年联合舰队的目的地应该是北非的阿尔及尔的论调占了上风。西班牙国王腓力二世的意图俨然公开化。

原本只是去接人的索兰佐，不得不担当说服开始动摇的唐·胡安的角色。他向亲王强调，今年应该和去年一样前往东地中海，彻底摧毁土耳其的海军。但这一年的唐·胡安，又变回了犹豫不决的年轻人。

这时，传来乌鲁奇·阿里率领的土耳其舰队正准备离开君士坦丁堡港的消息。

从勒班陀带着仅剩的 4 艘船死里逃生的乌鲁奇·阿里，非但没有受到塞利姆的惩罚，还受命重建土耳其海军。这位前基督徒的海盗，在从 1571 年冬天到翌年春天的这段时间里，完成了苏丹交代的任务。根据驻君士坦丁堡的威尼斯大使的报告，他重建的土耳其海军规模总计有 200 艘船，达到了和勒班陀海战前同样的规模。而且在 200 艘船的基础上，还有充分的能力增加数量。

不过，海军的实力，不仅仅靠数量决定。虽然规模恢复到勒班陀海战前，但真正的实力如何，想来乌鲁奇·阿里心知肚明。在勒班陀海战中作为土耳其海军主要战斗力的海盗集团，除乌鲁奇·阿里之外，其他头目统统死在了勒班陀。

但塞利姆没有看到这个事实，那是因为他不想看，所以不看。他只盯着 200 艘这个数字，因此大肆宣传，消息甚至渡过地中海传到了墨西拿。

200 艘这个数目，给不知实情的人带来了不安。更糟糕的是，原本应该说服不安的人们从而做出决定的唐·胡安，比任何人都感到不安。科隆纳也抵达了墨西拿，但他没有扭转局势的力量。

不知怎么的，这位 27 岁的年轻人给在马德里的异母哥哥写了一封信，称打算先将联合舰队派到东地中海，西班牙也应该协助威尼斯攻占某一地，以弥补塞浦路斯岛的损失。但马德里没有回音。

接着，年轻的总司令再次写信给国王，提出只派西班牙舰队攻打阿尔及尔，歼灭乌鲁奇·阿里手下的海盗，然后再返回东地中海和威尼斯舰队合流。国王对此依然没有答复。

但不管怎么说，联合舰队还是把 6 月 14 日定为出港日。没想到，就在出港的两天前，唐·胡安宣布行动无限期延期。从这一刻起，唐·胡安开始了他的反复无常。

他在宣布教廷和威尼斯的舰队前往东地中海，自己的舰队留在墨西拿准备攻打阿尔及尔的几天之后，又说要率领西班牙舰队前往科孚岛。等到了科孚岛，又为友军不等他而大为光火。

结果，就这样在科孚岛来来往往之间，夏天过去，秋天到来。

在这段时间，基督教舰队和土耳其舰队仅仅是在海上反复对峙，从未发生过船桨与船桨纠缠在一起的事情。非常清楚重建的只是数量而并非实力的乌鲁奇·阿里，一直在避免正面的激烈冲突。

回到科孚岛的联合舰队，在10月20日解散。

唐·胡安率领西班牙船回墨西拿，科隆纳也出发前往罗马。而多利亚这一年根本没有参加联合舰队，因为他被腓力二世下了禁令。

西班牙国王腓力二世向罗马的教皇递交了亲笔信，承诺次年会派遣更强大的舰队，但威尼斯再也不会相信。

不流血的战争　二

　　在威尼斯本国的十人委员会，马可·丹多洛的主张也变回了多数派。这样的变化只用了一年的时间。

　　通常十人委员会由总督及其 6 名辅佐官和 10 名委员，共17 人组成。但决定重大事项时，除了这 17 人之外，还会增加20 名经验丰富的元老院元老，总共 37 人。这 37 名委员一致认为西班牙已不值得依靠，赞成和土耳其单独缔结媾和条约。

　　不过，谈判必须在高度保密的情况下进行。

　　以威尼斯、西班牙和教廷为主要参战方所发起的神圣同盟，在誓约中有一条规定：加盟各方不可背着其他成员与敌方媾和。威尼斯共和国正准备触犯条约。

　　不用说，马可·丹多洛本人，包括赞成他意见的总督等36 名成员，都认识到了这个问题。但他们是威尼斯人，是一群认为与其把时间浪费在应对他人的指责，不如考虑如何打破现状的威尼斯精英。

投入全力的勒班陀海战打赢了。

勒班陀的胜利，应该有助于土耳其苏丹在决定进一步西进时变得更为慎重。

然而，这场胜利的真正获益者是西班牙，而非威尼斯。

因为如今荣升土耳其总司令的乌鲁奇·阿里的任职地一定是在土耳其首都君士坦丁堡，那些有能力的手下势必也随他同行。这样一来，他的根据地阿尔及尔，作为母港的重要性会逐渐减弱。

结果就是，那种专门袭击满载新大陆的金银穿过直布罗陀海峡、进入地中海的西班牙船队的阿尔及尔和摩洛哥的海盗们的战斗力也将减弱。

对国王腓力二世而言，没有比这样的事态发展更有利于西班牙的了。在勒班陀海战之后，他之所以对联合舰队失去热情，如果站在他的立场着想，也不是不能理解。

但是，威尼斯所处的状况不同。

在陆地上阻挡土耳其西进的脚步，靠的是两次击退土耳其大军的奥地利哈布斯堡家族的英勇奋战。但是，奥地利和土耳其之间没有经济关系。也就是说，只要击退敌人就达到了目的，不必考虑之后是否需要和土耳其改善关系。

而另一方，虽然勒班陀海战在海上阻挡了土耳其的西进，但赢家威尼斯却和土耳其之间有着广泛且深厚的经济关系。

而且，位于伊斯兰世界中最重要的基地塞浦路斯岛，被土耳其夺去了。

十人委员会进行了彻夜讨论。第二天一早，命令大使重启秘密谈判的加密文件被送往君士坦丁堡。

对大使巴尔巴罗而言，努力劝阻对方不要攻击塞浦路斯岛时的谈判是一件难事，但这次谈判的困难程度远远超过了上一次。毕竟勒班陀海战已经过去一年。在这一年里，至少在数量上，土耳其重新建立了海军。

谈判对手宰相索科里或许很在意身后墙上挂着的窗帘的另一侧，发言也变得越来越强硬。"在勒班陀，土耳其被割掉了胡须。但貌似赢家的威尼斯，却被砍断了一条胳臂。胡须还会长出来，胳臂不会再生。"

大使巴尔巴罗和宰相索科里会谈时，也从经济层面展开了理论。

巴尔巴罗提醒宰相，自从土耳其攻占塞浦路斯岛的意图暴露之后，在君士坦丁堡就不再见到威尼斯商人的身影。他希望宰相注意到这个现象，并告诫这将导致首都的活力衰退。巴尔巴罗还提到 50 年前把骑士团赶出罗得岛之后，如今那里只是一个小渔村，威尼斯人被彻底驱除的塞浦路斯岛，也将重蹈罗得岛的覆辙。

在土耳其宫廷的高官面前，大使终究还是忍住没有直接说，"你们缺乏经济观念"。在伊斯兰世界，具有经济观念的是波斯人和阿拉伯人，而非土耳其人。

对土耳其人而言，经济萧不萧条并不是重要的问题。只要扩大领土，经济实力就会随之增强。

更何况，勒班陀再怎么获胜，塞浦路斯岛实际上已经被土耳其征服，而且是早在两年之前。

被形容瘦得像仙鹤似的大使想必更加憔悴。然而，即便在这种状况下，也要继续谈判，这是外交官的职责所在。在大使和十人委员会之间频繁交换加密文件的状态下，绝密谈判继续进行。

这段时间，在威尼斯本国，国营造船厂全面运转，运载着来自亚得里亚海东岸一带、志愿成为加莱战船划桨手的斯拉夫人的船只，接二连三地抵达"斯拉夫人码头"。

威尼斯的市民们都相信，共和国今后也会战争到底。

欧洲各国，对于土耳其和威尼斯之间正在以媾和为目标的谈判，也毫不知情。

时间来到 1573 年 3 月 7 日，历经半年的谈判终于有了结果。宰相索科里和大使巴尔巴罗也完成了条约的签署。

但实质内容非常严苛，甚至让人不敢相信这居然是勒班陀海战胜利者得到的回报。

塞浦路斯岛正式成了土耳其的领土。而且决定，威尼斯以关税的名义，要在未来的三年内向苏丹支付 30 万达克特的巨款。

作为交换，威尼斯获得的是以下四项承诺：

在土耳其境内被没收的威尼斯人的资产，全数归还。

保证威尼斯市民在奥斯曼土耳其帝国内拥有完全自由的经济活动及人身安全。一旦有了这个保证，在奥斯曼土耳其帝国内作为威尼斯人经济活动据点的"商馆"的设立，当然也是自由的。

还有就是，不尽如人意的结果，换来了至 1645 年的 72 年和平。

威尼斯人在勒班陀流的血，至少为国家带来了经济上的进一步繁荣和长达 72 年的和平。

不流血的战争　三

　　威尼斯与土耳其的媾和，是在签署后才正式公开的，甚至元老院都是在公开发表的前一天才被告知的。

　　马可·丹多洛已年过75，他主动提出代表十人委员会，向元老院说明条约的内容，恳请他们批准通过。

　　他至今没有担任过这样的角色，这是在政府中枢任职超过35年来的头一遭。虽然这几十年，马可在各个重要的委员会之间"轮岗"，始终位居政府中枢，但从未站上元老院这个正面舞台。但他认为这一次应该亲自出面，以示责任所在。

　　做出这个决定的马可，脑海中浮现出在勒班陀海战中战死的阿戈斯蒂诺·巴尔巴里戈生前说过的一句话。

　　那是第一次和这位海将单独交谈。这个难以和海将头衔画等号的男人的文静举止和说话方式，让马可忍不住表示，"真不能想象你在船上高声号令的模样"。而巴尔巴里戈则微笑着答道："必要的时候，声音自然就会出来。"

自己也到了"必要的时候"。马可铭记着这句话，起身离开座位，走到了会场中央。

站在元老院会场中央的马可·丹多洛，用冷静的语调报告了与土耳其缔结的媾和条约的内容之后，望着神色凝重的元老们，继续用平静但所有人都能听到的声音做出说明。

威尼斯共和国拥有的真正实力，是靠海军积累的军事实力，是不仅依靠贸易也依靠产业而发展起来的技术实力和经济实力。

坚持拥有这些实力，才是共和国在政治上能够维持独立的唯一途径。所以，尽管内容如此，还是希望元老们能批准通过。

在被告知缔结了媾和条约时，那些男人先是目瞪口呆，听完具体内容后则变得愕然失色。他们都是年过 30、唯贵族才有资格获得席位的元老院元老，都有家人或亲属在勒班陀海战中战死在第一线。

虽然有少数反对票，但最终接近全票通过了条约。

不过，这一天的元老院并没有就此散会，因为马可·丹多洛又提出了新的提案，要求进行审核。

再次走到会场中央的马可，对着一脸疑惑的元老们开始发言：

"如果只看地图的话，我们共和国确实是在不断失去海外基地。仅仅盯着这一点的人，势必认为威尼斯共和国已步入衰退之路。

"不过，在古希腊人的观念里，危机和复苏是一体两面的。

"古罗马人也秉持同样的观点，但他们的想法不同。从危机中可以复苏，但复苏的方式，需要因应危机的性质以及发生的时代而做出调整。这是罗马人不同于希腊人之处。

"自从我们的祖先开始在这片潟湖生活，已经有一千多年过去了。在这一千多年间，不知经历了多少次危机，威尼斯人不是每一次都克服困难，一次次复苏成长了吗？

"眼下我们首先要考虑的，自然是根据目前的形势进行商馆网的重建。不过，仅靠这类对策不足以应付形势的时代，迟早会到来。

"但我们也不必绝望。如果威尼斯人所期望的商馆网的设立在他国变得困难，可以让他们来威尼斯。

"在位于大运河中段的里亚尔托桥的右岸，自古便设有'德意志商馆'。那里也是威尼斯政府提供的土地和建筑，300年来，它不仅为德意志人，也为来自阿尔卑斯北部的商人贡献了根据地。在它的对岸，我们打算开设'土耳其商馆'，为从东方来的贸易商们提供经济活动的根据地。

"'德意志商馆'长年来一直保持着良好的运作，因此

'土耳其商馆'一定也会发挥作用。

　　"位于大运河上游的左岸，以前有费拉拉大公的宅邸，如今的土地已转手他人，但尚未使用，我认为在那里建馆最合适。

　　"'德意志商馆'和'土耳其商馆'不会在大运河的两岸相对而立。一个在大运河的中段，另一个在其上游，中间隔着即使是贡多拉也要停下歇一口气的距离，各自保持独立的存在。但两个商馆同样地处威尼斯一流地段的大运河一带。提供的据点在城市的中心，想必东方的商人们会乐意来到威尼斯。

　　"沟通西方和东方之间的关系，是威尼斯建国以来的传统，因此它是威尼斯人的灵魂和精神。

　　"失去它们，威尼斯将不复存在。

　　"而我们目前需要思考并进行的'复苏'，不是恢复到地中海霸权时代的国力，而是必须把维持长期利益作为最重要的事情来考虑。"

　　渐渐地，在座的元老们之前一直朝下的视线，尤其是年轻一代元老们的视线，往上抬了起来。马可也感觉到了这个变化。

　　这一天，约200位元老名副其实地以全票通过了"土耳其商馆"的开设提案。接下来只剩收购土地和建设等实际工作了。

在这些工作也完成后，马可走向同样位于总督官邸内的总督专用公寓。他是去提交辞去所有公务的申请的。虽然总督莫切尼戈劝他改变主意，但马可去意已决。

威尼斯与土耳其之间签署条约，连威尼斯元老院都到公开的前一天才被告知，联合舰队的其他参与国获悉此事，当然要更晚一些。

各方的指责铺天盖地而来，痛斥威尼斯的媾和是背叛基督教世界的行为。

不过，威尼斯和土耳其之间签署的是友好条约，而不是军事条约。威尼斯对土耳其不负有军事上的义务。

但不管怎么说，既然缔结了条约，威尼斯就等于脱离了以打击土耳其为目标的神圣同盟的联合舰队，同时也意味着摆脱了和西班牙、教廷联手对付土耳其的义务。

尽管如此，威尼斯还是维持着可以左右战争走向的海军力量。

事实上，虽然西班牙国王和教皇在得知媾和条约后都强烈指责威尼斯，但他们没有说不用威尼斯，联合舰队也能对付土耳其。

以打击土耳其为目标结成的神圣同盟，在勒班陀海上实现后仅仅一年，便烟消云散。

隐退

辞去所有公职后，马可的日常，变得像同时代的其他人一样安闲。

丹多洛本家的家主位子已经让给了伯父的一个儿子，面向大运河的宅邸也交给了这位继任者。这位侄子不愧是马可指定的继任者，想法也和马可相近，正热心致力于土耳其商馆的开设。

那位超越了贵族和平民的阶级差别互相尊敬、曾经作为十人委员会的秘书官与马可有密切合作关系的赖麦锡，在看见六卷《旅行记全集》出版后离开了人世。

犹太医生丹尼尔打算学习东方医学，很早之前就去了巴格达。

犹太音乐家大卫和莉维亚相爱始终，作为小提琴和中提琴的合奏者，夫妻俩都非常忙碌。

长年照料马可独身生活的老仆人夫妇，也早已不在人世。

去被定为隐退地的布拉诺岛，马可决定只带上一名侍奉了他40年的侍从。

选定布拉诺岛为隐退之地，有几个理由。

首先，在潟湖的岛屿中，它远离威尼斯市区，所以那些旧相识也不容易来这里。

其次，因为是岛屿，周围自然被海环绕。马可是威尼斯男人，比起湖泊或河川，靠近大海更让他觉得自如和安心。

此外，这座岛和丹多洛家族自古就有很深的渊源。布拉诺岛很久以来一直是渔民们居住的岛屿，教岛上渔夫的妻子和女儿们编织蕾丝花边的，是马可尚未出生的那个年代的丹多洛家族的夫人们。蕾丝编织在岛上的女人之间流传开来，发展成产业，如今作为高级蕾丝成了威尼斯的著名商品之一。

丹多洛家族的男人们振兴岛上经济也不输夫人之后。长久以来原产于希腊诸岛的玛尔维萨葡萄酒能够在威尼斯被酿造，就是他们的功劳。这种被古希腊人称为"来自众神的信"的葡萄酒，如今也成了威尼斯出口欧洲各国的高级酒。

不过，话说回来，整个布拉诺岛并不属于丹多洛家族的领地。威尼斯贵族和同时代其他国家的贵族不同，哪怕小小的岛屿也没有谁能全部拥有。

在这座布拉诺岛，丹多洛家族拥有的是葡萄酒酿造工厂的股份。顺便说一句，威尼斯是第一个建立了由一般市民集资的股份制度的国家。除了"股份"，还有伫立于葡萄园和海岸之间的小小别墅。

因为是彻底隐退，所以马可也拒绝访客。唯一的例外是他的继任者侄子。不久前，这个侄子成功地进入了十人委员会。

某日，侄子说要来拜访，问马可是否想了解与土耳其缔结条约之后，时隔五年归国的大使巴尔巴罗在元老院进行的归国演说的内容。马可表示愿意。

离任大使在元老院做述职报告是威尼斯的惯例，通常是陈述所驻国的现状，但巴尔巴罗的报告似乎有所不同。

侄子知道相较于归纳要点的二手资料，马可更注重第一手的原本，因此向他宣读了大使演说报告的全文。大使在报告的结尾说了以下这段话：

"实现国家的安全和永续，仅靠军事力量是不够的，其他国家如何看待我们也很重要。

"这些年来，土耳其人注意到我们威尼斯最终总是妥协逃避。那是因为我们对他们的态度过于卑屈，超出了外交上的必要礼节。

"威尼斯很少指出土耳其的弱点，又疏于明言自身的优势。

"结果，威尼斯无法阻止土耳其人固有的傲慢、自大和无知，向他们投入了不合理的热情。

"他们觉得只需要派一个被征服民族而且是下等官吏的希腊人送来一纸通告，就可以将塞浦路斯岛收入囊中。这件事是威尼斯外交上的耻辱。"

马可听完后点头称许："的确如此，正如大使所言。"但他又继续说："可是，难道还有其他方策吗？"

"叔父考虑过写回忆录吗？您积极参与国政的这 30 多年，正是威尼斯共和国处于激荡的年代。担任舵手的辛劳不是一般人能够想象的。"

马可盯着侄子，应该说是背负威尼斯下一代的同僚，看了一会儿，然后说道："我不想为自己辩护。我认为作为实际参与国政的人，应该感谢被赋予这样的机会。除此之外，我别无所求。

"资料库保存着所有的记录。不过，威尼斯是较之个人，国家优先，所以并没有记录每一个政策具体是由谁提案的。不管实现与否，所有政策都被记录在册。威尼斯不隐瞒自己做过的事情。所以，人人都能查阅。如果想根据这些资料来写我国的历史，任何人在任何时候都可以尝试。说到底，一切留待历史审判。"

侄子起身告别时，马可拿出一白一红两瓶玛尔维萨酒，嘱咐他转交给巴尔巴罗大使，并附上一张印有丹多洛家族纹章的卡片，上面是马可亲笔写的一行字：

"一点心意，感谢您在敌国五年的辛劳。曾经是塞浦路斯岛名产的玛尔维萨酒，如今在威尼斯也能酿造了。"

在布拉诺岛上的隐退日子平静安稳。生活在岛上，路上不免会遇见岛民。在这种场合，男人们会脱下帽子拿在手中，站在路边，默默向丹多洛家曾经的家主致意。马可也以轻轻碰一下帽子的方式默默回礼。

看着走过去的马可的背影，其中一位年长的男子像是要告诉不知道年轻时的马可的小伙子什么事，喃喃地说道："Invecchiato bene。"直译的话，就是"很好地老去"。意大利语的"bene"，在这里有着更深层的含义。它的意思是说，年轻时的美好被原封不动地保留下来，增加的只是年龄。

马可也是依旧"品貌端正"地变成了一位老人家。就这样，春天结束，夏天也快过去，秋天即将来临。

位于意大利半岛北部的布拉诺岛，进入秋天之后就要开始采摘葡萄。舒适的椅子摆在沙滩上，深陷其中，享受着从背后葡萄园飘来的这个季节特有的香味和秋日和煦的阳光，是入秋后马可的日常。

这时，飘来熟悉的香水味。与此同时，有个人仿佛挡住阳光似的站在他的面前。马可睁开眼，无声地叫喊："奥琳皮娅！"

女人的年纪没有变，还是当年在佛罗伦萨以及之后的罗马，和马可共同生活时的模样。她的脸上微微露出的调皮笑容也和那时一样。她温柔地拥抱坐在椅子上的马可，然后抱着他站起来。

扶着女人的手起身的马可，发现自己的身体也回到了从前。

和奥琳皮娅一样，马可也变回了 40 岁尚未来到时的年轻肉体。两人分隔的 35 余年岁月，随着海风散去。

女人紧紧搂着男人，邀他往海边走。就在靠近海水的那一刻，男人感觉整个人腾空浮起。面前的海越来越远，这是他看到的最后光景。

黄昏将至，来沙滩接主人的侍从发现，主人喝玛尔维萨酒时常用的镶着金丝的穆拉诺岛产的玻璃杯，跌落在椅子旁边的沙子上。

马可·丹多洛的身体陷在椅子中，已经没有了气息。

之后的威尼斯

威尼斯和土耳其媾和的第二年，土耳其苏丹塞利姆二世去世。

即位的新苏丹是穆拉德三世，母亲是切齐莉亚·巴福。在这位身体里流着一半威尼斯血液的苏丹治世的 20 年间，威尼斯与土耳其之间没有发生战争。

不过，在这一时期的 1588 年，勒班陀海战仅过去 17 年，在北大西洋上，英国和西班牙发生了海战。西班牙海军大败于德雷克率领的英国海军，证明无敌舰队只不过是徒有其名。这场海战，威尼斯没有参与。

可以发现，不管是陆战还是海战，划时代的战役在哪里发生，时代中心就会往哪里转移。

1571 年，地中海是战场。

1588 年，战场换到大西洋。

进入 17 世纪以后，自 1645 年起，威尼斯和土耳其再次对决，整整 20 年，是围绕克里特岛的攻防战。威尼斯拼死防守，最终以败退收场。但这场战役，在欧洲历史上已不再是大战，而只是局部战。

从此之后，威尼斯共和国再也没有打过倾全国之力的战争。

成为马可·丹多洛最后一项工作的"土耳其商馆"，经过收购土地、建造房屋等一系列程序，在马可去世 20 年后正式启动。但它往后的运作非常顺利，作为来自东方全域的贸易商们在威尼斯的据点，一直发挥着功效。

在 1797 年拿破仑消灭威尼斯共和国之后，即总督官邸不再是威尼斯的大脑之后，"土耳其商馆"仍然保持运行。持续运行 250 年之后，它在 1838 年被关闭，寿终正寝。

无论如何，都不得不承认威尼斯共和国是一个长寿之国。

在意大利文艺复兴的另一"雄"佛罗伦萨作为共和国消失之后，威尼斯又活了近 300 年，没有改变共和政体，而且是意大利半岛内唯一独立的国家。

然而，威尼斯不是单纯地"活着"。

卡纳莱托的美术、维瓦尔第的音乐、让喜剧变成了国际语言的哥尔多尼的戏剧，以及支持这些活动的雄厚的经济实力。

威尼斯创造了如此丰富的文化，它不是单纯地"活着"。

拿破仑仿佛以一击之势轻而易举地征服了威尼斯之后，以战利品之名没收并带回法国的，有大量达克特金币和大量艺术品。在威尼斯的古史馆，保存着当年由法国人制作的战利品总目录。

拿破仑失势后，法国政府归还了一些，但大多数艺术品都没有回到威尼斯。如今，可以在卢浮宫博物馆见到它们。

顺便提一下，那位年轻的法国胜利者的兴趣仅在于金钱和艺术品。国营造船厂被关闭，不知是因为担心留下造船厂会让威尼斯再次兴起，还是因为这位陆战的天才也不能理解海军的重要性。

1866 年，在拿破仑最终退场后处于奥地利统治下的威尼斯，被并入统一后的国家意大利，从此走上观光城市的道路。对不知道1500年努力和牺牲的历史的人而言，现在的威尼斯，仅仅是一座"贡多拉之都"。

但是，或许其中会有一些人……

孕育出如此灿烂文明的力量，为什么会存在于威尼斯？

作为推手的威尼斯人，是怎样一群人？

在众多游客中，或许会有一些人对这样的威尼斯心驰神往。这第四卷，特别献给他们。

2020 年秋于罗马

盐野七生

奈良原一高 摄影

图片来源

文前插图

©By LTCE

雅各布·德·巴尔巴里（Jacopo de'Barbari）画，科雷尔美术馆藏（威尼斯）©Lifestyle pictures / Alamy Stock Photo

维也纳艺术史博物馆藏

卢浮宫博物馆藏（巴黎）©Masterpics / Alamy Stock Photo

老绘画陈列馆藏（慕尼黑）©Artepics / Alamy Stock Photo

普拉多美术馆藏（马德里）©INTERFOTO / Alamy Stock

Photo

文中插图

卡波迪蒙特国家博物馆藏（那不勒斯）©Art Collection 4 / Alamy Stock Photo

普拉多美术馆藏（马德里）©Pictures Now / Alamy Stock Photo

普拉多美术馆藏（马德里）©Pictures Now / Alamy Stock Photo

卢浮宫博物馆藏（巴黎）©incamerastock / Alamy Stock Photo

学院美术馆藏（威尼斯）

圣罗柯学堂藏（威尼斯）©Historic Images / Alamy Stock Photo

学院美术馆藏（威尼斯）©The History Collection / Alamy Stock Photo

圣罗柯学堂藏（威尼斯）©ART Collection / Alamy Stock Photo

文末插图

学院美术馆藏（威尼斯）© The Picture Art Collection / Alamy Stock Photo

正文

©INTERFOTO / Alamy Stock Photo

奈良原一高摄影，收录于《威尼斯的夜晚》（岩波书店发行1985 年）©Narahara Ikko Archives